Vicente Blasco Ibáñez

La tierra de todos

Barcelona **2024**
Linkgua-ediciones.com

Créditos

Título original: La tierra de todos

© 2024, Red ediciones S.L.

e-mail: info@Linkgua-ediciones.com

Diseño de cubierta: Michel Mallard.

ISBN tapa dura: 978-84-1126-507-2.
ISBN rústica: 978-84-9953-261-5.
ISBN ebook: 978-84-9953-260-8.

Sumario

Brevísima presentación

La vida

Vicente Blasco Ibáñez (1867-1928). España.

Nació en Valencia el 29 de enero de 1867. Estudió Derecho pero no ejerció esa profesión y se dedicó a la política y la literatura.

Con veintiún años se inició en la Masonería el 6 de febrero de 1887 y adoptó el nombre simbólico de Danton en la Logia Unión n.º 14 de Valencia y después en la logia Acacia n.º 25.

Allí recibió el encargo del presidente Raymond Poincaré de escribir una novela sobre la guerra: *Los cuatro jinetes del Apocalipsis* (1916), que fue un auténtico éxito de ventas en los Estados Unidos.

Blasco Ibáñez murió en Menton (Francia) el 28 de enero 1928.

El marqués de Torrebianca y su esposa, «la bella Elena», viven en París una vida de lujos y gastos que apenas pueden mantener. Arruinado, el marqués de Torrebianca se reencuentra con Robledo, un viejo amigo que tiene negocios en Sudamérica, y este lo convence para que vaya con él. Pronto Torrebianca y Elena viven en las inmediaciones del Río Negro, en la Patagonia, en un pueblo tranquilo. Allí las artes seductoras de Elena siembran la discordia.

La tierra de todos tuvo en 1926 versión cinematográfica titulada *The Temptress*, protagonizada por Greta Garbo.

I

Como todas las mañanas, el marqués de Torrebianca salió tarde de su dormitorio, mostrando cierta inquietud ante la bandeja de plata con cartas y periódicos que el ayuda de cámara había dejado sobre la mesa de su biblioteca.

Cuando los sellos de los sobres eran extranjeros, parecía contento, como si acabase de librarse de un peligro. Si las cartas eran de París, fruncía el ceño, preparándose a una lectura abundante en sinsabores y humillaciones. Además, el membrete impreso en muchas de ellas le anunciaba de antemano la personalidad de tenaces acreedores, haciéndole adivinar su contenido.

Su esposa, llamada «la bella Elena», por una hermosura indiscutible, que sus amigas empezaban a considerar histórica a causa de su exagerada duración, recibía con más serenidad estas cartas, como si toda su existencia la hubiese pasado entre deudas y reclamaciones. Él tenía una concepción más anticuada del honor, creyendo que es preferible no contraer deudas, y cuando se contraen, hay que pagarlas.

Esta mañana las cartas de París no eran muchas: una del establecimiento que había vendido en diez plazos el último automóvil de la marquesa, y solo llevaba cobrados dos de ellos; varias de otros proveedores —también de la marquesa— establecidos en cercanías de la plaza Vendôme, y de comerciantes más modestos que facilitaban a crédito los artículos necesarios para la manutención y amplio bienestar del matrimonio y su servidumbre.

Los criados de la casa también podían escribir formulando idénticas reclamaciones; pero confiaban en el talento mundano de la señora, que le permitiría alguna vez salir definitivamente de apuros, y se limitaban a manifestar su disgusto mostrándose más fríos y estirados en el cumplimiento de sus funciones.

Muchas veces, Torrebianca, después de la lectura de este correo, miraba en torno de él con asombro. Su esposa daba fiestas y asistía a todas las más famosas de París; ocupaban en la avenida Henri Martin el segundo piso de una casa elegante; frente a su puerta esperaba un hermoso automóvil; tenían cinco criados... No llegaba a explicarse en virtud de qué leyes misteriosas y equilibrios inconcebibles podían mantener él y su mujer este lujo, contrayendo todos los días nuevas deudas y necesitando cada vez más dinero para el sostenimiento de su costosa existencia. El dinero que él lograba aportar desaparecía como un arroyo en un arenal. Pero «la bella Elena» encontraba lógica y correcta esta manera de vivir, como si fuese la de todas las personas de su amistad.

Acogió Torrebianca alegremente el encuentro de un sobre con sello de Italia entre las cartas de los acreedores y las invitaciones para fiestas.

—Es de mamá —dijo en voz baja.

Y empezó a leerla, al mismo que una sonrisa parecía aclarar su rostro. Sin embargo, la carta era melancólica, terminando con quejas dulces y resignadas, verdaderas quejas de madre.

Mientras iba leyendo, vio con su imaginación el antiguo palacio de los Torrebianca, allá en Toscana, un edificio enorme y ruinoso circundado de jardines. Los salones, con pavimento de mármol multicolor y techos mitológicos pintados al fresco, tenían las paredes desnudas, marcándose en su polvorienta palidez la huella de los cuadros célebres que las adornaban en otra época, hasta que fueron vendidos a los anticuarios de Florencia.

El padre de Torrebianca, no encontrando ya lienzos ni estatuas como sus antecesores, tuvo que hacer moneda con el archivo de la casa, ofreciendo autógrafos de Maquiavelo, de Miguel Ángel y otros florentinos que se habían carteado con los grandes personajes de su familia.

Fuera del palacio, unos jardines de tres siglos se extendían al pie de amplias escalinatas de mármol con las balaustradas rotas bajo la pesadez de tortuosos rosales. Los peldaños, de color de hueso, estaban desunidos por la expansión de las plantas parásitas. En las avenidas, el boj secular, recortado en forma de anchas murallas y profundos arcos de triunfo, era semejante a las ruinas de una metrópoli ennegrecida por el incendio. Como estos jardines llevaban muchos años sin cultivo, iban tomando un aspecto de selva florida. Resonaban bajo el paso de los raros visitantes con ecos melancólicos que hacían volar a los pájaros lo mismo que flechas, esparciendo enjambres de insectos bajo el ramaje y carreras de reptiles entre los troncos.

La madre del marqués, vestida como una campesina, y sin otro acompañamiento que el de una muchacha del país, pasaba su existencia en estos salones y jardines, recordando al hijo ausente y discurriendo nuevos medios de proporcionarle dinero.

Sus únicos visitantes eran los anticuarios, a los que iba vendiendo los últimos restos de un esplendor saqueado por sus antecesores. Siempre necesitaba enviar algunos miles de liras al último Torrebianca, que, según ella creía, estaba desempeñando un papel social digno de su apellido en Londres, en París, en todas las grandes ciudades de la tierra. Y convencida de que la fortuna que favoreció a los primeros Torrebianca acabaría por acordarse de su hijo, se alimentaba parcamente, comiendo en una mesita de pino blanco, sobre el pavimento de mármol de aquellos salones donde nada quedaba que arrebatar.

Conmovido por la lectura de la carta, el marqués murmuró varias veces la misma palabra: «Mamá... mamá».

«Después de mi último envío de dinero, ya no sé qué hacer. ¡Si vieses, Federico, qué aspecto tiene ahora la casa en que naciste! No quieren darme por ella ni la vigésima parte de su valor; pero mientras se presenta un extranjero que desee realmente adquirirla, estoy dispuesta a vender los pavimentos y los techos, que es lo único que vale algo, para que no sufras apuros y nadie ponga en duda el honor de tu nombre. Vivo con muy poco y estoy dispuesta a imponerme todavía mayores privaciones; pero ¿no podréis tú y Elena limitar vuestros gastos, sin perder el rango que ella merece por ser esposa tuya? Tu mujer, que es tan rica, ¿no puede ayudarte en el sostenimiento de tu casa?...»

El marqués cesó de leer. Le hacía daño, como un remordimiento, la simplicidad con que la pobre señora formulaba sus quejas y el engaño en que vivía. ¡Creer rica a Elena! ¡Imaginarse que él podía imponer a su esposa una vida ordenada y económica, como lo había intentado repetidas veces al principio de su existencia matrimonial!...

La entrada de Elena en la biblioteca cortó sus reflexiones. Eran más de las once, y ella iba a dar su paseo diario por la avenida del Bosque de Bolonia para saludar a las personas conocidas y verse saludada por ellas.

Se presentó vestida con una elegancia indiscreta y demasiado ostentosa, que parecía armonizarse con su género de hermosura. Era alta y se mantenía esbelta gracias a una continua batalla con el engrasamiento de la madurez y a los frecuentes ayunos. Se hallaba entre los treinta y los cuarenta años; pero los medios de conservación que proporciona la vida moderna le daban esa tercera juventud que prolonga el esplendor de las mujeres en las grandes ciudades.

Torrebianca solo la encontraba defectos cuando vivía lejos de ella. Al volverla a ver, un sentimiento de admiración le dominaba inmediatamente, haciéndole aceptar todo lo que ella exigiese.

Saludó Elena con una sonrisa, y él sonrió igualmente. Luego puso ella los brazos en sus hombros y le besó, hablándole con un ceceo de niña, que era para su marido el anuncio de alguna nueva petición. Pero este fraseo pueril no había perdido el poder de conmoverle profundamente, anulando su voluntad.

—¡Buenos días, mi cocó!... Me he levantado más tarde que otras mañanas; debo hacer algunas visitas antes de ir al Bosque. Pero no he querido marcharme sin saludar a mi maridito adorado... Otro beso, y me voy.

Se dejó acariciar el marqués, sonriendo humildemente, con una expresión de gratitud que recordaba la de un perro fiel y bueno. Elena acabó por separarse de su marido; pero antes de salir de la biblioteca hizo un gesto como si recordase algo de poca importancia, y detuvo su paso para hablar.

—¿Tienes dinero?...

Cesó de sonreír Torrebianca y pareció preguntarle con sus ojos: «¿Qué cantidad deseas?».

—Poca cosa. Algo así como ocho mil francos.

Un modisto de la *rue de la Paix* empezaba a faltarle al respeto por esta deuda, que solo databa de tres años, amenazándola con una reclamación judicial. Al ver el gesto de asombro con que su marido acogía esta demanda, fue perdiendo la sonrisa pueril que dilataba su rostro; pero todavía insistió en emplear su voz de niña para gemir con tono dulzón:

—¿Dices que me amas, Federico, y te niegas a darme esa pequeña cantidad?...

El marqués indicó con un ademán que no tenía dinero, mostrándole después las cartas de los acreedores amontonadas en la bandeja de plata.

Volvió a sonreír ella; pero ahora su sonrisa fue cruel.

—Yo podría mostrarte —dijo— muchos documentos iguales a esos... Pero tú eres hombre, y los hombres deben traer mucho dinero a su casa para que no sufra su mujercita. ¿Cómo voy a pagar mis deudas si tú no me ayudas?...

Torrebianca la miró con una expresión de asombro.

—Te he dado tanto dinero... ¡tanto! Pero todo el que cae en tus manos se desvanece como el humo.

Se indignó Elena, contestando con voz dura:

—No pretenderás que una señora *chic* y que, según dicen, no es fea, viva de un modo mediocre. Cuando se goza el orgullo de ser el marido de una mujer como yo hay que saber ganar el dinero a millones.

Las últimas palabras ofendieron al marqués; pero Elena, dándose cuenta de esto, cambió rápidamente de actitud, aproximándose a él para poner las manos en sus hombros.

—¿Por qué no le escribes a la vieja?... Tal vez pueda enviarnos ese dinero vendiendo alguna antigualla de tu caserón paternal.

El tono irrespetuoso de tales palabras acrecentó el mal humor del marido.

—Esa vieja es mi madre, y debes hablar de ella con el respeto que merece. En cuanto a dinero, la pobre señora no puede enviar más.

Miró Elena a su esposo con cierto desprecio, diciendo en voz baja, como si se hablase a ella misma:

—Esto me enseñará a no enamorarme más de pobretones... Yo buscaré ese dinero, ya que eres incapaz de proporcionármelo.

Pasó por su rostro una expresión tan maligna al hablar así, que su marido se levantó del sillón frunciendo las cejas.

—Piensa lo que dices... Necesito que me aclares esas palabras.

Pero no pudo seguir hablando. Ella había transformado completamente la expresión de su rostro, y empezó a reír con carcajadas infantiles, al mismo tiempo que chocaba sus manos.

—Ya se ha enfadado mi cocó. Ya ha creído algo ofensivo para su mujer... ¡Pero si yo solo te quiero a ti!

Luego se abrazó a él, besándole repetidas veces, a pesar de la resistencia que pretendía oponer a sus caricias. Al fin se dejó dominar por ellas, recobrando su actitud humilde de enamorado.

Elena lo amenazaba graciosamente con un dedo.

—A ver: ¡sonría usted un poquito, y no sea mala persona!... ¿De veras que no puedes darme ese dinero?

Torrebianca hizo un gesto negativo, pero ahora parecía avergonzado de su impotencia.

—No por ello te querré menos —continuó ella—. Que esperen mis acreedores. Yo procuraré salir de este apuro como he salido de tantos otros. ¡Adiós, Federico!

Y marchó de espaldas hacia la puerta, enviándole besos hasta que levantó el cortinaje.

Luego, al otro lado de la colgadura, cuando ya no podía ser vista, su alegría infantil y su sonrisa desaparecieron instantáneamente. Pasó por sus pupilas una expresión feroz y su boca hizo una mueca de desprecio.

También el marido, al quedar solo, perdió la efímera alegría que le habían proporcionado las caricias de Elena. Miró las cartas de los acreedores y la de su madre, volviendo luego a ocupar su sillón para acodarse en la mesa con la frente en una mano. Todas las inquietudes de la vida presente parecían haber vuelto a caer sobre él de golpe, abrumándolo.

Siempre, en momentos iguales, buscaba Torrebianca los recuerdos de su primera juventud, como si esto pudiera servirle de remedio. La mejor época de su vida había sido a los veinte años, cuando era estudiante en la Escuela de Ingenieros de Lieja. Deseoso de renovar con el propio trabajo el decaído esplendor de su familia, había querido estudiar una carrera «moderna» para lanzarse por el mundo y ganar dinero, como lo habían hecho sus remotos antepasados. Los Torrebianca, antes de que los reyes los ennobleciesen dándoles el título de marqués, habían sido mercaderes de Florencia, lo mismo que los Médicis, yendo a las factorías de Oriente a conquistar su fortuna. Él quiso ser ingeniero, como todos los jóvenes de su generación que deseaban una Italia engrandecida por la industria, así como en otros siglos había sido gloriosa por el arte.

Al recordar su vida de estudiante en Lieja, lo primero que resurgía en su memoria era la imagen de Manuel Robledo, camarada de estudios y de alojamiento, un español de carácter jovial y energía tranquila para afrontar los problemas de la existencia diaria. Había sido para él durante varios años como un hermano mayor. Tal vez por esto, en los momentos difíciles, Torrebianca se acordaba siempre de su amigo.

¡Intrépido y simpático Robledo!... Las pasiones amorosas no le hacían perder su plácida serenidad de hombre equilibrado. Sus dos aficiones predominantes en el período de la juventud habían sido la buena mesa y la guitarra.

De voluntad fácil para el enamoramiento, Torrebianca andaba siempre en relaciones con una liejesa, y Robledo, por acompañarle, se prestaba a fingirse enamorado de alguna amiga de la muchacha. En realidad, durante sus partidas de campo con mujeres, el español se preocupaba más de los preparativos culinarios que de satisfacer el sentimentalismo más o menos frágil de la compañera que le había deparado la casualidad.

Torrebianca había llegado a ver a través de esta alegría ruidosa y materialista cierto romanticismo que Robledo pretendía ocultar como algo vergonzoso. Tal vez había dejado en su país los recuerdos de un amor desgraciado. Muchas noches, el florentino, tendido en la cama de su alojamiento, escuchaba a Robledo, que hacía gemir dulcemente su guitarra, entonando entre dientes canciones amorosas del lejano país.

Terminados los estudios, se habían dicho adiós con la esperanza de encontrarse al año siguiente; pero no se vieron más. Torrebianca permaneció en Europa, y Robledo llevaba muchos años vagando por la América del Sur, siempre como ingeniero, pero plegándose a las más extraordinarias transformaciones, como si reviviesen en él, por ser español, las inquietudes aventureras de los antiguos conquistadores.

De tarde en tarde escribía alguna carta, hablando del pasado más que del presente; pero a pesar de esta discreción, Torrebianca tenía la vaga idea de que su amigo había llegado a ser general en una pequeña República de la América del Centro.

Su última carta era de dos años antes. Trabajaba entonces en la República Argentina, hastiado ya de aventuras en países de continuo sacudimiento revolucionario. Se limitaba a ser ingeniero, y servía unas veces al gobierno y otras a empresas particulares, construyendo canales y ferrocarriles. El orgullo de dirigir los avances de la civilización a través del desierto le hacía soportar alegremente las privaciones de esta existencia dura.

Guardaba Torrebianca entre sus papeles un retrato enviado por Robledo, en el que aparecía a caballo, cubierta la cabeza con un casco blanco y el cuerpo con un poncho. Varios mestizos colocaban piquetes con banderolas en una llanura de aspecto salvaje, que por primera vez iba a sentir las huellas de la civilización material.

Cuando recibió este retrato, debía tener Robledo treinta y siete años: la misma edad que él. Ahora estaba cerca de los cuarenta; pero su aspecto, a juzgar por la fotografía, era mejor que el de Torrebianca. La vida de aventuras en lejanos países no le había envejecido. Parecía más corpulento aún que en su juventud; pero su rostro mostraba la alegría serena de un perfecto equilibrio físico.

Torrebianca, de estatura mediana, más bien bajo que alto, y enjuto de carnes, guardaba una agilidad nerviosa gracias a sus aficiones deportivas, y especialmente al manejo de las armas, que había sido siempre la más predominante de sus aficiones; pero su rostro delataba una vejez prematura. Abundaban en él las arrugas; los ojos tenían en su vértice un fruncimiento de cansancio; los aladares de su cabeza eran blancos, contrastándose con el vértice, que continuaba siendo negro. Las comisuras de la boca caían desalentadas bajo el bigote recortado, con una mueca que parecía revelar el debilitamiento de la voluntad.

Esta diferencia física entre él y Robledo le hacía considerar a su camarada como un protector, capaz de seguir guiándole lo mismo que en su juventud.

Al surgir en su memoria esta mañana la imagen del español, pensó, como siempre: «¡Si le tuviese aquí!... Sabría infundirme su energía de hombre verdaderamente fuerte».

Quedó meditabundo, y algunos minutos después levantó la cabeza, dándose cuenta de que su ayuda de cámara había entrado en la habitación.

Se esforzó por ocultar su inquietud al enterarse de que un señor deseaba verle y no había querido dar su nombre. Era tal vez algún acreedor de su esposa, que se valía de este medio para llegar hasta él.

—Parece extranjero —siguió diciendo el criado—, y afirma que es de la familia del señor marqués.

Tuvo un presentimiento Torrebianca que le hizo sonreír inmediatamente por considerarlo disparatado. ¿No sería este desconocido su camarada Robledo, que se presentaba con una oportunidad inverosímil, como esos personajes de las comedias que aparecen en el momento preciso?... Pero era absurdo que Robledo, habitante del otro lado del planeta, estuviese pronto a dejarse ver como un actor que aguarda entre bastidores. No. La vida no ofrece casualidades de tal especie. Esto solo se ve en el teatro y en los libros.

Indicó con un gesto enérgico su voluntad de no recibir al desconocido; pero en el mismo instante se levantó el cortinaje de la puerta, entrando alguien con un aplomo que escandalizó al ayuda de cámara.

Era el intruso, que, cansado de esperar en la antesala, se había metido audazmente en la pieza más próxima.

Se indignó el marqués ante tal irrupción; y como era de carácter fácilmente agresivo, avanzó hacia él con aire amenazador. Pero el hombre, que reía de su propio atrevimiento, al ver a Torrebianca levantó los brazos, gritando:

—Apuesto a que no me conoces... ¿Quién soy?

Le miró fijamente el marqués y no pudo reconocerlo. Después sus ojos fueron expresando paulatinamente la duda y una nueva convicción.

Tenía la tez oscurecida por la doble causticidad del Sol y del frío. Llevaba unos bigotes cortos, y Robledo aparecía con barba en todos sus retratos... Pero de pronto encontró en los ojos de este hombre algo que le pertenecía, por haberlo visto mucho en su juventud. Además, su alta estatura... su sonrisa... su cuerpo vigoroso...

—¡Robledo! —dijo al fin.

Y los dos amigos se abrazaron.

Desapareció el criado, considerando inoportuna su presencia, y poco después se vieron sentados y fumando.

Cruzaban miradas afectuosas e interrumpían sus palabras para estrecharse las manos o acariciarse las rodillas con vigorosas palmadas.

La curiosidad del marqués, después de tantos años de ausencia, fue más viva que la del recién llegado.

—¿Vienes por mucho tiempo a París? —preguntó a Robledo.

—Por unos meses nada más.

Después de forzar durante diez años el misterio de los desiertos americanos, lanzando a través de su virginidad, tan antigua como el planeta, líneas férreas, caminos y canales, necesitaba «darse un baño de civilización».

17

—Vengo —añadió— para ver si los restoranes de París siguen mereciendo su antigua fama, y si los vinos de esta tierra no han decaído. Solo aquí puede comerse el Brie fresco, y yo tengo hambre de este queso hace muchos años.

El marqués rió. ¡Hacer un viaje de tres mil leguas de mar para comer y beber en París!... Siempre el mismo Robledo. Luego le preguntó con interés:

—¿Eres rico?...

—Siempre pobre —contestó el ingeniero—. Pero como estoy solo en el mundo y no tengo mujer, que es el más caro de los lujos, podré hacer la misma vida de un gran millonario yanqui durante algunos meses. Cuento con los ahorros de varios años de trabajo allá en el desierto, donde apenas hay gastos.

Miró Robledo en torno de él, apreciando con gestos admirativos el lujoso amueblado de la habitación.

—Tú sí que eres rico, por lo que veo.

La contestación del marqués fue una sonrisa enigmática. Luego, estas palabras parecieron despertar su tristeza.

—Háblame de tu vida —continuó Robledo—. Tú has recibido noticias mías; yo, en cambio, he sabido muy poco de ti. Deben haberse perdido muchas de tus cartas, lo que no es extraordinario, pues hasta los últimos años he ido de un lugar a otro, sin echar raíces. Algo supe, sin embargo, de tu vida. Creo que te casaste.

Torrebianca hizo un gesto afirmativo, y dijo gravemente:

—Me casé con una dama rusa, viuda de un alto funcionario de la corte del zar... La conocí en Londres. La encontré muchas veces en tertulias aristo-cráticas y en castillos adonde habíamos sido invitados. Al fin nos casamos, y hemos llevado desde entonces una existencia muy elegante, pero muy cara.

Calló un momento, como si quisiera apreciar el efecto que causaba en Robledo este resumen de su vida. Pero el español permaneció silencioso, queriendo saber más.

—Como tú llevas una existencia de hombre primitivo, ignoras felizmente lo que cuesta vivir de este modo... He tenido que trabajar mucho para no irme a fondo, ¡y aún así!... Mi pobre madre me ayuda con lo poco que puede extraer de las ruinas de nuestra familia.

Pero Torrebianca pareció arrepentirse del tono quejumbroso con que hablaba. Un optimismo, que media hora antes hubiese considerado absurdo, le hizo sonreír confiadamente.

—En realidad no puedo quejarme, pues cuento con un apoyo poderoso. El banquero Fontenoy es amigo nuestro. Tal vez has oído hablar de él. Tiene negocios en las cinco partes del mundo.

Movió su cabeza Robledo. No; nunca había oído tal nombre.

—Es un antiguo amigo de la familia de mi mujer. Gracias a Fontenoy, soy director de importantes explotaciones en países lejanos, lo que me proporciona un sueldo respetable, que en otros tiempos me hubiese parecido la riqueza.

Robledo mostró una curiosidad profesional. «¡Explotaciones en países lejanos!...» El ingeniero quería saber, y acosó a su amigo con preguntas precisas. Pero Torrebianca empezó a mostrar cierta inquietud en sus respuestas. Balbuceaba, al mismo tiempo que su rostro, siempre de una palidez verdosa, se enrojecía ligeramente.

—Son negocios en Asia y en África: minas de oro... minas de otros metales... un ferrocarril en China... una Compañía de navegación para sacar los grandes productos de los arrozales del Tonkín... En realidad yo no he estudiado esas explotaciones directamente; me faltó siempre el tiempo necesario para hacer el viaje. Además, me es imposible vivir lejos de mi mujer. Pero Fontenoy, que es una gran cabeza, las ha visitado todas, y tengo en él una confianza absoluta. Yo no hago en realidad mas que poner mi firma en los informes de las personas competentes que él envía allá, para tranquilidad de los accionistas.

El español no pudo evitar que sus ojos reflejasen cierto asombro al oír estas palabras.

Su amigo, dándose cuenta de ello, quiso cambiar el curso de la conversación. Habló de su mujer con cierto orgullo, como si considerase el mayor triunfo de su existencia que ella hubiese accedido a ser su esposa.

Reconocía la gran influencia de seducción que Elena parecía ejercer sobre todo lo que le rodeaba. Pero como jamás había sentido la menor duda acerca de su fidelidad conyugal, mostrábase orgulloso de avanzar humildemente detrás de ella, emergiendo apenas sobre la estela de su marcha arrolladura. En realidad, todo lo que era él: sus empleos generosamente retribuidos, las invitaciones de que se veía objeto, el agrado con que le recibían en todas partes, lo debía a ser el esposo de «la bella Elena».

—La verás dentro de poco... porque tú vas a quedarte a almorzar con nosotros. No digas que no. Tengo buenos vinos, y ya que has venido del otro lado de la tierra para comer queso de Brie, te lo daré hasta matarte de una indigestión.

Luego abandonó su tono de broma, para decir con voz emocionada:

—No sabes cuánto me alegra que conozcas a mi mujer. Nada te digo de su hermosura; las gentes la llaman «la bella Elena»; pero su hermosura no es lo mejor. Aprecio más su carácter casi infantil. Es caprichosa algunas veces, y necesita mucho dinero para su vida; pero ¿qué mujer no es así?... Creo que Elena también se alegrará de conocerte... ¡Le he hablado tantas veces de mi amigo Robledo!...

II

La marquesa de Torrebianca encontró «altamente interesante» al amigo de su esposo.

Había regresado a su casa muy contenta. Sus preocupaciones de horas antes por la falta de dinero parecían olvidadas, como si hubiese encontrado el medio de amansar a su acreedor o de pagarle.

Durante el almuerzo, tuvo Robledo que hablar mucho para responder a las preguntas de ella, satisfaciendo la vehemente curiosidad que parecían inspirarle todos los episodios de su vida.

Al enterarse de que el ingeniero no era rico, hizo un gesto de duda. Tenía por inverosímil que un habitante de América, lo mismo la del Norte que la del Sur, no poseyese millones. Pensaba por instinto, como la mayor parte de los europeos, siéndole necesaria una lenta reflexión para convencerse de que en el Nuevo Mundo pueden existir pobres como en todas partes.

—Yo soy todavía pobre —continuó Robledo—; pero procuraré terminar mis días como millonario, aunque solo sea para no desilusionar a las gentes convencidas que todo el que va a América debe ganar forzosamente una gran fortuna, dejándola en herencia a sus sobrinos de Europa.

Esto le llevó a hablar de los trabajos que estaba realizando en la Patagonia.

Se había cansado de trabajar para los demás, y teniendo por socio a cierto joven norteamericano, se ocupaba en la colonización de unos cuantos miles de hectáreas junto al río Negro. En esta empresa había arriesgado sus ahorros, los de su compañero, e importantes cantidades prestadas por los Bancos de Buenos Aires; pero consideraba el negocio seguro y extraordinariamente remunerador.

Su trabajo era transformar en campos de regadío las tierras yermas e incultas adquiridas a bajo precio. El gobierno argentino estaba realizando grandes obras en el río Negro, para captar parte de sus aguas. Él había intervenido como ingeniero en este trabajo difícil, empezado años antes. Luego presentó su dimisión para hacerse colonizador, comprando tierras que iban a quedar en la zona de la irrigación futura.

—Es asunto de algunos años, o tal vez de algunos meses —añadió—. Todo consiste en que el río se muestre amable, prestándose a que le crucen el pecho con un dique, y no se permita una crecida extraordinaria, una convulsión de las que son frecuentes allá y destruyen en unas horas todo el trabajo de varios años, obligando a empezarlo otra vez. Mientras tanto, mi asociado y yo hacemos con gran economía los canales secundarios y las demás arterias que han de fecundar nuestras tierras estériles; y el día en que el dique esté terminado y las aguas lleguen a nuestras tierras...

Se detuvo Robledo, sonriendo con modestia.

—Entonces —continuó— seré un millonario a la americana ¿Quién sabe hasta dónde puede llegar mi fortuna?... Una legua de tierra regada vale millones... y yo tengo varias leguas.

La bella Elena le oía con gran interés; pero Robledo, sintiéndose inquieto por la expresión momentáneamente admirativa de sus ojos de pupilas verdes con reflejos de oro, se apresuró a añadir:

—¡Esta fortuna puede retrasarse también tantos años!... Es posible que solo llegue a mí cuando me vea próximo a la muerte, y sean los hijos de una hermana que tengo en España los que gocen el producto de lo mucho que he trabajado y rabiado allá.

Le hizo contar Elena cómo era su vida en el desierto patagónico, inmensa llanura barrida en invierno por huracanes fríos que levantan columnas de polvo, y sin más habitantes naturales que las bandas de avestruces y el puma vagabundo, que, cuando siente hambre, osa atacar al hombre solitario.

Al principio la población humana había estado representada por las bandas de indios que vivaqueaban en las orillas de los ríos y por fugitivos de Chile o la Argentina, lanzados a través de las tierras salvajes para huir de los delitos que dejaban a sus espaldas. Ahora, los antiguos fortines, guarnecidos por los destacamentos que el gobierno había hecho avanzar desde Buenos Aires para que tomasen posesión del desierto, se convertían en pueblos, separados unos de otros por centenares de kilómetros.

Entre dos poblaciones de estas, considerablemente alejadas, era donde vivía Robledo, transformando su campamento de trabajadores en un pueblo que tal vez antes de medio siglo llegase a ser una ciudad de cierta importancia. En América no eran raros prodigios de esta clase.

Le escuchaba Elena con deleite, lo mismo que cuando, en el teatro o en el cinematógrafo, sentía despertada su curiosidad por una fábula interesante.

—Eso es vivir —decía—. Eso es llevar una existencia digna de un hombre.

Y sus ojos dorados se apartaban de Robledo para mirar con cierta conmiseración a su esposo, como si viese en él una imagen de todas las flojedades de la vida muelle y extremadamente civilizada, que aborrecía en aquellos momentos.

—Además, así es como se gana una gran fortuna. Yo solo creo que son hombres los que alcanzan victorias en las guerras o los capitanes del dinero que conquistan millones... Aunque mujer, me gustaría vivir esa existencia enérgica y abundante en peligros.

Robledo, para evitar a su amigo las recriminaciones de un entusiasmo expresado por ella con cierta agresividad, habló de las miserias que se sufren lejos de las tierras civilizadas. Entonces la marquesa pareció sentir menos admiración por la vida de aventuras, confesando al fin que prefería su existencia en París.

—Pero me hubiera gustado —añadió con voz melancólica— que el hombre que fuese mi esposo viviera así, conquistando una riqueza enorme. Vendría a verme todos los años, yo pensaría en él a todas horas, e iría también alguna vez a compartir durante unos meses su vida salvaje. En fin, sería una existencia más interesante que la que llevamos en París; y al final de ella, la riqueza, una verdadera riqueza, inmensa, novelesca, como rara vez se ve en el viejo mundo.

Se detuvo un instante, para añadir con gravedad, mirando a Robledo:

—Usted parece que da poca importancia a la riqueza, y si la busca es por satisfacer su deseo de acción, por dar empleo a sus energías. Pero no sabe lo que es ni lo que representa. Un hombre de su temple tiene pocas necesidades. Para conocer lo que vale el dinero y lo que puede dar de sí, se necesita vivir al lado de una mujer.

Volvió a mirar a Torrebianca, y terminó diciendo:

—Por desgracia, los que llevan con ellos a una mujer carecen casi siempre de esa fuerza que ayuda a realizar sus grandes empresas a los hombres solitarios.

Después de este almuerzo, durante el cual solo se habló del poder del dinero y de aventuras en el Nuevo Mundo, el colonizador frecuentó la casa, como si perteneciese a la familia de sus dueños.

—Le has sido muy simpático a Elena —decía Torrebianca—. ¡Pero muy simpático!

Y se mostraba satisfecho, como si esto equivaliese a un triunfo, no ocultando el disgusto que le habría producido verse obligado a escoger entre su esposa y su compañero de juventud, en el caso de mutua antipatía.

Por su parte, Robledo se mostraba indeciso y como desorientado al pensar en Elena. Cuando estaba en su presencia, le era imposible resistirse al poder de seducción que parecía emanar de su persona. Ella le trataba con la confianza del parentesco, como si fuese un hermano de su marido. Quería ser su iniciadora y maestra en la vida de París, dándole consejos para que no abusasen de su credulidad de recién llegado. Le acompañaba para que conociese los lugares más elegantes, a la hora del té o por la noche, después de la comida.

La expresión maligna y pueril a un mismo tiempo de sus ojos imperturbables y el ceceo infantil con que pronunciaba a veces sus palabras hacían gran efecto en el colonizador.

—Es una niña —se dijo muchas veces—; su marido no se equivoca. Tiene todas las malicias de las muñecas creadas por la vida moderna, y debe resultar terriblemente cara... Pero debajo de eso, que no es mas que una costra exterior, tal vez existe solamente una mentalidad algo simple.

Cuando no la veía y estaba lejos de la influencia de sus ojos, se mostraba menos optimista, sonriendo con una admiración irónica de la credulidad de su amigo. ¿Quién era verdaderamente esta mujer, y dónde había ido Torrebianca a encontrarla?...

Su historia la conocía únicamente por las palabras del esposo. Era viuda de un alto funcionario de la corte de los Zares; pero la personalidad del primer marido, con ser tan brillante, resultaba algo indecisa. Unas veces había sido, según ella, Gran Mariscal de la corte; otras, simple general, y el que verdaderamente podía ostentar una historia de heroicos antepasados era su propio padre.

Al repetir Torrebianca las afirmaciones de esta mujer, que le inspiraba amor y orgullo al mismo tiempo, hacía memoria de un sinnúmero de personajes de la corte rusa o de grandes damas amantes de los emperadores, todos parientes de Elena; pero él no los había visto nunca, por estar muertos desde muchos años antes o vivir en sus lejanas tierras, enormes como Estados.

Las palabras de ella también alarmaban a Robledo. Nunca había estado en América, y sin embargo, una tarde, en un té del Ritz, le habló de su paso por San Francisco de California, cuando era niña. Otras veces dejaba rodar aturdidamente en el curso de su conversación nombres de ciudades remotas o de personajes de fama universal, como si los conociese mucho. Nunca pudo saber con certeza cuántos idiomas poseía.

—Los hablo todos —contestó Elena en español un día que Robledo le hizo esta pregunta.

Contaba anécdotas algo atrevidas, como si las hubiese escuchado a otras personas; pero lo hacía de tal modo, que el colonizador llegó algunas veces a sospechar si sería ella la verdadera protagonista.

«¿Dónde no ha estado esta mujer?... —pensaba—. Parece haber vivido mil existencias en pocos años. Es imposible que todo eso haya podido ocurrir en los tiempos de su marido, el personaje ruso.»

Si intentaba explorar a su amigo para adquirir noticias, la fe de éste en el pasado de su mujer era como una muralla de credulidad, dura e inconmovible, que cortaba el avance de toda averiguación. Pero llegó a adquirir la certeza de que su amigo solo conocía la historia de Elena a partir del momento que la encontró por primera vez en Londres. Toda su existencia anterior la sabía por lo que ella había querido contarle.

Pensó que Federico, al contraer matrimonio, habría tenido indudablemente conocimiento del origen de su esposa por los documentos que exige la preparación de la ceremonia nupcial. Luego se vio obligado a desechar esta hipótesis. El casamiento había sido en Londres, uno de esos matrimonios rápidos como se ven en las cintas cinematográficas, y para el cual solo son necesarios un sacerdote que lea el libro santo, dos testigos y algunos papeles examinados a la ligera.

Acabó el español por arrepentirse de tantas dudas. Federico se mostraba contento y hasta orgulloso de su matrimonio, y él no tenía derecho a intervenir en la vida doméstica de los otros. Además, sus sospechas bien podían ser el resultado de su falta de adaptación —natural en un salvaje— al verse en plena vida de París.

Elena era una dama del gran mundo, una mujer elegante de las que él no había tratado nunca. Solo al matrimonio de su amigo debía esta amistad extraordinaria, que forzosamente había de chocar con sus costumbres anteriores. A veces hasta encontraba lógico lo que momentos antes le había producido inmensa extrañeza. Era su ignorancia, su falta de educación, la que le hacía incurrir en tantas sospechas y malos pensamientos. Luego le bastaba ver la sonrisa de Elena y la caricia de sus pupilas verdes y doradas para mostrar una confianza y una admiración iguales a las de Federico.

Vivía en un hotel antiguo, cerca del bulevar de los Italianos, por haberlo admirado en otros tiempos como un lugar de paradisíacas delicias, cuando era estudiante de escasos recursos y estaba de paso en París; pero las más de sus comidas las hacía con Torrebianca y su mujer. Unas veces eran éstos los que le invitaban a su mesa; otras los invitaba él a los restoranes más célebres.

Además, Elena le hizo asistir a algunos tés en su casa, presentándolo a sus amigas. Mostraba un placer infantil en contrariar los gustos del «oso patagónico», como ella apodaba a Robledo, a pesar de las protestas de éste, que nunca había visto osos en la Argentina austral. Como él abominaba de tales reuniones, Elena se valía de diversas astucias para que asistiese a ellas.

También fue conociendo a los amigos más importantes de la casa en las comidas de ceremonia dadas por los Torrebianca. La marquesa no presentaba al español como un ingeniero que aún estaba en la parte preliminar de sus empresas, la más difícil y aventurada, sino como un triunfador venido de una América maravillosa con muchísimos millones.

Decía esto a sus espaldas, y él no podía explicarse el respeto con que le trataban los otros invitados y la simpática atención con que le oían apenas pronunciaba algunas palabras.

Así conoció a varios diputados y periodistas, amigos del banquero Fontenoy, que eran los convidados más importantes. También conoció al banquero, hombre de mediana edad, completamente afeitado y con la cabeza canosa, que imitaba el aspecto y los gestos de los hombres de negocios norteamericanos.

Robledo, contemplándole, se acordaba de él mismo cuando vivía en Buenos Aires y había de pagar al día siguiente una letra, no teniendo reunida aún la cantidad necesaria. Fontenoy ofrecía la imagen que se forma el vulgo de un hombre de dinero, director de importantes negocios en diversos lugares de la tierra. Todo en su persona parecía respirar seguridad y convicción de la propia fuerza. Pero a veces, como si olvidase el presente inmediato, fruncía el ceño, quedando pensativo y completamente ajeno a cuanto le rodeaba.

—Piensa alguna nueva combinación maravillosa —decía Torrebianca a su amigo—. Es admirable la cabeza de este hombre.

Pero Robledo, sin saber por qué, se acordaba otra vez de sus inquietudes y las de tantos otros allá en Buenos Aires, cuando habían tomado dinero en los Bancos a noventa días vista y era preciso devolverlo a la mañana siguiente.

Una noche, al salir de casa de los Torrebianca, quiso Robledo marchar a pie por la avenida Henri Martin hasta el Trocadero, donde tomaría el *Metro*. Iba con él uno de los invitados a la comida, personaje equívoco que había ocupado el último asiento en la mesa, y parecía satisfecho de marchar junto a un millonario sudamericano.

Era un protegido de Fontenoy y publicaba un periódico de negocios inspirado por el banquero. Su acidez de parásito necesitaba expansionarse, criticando a todos sus protectores apenas se alejaba de ellos. A los pocos pasos sintió la necesidad de pagar la comida reciente hablando mal de los dueños de la casa. Sabía que Robledo era compañero de estudios del marqués.

—Y a su esposa, ¿la conoce usted también hace mucho tiempo?...

El maligno personaje sonrió al enterarse de que Robledo la había visto por primera vez unas semanas antes.

—¿Rusa?... ¿Cree usted verdaderamente que es rusa?... Eso lo cuenta ella, así como las otras fábulas de su primer marido, Gran Mariscal de la corte, y de toda su noble parentela. Son muchos los que creen que no ha habido jamás tal marido. Yo no me atrevo a decir si es verdad o mentira; pero puedo afirmar que en casa de esta gran dama rusa nunca he visto a ningún personaje de dicho país.

Hizo una pausa como para tomar fuerzas, y añadió con energía:

—A mí me han dicho gentes de allá, indudablemente bien enteradas, que no es rusa. Eso nadie lo cree. Unos la tienen por rumana y hasta afirman haberla visto de joven en Bucarest; otros aseguran que nació en Italia, de padres polacos. ¡Vaya usted a saber!... ¡Si tuviésemos que averiguar el nacimiento y la historia de todas las personas que conocemos en París y nos invitan a comer!...

Miró de soslayo a Robledo para apreciar su grado de curiosidad y la confianza que podía tener en su discreción.

—El marqués es una excelente persona. Usted debe conocerlo bien. Fontenoy hace justicia a sus méritos y le ha dado un empleo importante para...

Presintió Robledo que iba a oír algo que le sería imposible aceptar en silencio, y como en aquel instante pasaba vacío un automóvil de alquiler, se apresuró a llamar a su conductor. Luego pretextó una ocupación urgente, recordada de pronto, para despedirse del maligno parásito.

Siempre que hablaba a solas con Torrebianca, éste hacía desviar la conversación hacia el asunto principal de sus preocupaciones: el mucho dinero que se necesita para sostener un buen rango social.

—Tú no sabes lo que cuesta una mujer: los vestidos, las joyas; además, el invierno en la Costa Azul, el verano en las playas célebres, el otoño en los balnearios de moda...

Robledo acogía tales lamentaciones con una conmiseración irónica que acababa por irritar a su amigo.

—Como tú no conoces lo que es el amor —dijo Torrebianca una tarde—, puedes prescindir de la mujer y permitirte esa serenidad burlona.

El español palideció, perdiendo inmediatamente su sonrisa. «¿Él no había conocido el amor?» Resucitaron en su memoria, después de esto, los recuerdos de una juventud que Torrebianca solo había entrevisto de un modo confuso. Una novia le había abandonado tal vez, allá en su país, para casarse con otro. Luego el italiano creyó recordar mejor. La novia había muerto y Robledo juraba, como en las novelas, no casarse... Este hombre corpulento, gastrónomo y burlón llevaba en su interior una tragedia amorosa.

Pero como si Robledo tuviera empeño en evitar que le tomasen por un personaje romántico, se apresuró a decir escépticamente:

—Yo busco a la mujer cuando me hace falta, y luego continúo solo mi camino. ¿Para qué complicar mi existencia con una compañía que no necesito?...

Una noche, al salir los tres de un teatro, Elena mostró deseos de conocer cierto restorán de Montmartre abierto recientemente. Para sus amigos era un lugar mágico, a causa de su decoración persa —estilo *Mil y una noches* vistas desde Montmartre— y de su iluminación de tubos de mercurio, que daba un tono verdoso a los salones, lo mismo que si estuviesen en el fondo del mar, y una lividez de ahogados a sus parroquianos.

Dos orquestas se reemplazaban incesantemente en la tarea de poblar el aire de disparates rítmicos. Los violines colaboraban con desafinados instrumentos de metal, uniéndose a esta cencerrada bailable un *claxon* de automóvil y varios artefactos musicales de reciente invención, que imitaban dos tablones que chocan, un fardo arrastrado por el suelo, una piedra sillar que cae...

En un gran óvalo abierto entre las mesas se renovaban incesantemente las parejas de danzarines. Los vestidos y sombreros de las mujeres —espumas de diversos colores en las que flotaban briznas de plata y oro—, así como las masas blancas y negras del indumento masculino, se esparcían en torno a las manchas cuadradas de los manteles.

Con la música estridente de las orquestas venía a juntarse un estrépito de feria. Los que no estaban ocupados en bailar lanzaban por el aire serpentinas y bolas de algodón, o insistían con un deleite infantil en hacer sonar pequeñas gaitas y otros instrumentos pueriles. Flotaban en el aire cargado de humo esferas de caucho de distintos colores que los concurrentes habían dejado escapar de sus manos. Los más, mientras comían y bebían, llevaban tocadas sus cabezas con gorros de bebé, crestas de pájaro o pelucas de payaso.

Había en el ambiente una alegría forzada y estúpida, un deseo de retroceder a los balbuceos de la infancia, para dar de este modo nuevo incentivo a los pecados monótonos de la madurez. El aspecto del restorán pareció entusiasmar a Elena.

—¡Oh, París! ¡No hay mas que un París! ¿Qué dice usted de esto, Robledo?

Pero como Robledo era un salvaje, sonrió con una indiferencia verdaderamente insolente. Comieron sin tener apetito y bebieron el contenido de una botella de champaña sumergida en un cubo plateado, que parecía repetirse en todas las mesas, como si fuese el ídolo de aquel lugar, en cuyo honor se celebraba la fiesta. Antes de que se vaciase la botella, otra ocupaba instantáneamente su sitio, cual si acabase de crecer del fondo del cubo.

La marquesa, que miraba a todos lados con cierta impaciencia, sonrió de pronto haciendo señas a un señor que acababa de entrar.

Era Fontenoy, y vino a sentarse a la mesa de ellos, fingiendo sorpresa por el encuentro.

Robledo se acordó de haber oído hablar a Elena repetidas veces del banquero mientras estaban en el teatro, y esto le hizo presumir si se habrían visto aquella misma tarde. Hasta se le ocurrió la sospecha de que este encuentro en Montmartre estaba convenido por los dos.

Mientras tanto, Fontenoy decía a Torrebianca, rehuyendo la mirada de la mujer de éste:

—¡Una verdadera casualidad!... Salgo de una comida con hombres de negocios; necesitaba distraerme; vengo aquí, como podía haber ido a otro sitio, y los encuentro a ustedes.

Por un momento creyó Robledo que los ojos pueden sonreír al ver la expresión de jovial malicia que pasaba por las pupilas de Elena.

Cuando la botella de champaña hubo resucitado en el cubo por tercera vez, la marquesa, que parecía envidiar a los que daban vueltas en el centro del salón, dijo con su voz quejumbrosa de niña:

—¡Quiero bailar, y nadie me saca!...

Su marido se levantó, como si obedeciese una orden, y los dos se alejaron girando entre las otras parejas.

Al volver a su asiento, ella protesto con una indignación cómica:

—¡Venir a Montmartre para bailar con el marido!...

Puso sus ojos acariciadores en Fontenoy, y añadió:

—No pienso pedirle que me invite. Usted no sabe bailar ni quiere descender a estas cosas frívolas... Además, tal vez teme que sus accionistas le retiren su confianza al verle en estos lugares.

Luego se volvió hacia Robledo:

—¿Y usted, baila?...

El ingeniero fingió que se escandalizaba. ¿Dónde podía haber aprendido los bailes inventados en los últimos años? Él solo conocía la *cueca* chilena, que danzaban sus peones los días de paga, o el *pericón* y el *gato*, bailados por algunos gauchos viejos acompañándose con el retintín de sus espuelas.

—Tendré que aburrirme sin poder bailar... y eso que voy con tres hombres. ¡Qué suerte la mía!

Pero alguien intervino como si hubiese escuchado sus quejas. Torrebianca hizo un gesto de contrariedad. Era un joven danzarín, al que había visto muchas veces en los restoranes nocturnos. Le inspiraba una franca antipatía, por el hecho de que su mujer hablaba de él con cierta admiración, lo mismo que todas sus amigas.

Gozaba los honores de la celebridad. Alguien, para marear irónicamente la altura de su gloria, lo había apodado «el águila del tango». Robledo adivinó que era un sudamericano por la soltura graciosa de sus movimientos y su atildada exageración en el vestir. Las mujeres admiraban la pequeñez de sus pies montados en altos tacones y el brillo de la abultada masa de sus cabellos, echada atrás y tan unida como un bloque de laca.

Esta «águila» bailarina, que se hacía mantener por sus parejas, según murmuraban los envidiosos de su gloria, se vio aceptada por la mujer de Torrebianca, y los dos empezaron a danzar. El cansancio obligó a Elena repetidas veces a volver a la mesa; pero al poco rato ya estaba llamando con sus ojos al bailarín, que acudía oportunamente.

Torrebianca no ocultó su disgusto al verla con este mozo antipático. Fontenoy permanecía impasible o sonreía distraídamente durante los breves momentos que Elena empleaba en descansar.

Volvió a acordarse Robledo de la expresión de lejanía que había observado en todos los que tienen un pagaré de vencimiento próximo. Pero este recuerdo pasó rápidamente por su memoria.

Miró con más atención al banquero, y se dio cuenta de que ya no pensaba en cosas invisibles. La insistencia de Elena en bailar con el mismo jovenzuelo había acabado por imprimir en su rostro un gesto de descontento igual al que mostraba Torrebianca.

Siempre que pasaba ella en brazos de su danzarín, sonreía a Fontenoy con cierta malicia, como si gozase viendo su cara de disgusto.

El español miró a un lado de la mesa, luego miró al lado opuesto, y pensó: «Cualquiera diría que estoy entre dos maridos celosos.»

III

En uno de los tés de la marquesa de Torrebianca conoció Robledo a la condesa Titonius, dama rusa, casada con un noble escandinavo, el cual parecía absorbido por su cónyuge, hasta el punto de que nadie reparase en su persona.

Era una mujer entre los cuarenta años y los cincuenta, que todavía guardaba vestigios algo borrosos de una belleza ya remota. Su obesidad desbordante, blanca y flácida tenía por remate una cabecita de muñeca sentimental; y como gustaba de escribir versos amorosos, apresurándose a recitarlos en el curso de las conversaciones, sus enemigas la habían apodado «Cien kilos de poesía».

Se presentaba en plena tarde audazmente escotada, para lucir con orgullo sus albas y gelatinosas superfluidades. Usaba joyas gigantescas y bárbaras, en armonía con una peluca rubia a la que iba añadiendo todos los meses nuevos rizos.

Entre estas alhajas escandalosamente falsas, la única que merecía cierto respeto era un collar de perlas, que, al sentarse su dueña, venía a descansar sobre el globo de su vientre. Estas perlas irregulares, angulosas y con raíces se parecían a los dientes de animal que emplean algunos pueblos salvajes para fabricarse adornos. Los maldicientes aseguraban que eran recuerdos de amantes de su juventud, a los que la condesa había arrancado las muelas, no quedándole otra cosa que sacar de ellos. Su sentimentalismo y la libertad con que hablaba del amor justificaban tales murmuraciones.

Al saber por su amiga Elena que Robledo era un millonario de América, lo miró con apasionado interés. Hablaron, con una taza de té en la mano, o más bien dicho, fue ella la que habló, mientras el ingeniero buscaba mentalmente un pretexto para escapar.

—Usted que ha viajado tanto y es un héroe, ilústreme con su experiencia... ¿Qué opina usted del amor?

Pero la poetisa, a pesar de sus ojeadas tiernas y miopes, vio que Robledo huía murmurando excusas, como si le asustase una conversación iniciada con tal pregunta.

Elena le rogó semanas después que asistiese a una fiesta dada por la condesa.

—Son reuniones muy originales. La dueña de la casa invita a una bohemia inquietante para que aplauda sus versos, y la mezcla con gentes distinguidas que conoció en los salones. Algunos extranjeros van de buena fe, creyendo encontrar autores célebres, y solo conocen fracasados viejos y ácidos. También protege a ciertos jóvenes que se presentan con solemnidad, convencidos de una gloria que solo existe entre sus camaradas o en las páginas de alguna revistilla que nadie lee... Debe usted ver eso. Difícilmente encontrará en París una casa semejante. Además, he prometido a la pobre condesa que asistirá usted a su fiesta, y me enfadaré si no me obedece.

Por no disgustarla, se dirigió Robledo a las diez de la noche a la avenida Kleber, donde vivía la condesa, después de haber comido con varios compatriotas en un restorán de los bulevares.

Dos servidores alquilados para la fiesta se ocupaban en recoger los abrigos de los invitados. Apenas entró el ingeniero en el recibimiento, se dio cuenta de la mezcolanza social descrita por Elena. Llegaban parejas de aspecto distinguido, acostumbradas a la vida de los salones, vestidas con elegancia, y revueltas con ellas vio pasar a varios jóvenes de abundosa cabellera, que llevaban frac lo mismo que los otros invitados, pero se despojaban de paletós raídos o con los forros rotos. Sorprendió la mirada irónica de los dos servidores al colgar algunos de estos gabanes, así como ciertos abrigos de pieles con grandes calvas, pertenecientes a señoras que ostentaban extravagantes tocados.

Un viejo con melenas de un blanco sucio y gran chambergo, que tenía aspecto de poeta tal como se lo imagina el vulgo, se despojó de un gabancito veraniego y dos bufandas de lana arrolladas a su cuerpo para suplir la falta de abrigo. Retiró la pipa de su boca, golpeando con ella la suela de uno de sus zapatos, y la metió luego en un bolsillo del gabán, recomendando a los criados que lo guardasen cuidadosamente, como si fuese prenda de gran valor.

El abrigo de pieles que llevaba Robledo atrajo el respeto de los dos servidores. Uno de ellos le ayudó a despojarse de él, conservándolo sobre sus brazos.

—Puede usted admirarlo; le doy permiso —dijo el ingeniero—. Lo compré hace pocos días. Una rica pieza, ¿eh?...

Pero el criado, sin hacer caso de su tono burlón, contestó:

—Lo pondré aparte. Temo que a la salida se equivoque alguno y se lo lleve, dejando el suyo al señor.

Y guiñó un ojo, señalando al mismo tiempo los gabanes de aspecto lamentable amontonados en la antesala.

La noble poetisa mostró un entusiasmo ruidoso al verle en sus salones. Apartando a los otros invitados, salió a su encuentro y le estrechó ambas manos a la vez. Luego, apoyada en su brazo, lo fue llevando entre los grupos para hacer la presentación. Le acariciaba con los ojos, como si fuese el principal atractivo de su fiesta; parecía sentir orgullo al mostrarlo a sus amigas. Con razón el día anterior le había dicho, burlándose, Elena: «¡Mucho ojo, Robledo! La condesa está locamente enamorada de usted, y la creo capaz de raptarle».

Expresaba la poetisa su entusiasmo con una avalancha de palabras al hacer la presentación del ingeniero.

—Un héroe; un superhombre del desierto, que allá en las pampas de la Argentina ha matado leones, tigres y elefantes.

Robledo puso cara de espanto al oír tales disparates, pero la condesa no estaba para reparar en escrúpulos geográficos.

—Cuando me haya contado todas sus hazañas —continuó—, escribiré un poema épico, de carácter moderno, relatando en verso las aventuras de su vida. A mí, los hombres solo me interesan cuando son héroes...

Y otra vez Robledo puso cara de asombro.

Como la condesa no veía ya cerca de ella más invitados a quienes presentar su héroe, lo condujo a un gabinete completamente solitario, sin duda a causa de los olores que a través de un cortinaje llegaban de la cocina, demasiado próxima.

Ocupó un sillón amplio como un trono, e invitó a sentarse a Robledo. Pero cuando éste buscaba una silla, la Titonius le indicó un taburete junto a sus pies.

—Así lograremos que sea mayor nuestra intimidad. Parecerá usted un paje antiguo prosternado ante su dama.

No podía ocultar Robledo el asombro que le causaban estas palabras, pero acabó por colocarse tal como ella quería, aunque el asiento le resultase molesto, a causa de su corpulencia.

Copiaba la Titonius los gestos pueriles y el habla ceceante de su amiga; pero estas imitaciones infantiles resultaban en ella extremadamente grotescas.

—Ahora que estamos solos —dijo—, espero que hablará usted con más libertad, y vuelvo a hacerle la misma pregunta del otro día: ¿Qué opina usted del amor?

Quedó sorprendido Robledo, y al final balbuceó:

—¡Oh, el amor!... Es una enfermedad... eso es: una enfermedad de la que vienen ocupándose las gentes hace miles de años, sin saber en qué consiste.

La condesa se había aproximado mucho a él, a causa de su miopía, prescindiendo del auxilio de unos impertinentes de concha que guardaba en su diestra. Inclinándose sobre el emballenado hemisferio de su vientre, casi juntaba su cara con la del hombre sentado a sus pies.

—¿Y cree usted —prosiguió— que un alma superior y mal comprendida, como la mía, podrá encontrar alguna vez el alma hermana que le complete?...

Robledo, que había recobrado su tranquilidad, dijo gravemente:

—Estoy seguro de ello... Pero todavía es usted joven y tiene tiempo para esperar.

Tal fue su arrobamiento al oír esta respuesta, que acabó por acariciar el rostro de su acompañante con los lentes que tenía en una mano.

—¡Oh, la galantería española!... Pero separémonos; guardemos nuestro secreto ante un mundo que no puede comprendernos. Leo en sus ojos el deseo ardiente... ¡conténgase ahora! Yo procuraré que nuestras almas vuelvan a encontrarse con más intimidad. En este momento es imposible... Los deberes sociales... las obligaciones de una dueña de casa...

Y después de levantarse del sillón-trono con toda la pesadez de su volumen, se alejó imitando la ligereza de una niña, no sin enviar antes a Robledo un beso mudo con la punta de sus lentes.

Desconcertado por esta agresividad pasional, y ofendido al mismo tiempo porque creía verse en una situación grotesca, el ingeniero abandonó igualmente el solitario gabinete.

Al volver a los salones iba tan ofuscado, que casi derribó a un señor de reducida estatura, y éste, a pesar del golpe recibido, hizo una reverencia murmurando excusas. Le vio después yendo de un lado a otro, tímido y humilde, vigilando a los servidores con unos ojos que parecían pedirles perdón, y cuidándose de volver a su sitio los muebles puestos en desorden por los invitados. Apenas le hablaba alguien, se apresuraba a contestar con grandes muestras de respeto, huyendo inmediatamente.

La Titonius tenía en torno a ella un círculo de hombres, que eran en su mayor parte los jóvenes de aspecto «artista» vistos por Robledo en la antesala. Muchas señoras se burlaban francamente de la condesa, partiendo de sus grupos irónicas miradas hacia su persona. El viejo que había dejado sus bufandas y su pipa en el guardarropa dio varias palmadas, siseó para imponer silencio, y dijo luego con solemnidad:

—La asistencia reclama que nuestra bella musa recite algunos de sus versos incomparables.

Muchos aplaudieron, apoyando esta petición con gritos de entusiasmo. Pero la masa se mostró displicente y empezó a moverse en su asiento haciendo signos negativos. Al mismo tiempo dijo con voz débil, como si acabase de sentir una repentina enfermedad:

—No puedo, amigos míos... Esta noche me es imposible... Otro día, tal vez...

Volvió a insistir el grupo de admiradores, y la condesa repitió sus protestas con un desaliento cada vez más doloroso, como si fuese a morir.

Al fin, los invitados la dejaron en paz, para ocuparse en cosas más de su gusto. Los grupos volvieron sus espaldas a la poetisa, olvidándola. Un músico joven, afeitado y con largas guedejas, que pretendía imitar la fealdad «genial» de algunos compositores célebres, se sentó al piano e hizo correr sus dedos sobre las teclas. Dos muchachas acudieron con aire suplicante, poniendo sus manos sobre las del pianista. Oirían después con mucho gusto sus obras sublimes; pero por el momento debía mostrarse bondadoso y al nivel del vulgo, tocando algo para bailar. Se contentaban con un vals, si es que sus convicciones artísticas le impedían descender hasta las danzas americanas.

Varias parejas empezaron a girar en el centro del salón, y cuando iba aumentando su número y no quedaba quien se acordase de la condesa, ésta miró a un lado y a otro con asombro y se puso en pie:

—Ya que me piden versos con tanta insistencia, accederé al deseo general. Voy a decir un pequeño poema.

Tales palabras esparcieron la consternación. El pianista, por no haberlas oído, continuó tocando; pero tuvo que detenerse, pues el señor humilde y anónimo que iba de un lado a otro como un doméstico se acercó a él, tomándole las manos. Al cesar la música, las parejas quedaron inmóviles; y, finalmente, con una expresión aburrida, volvieron a sus asientos. La condesa empezó a recitar. Algunos invitados la oían con tina atención dolorosa o una inmovilidad estúpida, pensando indudablemente en cosas remotas. Otros parpadeaban, haciendo esfuerzos para repeler el sueño que corría hacia ellos montado en el sonsonete de las rimas.

Dos señoras ya entradas en años y de aspecto maligno fingían gran interés por conocer los versos, y hasta se llevaban de vez en cuando una mano a la oreja para oír mejor. Pero al mismo tiempo las dos seguían conversando detrás de sus abanicos. En ciertos momentos dejaban éstos sobre sus rodillas para aplaudir y gritar: «¡Bravo!»; pero volvían a recobrarlos y los desplegaban, riendo de la dueña de la casa bajo el amparo de su tela.

Robledo estaba detrás de ellas, apoyado en el quicio de una puerta y medio oculto por el cortinaje. Como la condesa declamaba con vehemencia, las dos señoras se veían obligadas a elevar un poco el tono de su voz, y el ingeniero, que era de oído sutil, pudo enterarse de lo que decían.

—Sería preferible —murmuraba una de ellas— que en vez de regalarnos con versos, preparase un *buffet* mejor para sus invitados.

La otra protestó. En casa de la Titonius, la mesa era más peligrosa cuanto más abundante. Se necesitaba un valor heroico para aceptar la invitación a sus comidas, que ella misma preparaba.

—A los postres hay que pedir por teléfono un médico, y alguna vez será preciso avisar a la Agencia de pompas fúnebres.

Entre risas sofocadas, recordaban la historia de la dueña de la casa. Había sido rica en otros tiempos; unos decían que por sus padres; otros, que por sus amantes. Para llegar a condesa se había casado con el conde Titonius, personaje arruinado e insignificante, que consideró preferible esta humillación a pegarse un tiro. Ocupaba en la casa una situación inferior a la de los domésticos. Cuando la condesa tenía excitados los nervios por la infidelidad de alguno de sus jóvenes admiradores arrojaba escaleras abajo las camisas y calzoncillos del conde, ordenándole como una reina ofendida que desapareciese para siempre. Pero pasada una semana, al organizar la poetisa una nueva fiesta, reaparecía el desterrado, siempre humilde y melancólico, encogiéndose como si temiese ocupar demasiado espacio en los salones de su mujer.

—Yo no sé —continuó una de las murmuradoras— para qué da estas fiestas estando arruinada. Fíjese en la mesa que nos ofrecerá luego. Los grandes pasteles y las frutas ricas que adornan el centro son alquiladas por una noche, lo mismo que sus domésticos. Todos lo saben, y nadie se atreve a tocar esas cosas apetecibles por miedo a su enfado. La gente se limita al té y las galletas, fingiéndose desganada.

Cesaron en sus murmuraciones para aplaudir a la poetisa, y ésta, enardecida por el éxito, empezó a declamar nuevos versos.

Como a Robledo no le interesaba la maligna conversación de las dos señoras, y menos aún el talento poético de la dueña de la casa, aprovechó un momento en que ésta le volvía la espalda para saludar a sus admiradores, y pasó al gabinete donde había estado antes.

El mismo señor humilde y obsequioso con el que se había tropezado repetidas veces estaba ahora medio tendido en un diván y fumando, como un trabajador que al fin puede descansar unos minutos. Se entretenía en seguir con los ojos las espirales del humo de su cigarrillo; pero al ver que un invitado acababa de sentarse cerca de él, creyó necesario sonreírle, preguntando a continuación:

—¿Se aburre usted mucho?...

El español le miró fijamente antes de responder:

—¿Y usted?...

Contestó con un movimiento de cabeza afirmativo, y Robledo hizo un gesto de invitación que pretendía decirle: «¿Quiere usted que nos vayamos?...». Pero los ojos melancólicos del desconocido parecieron contestar: «Si yo pudiese marcharme... ¡qué felicidad!».

—¿Es usted de la casa? —preguntó al fin Robledo.

Y el otro, abriendo los brazos con una expresión de desaliento, dijo:

—Soy su dueño; soy el marido de la condesa Titonius.

Después de tal revelación, creyó oportuno Robledo abandonar su asiento, guardándose el cigarro que iba a encender.

Al volver a los salones vio que todos aplaudían ruidosamente a la poetisa, convencidos de que por el momento había renunciado a decir más versos. Estrechaba efusivamente las manos tendidas hacia ella, y luego se limpiaba el sudor de su frente, diciendo con voz lánguida:

—Voy a morir. La emoción... la fiebre del arte... Me han matado ustedes al obligarme con sus ruegos insistentes a recitar mis versos.

Miró a un lado y a otro como si buscase a Robledo, y al descubrirle, fue hacia él.

—Déme su brazo, héroe, y pasemos al *buffet*.

La mayor parte del público no pudo ocultar su regocijo al ver que se abría la puerta de la habitación donde estaba instalada la mesa. Muchos corrieron, atropellando a los demás, para entrar los primeros. La Titonius, apoyada en un brazo del ingeniero, le miraba de muy cerca con ojos de pasión.

—¿Se ha fijado en mi poema *La aurora sonrosada del amor*... ¿Adivina usted en quién pensaba yo al recitar estos versos?

Él volvió el rostro para evitar sus miradas ardientes, y al mismo tiempo porque temía dar libre curso a la risa que le cosquilleaba el pecho.

—No he adivinado nada, condesa. Los que vivimos allá en el desierto, ¡nos criamos tan brutos!

Agolpáronse los invitados en torno a la mesa, admirando los grandes platos que ocupaban su centro, como algo imposible de conquistar. Eran magníficos pasteles y pirámides de frutas enormes, que se destacaban majestuosos sobre otras cosas de menos importancia.

Los dos criados que estaban antes en el recibimiento y un *maître d'hôtel* con cadena de plata y patillas de diplomático viejo parecían defender el tesoro del centro de la mesa, dignándose entregar únicamente lo que estaba en los bordes de ella. Servían tazas de té, de chocolate, o copas de licor; y en cuanto a comestibles, solo avanzaban los platos de emparedados y galletas.

El viejo de las bufandas, al que llamaba la condesa *cher maître*, se cansó sin éxito dirigiendo peticiones a un criado que no quería entenderle. Avanzaba un plato vacío para obtener un pedazo de pastel o una de las frutas, señalando ansiosamente el objeto de sus deseos. Pero el doméstico le miraba con asombro, como si le propusiese algo indecente, acabando por volver la espalda, luego de depositar en su plato una galleta o un emparedado.

Robledo quedó junto a la mesa, cerca de aquellas materias preciosas y alquiladas defendidas por la servidumbre. La condesa abandonó su brazo para contestar a los que la felicitaban. Satisfecho de que la poetisa le dejase en paz por unos instantes, fue examinando la mesa, con un plato y un cuchillito en las manos. Como el *maître d'hôtel* y sus acólitos estaban ocupados en atender al público, pudo avanzar entre aquella y la pared, y cortó tranquilamente un pedazo del pastel más majestuoso. Aún tuvo tiempo para tomar igualmente una de las frutas vistosas, partiéndola y mondándola. Pero cuando iba a comerla, la dueña de la casa, libre momentáneamente de sus admiradores, pudo volver hacia él su rostro amoroso, y lo primero que vio fue el enorme pastel empezado y la fruta despedazada sobre el platillo que el héroe tenía en una mano.

Su fisonomía fue reflejando las distintas fases de una gran revolución interior. Primeramente mostró asombro, como si presenciase un hecho inaudito que trastornaba todas las reglas consagradas; luego, indignación; y, finalmente, rencor. Al día siguiente tendría que pagar este destrozo estúpido... ¡Y ella que se imaginaba haber encontrado un alma de héroe, digna de la suya!...

Abandonó a Robledo, y fue al encuentro del pianista, que rondaba la mesa, pasando de un criado a otro para repetir sus peticiones de emparedados y de copas.

—Déme su brazo... Beethoven.

Al deslizarse entre dos grupos, dijo, mostrando al músico:

—Voy a escribir cualquier día un libreto de ópera para él, y entonces la gente se verá obligada a hablar menos de Wagner.

Se lo llevó al gran salón, que estaba ahora desierto, y le hizo sentarse al piano, empezando a recitar a toda voz, con acompañamiento de arpegios. Pero las gentes no podían despegarse de la atracción de la mesa, y permanecieron sordas a los versos de la dueña de la casa, aunque fuesen ahora servidos con música.

Los invitados de más distinción formaban grupo aparte en la plaza donde estaba instalado el *buffet*, manteniéndose lejos de las otras gentes reclutadas por la noble poetisa. Robledo vio en este grupo a los marqueses de Torrebianca, que acababan de llegar con gran retraso, por haber estado en otra fiesta. Elena hablaba con aire distraído, pronunciando palabras faltas de ilación, como si su pensamiento estuviese lejos de allí. Adivinando el ingeniero que la molestaba con su charla, fue en busca de Federico, pero éste tampoco se fijó en su persona, por hallarse muy interesado en describir a un señor los importantes negocios que su amigo Fontenoy iba realizando en diversos lugares de la tierra.

Aburrido, y no dándose cuenta aún de la causa del abandono en que le dejaba la dueña de la casa, se instaló en un sillón, e inmediatamente oyó que hablaban a sus espaldas. No eran las dos señoras de poco antes. Un hombre y una mujer sentados en un diván murmuraban lo mismo que la otra pareja maldiciente, como si todos en aquella fiesta no pudieran hacer otra cosa apenas formaban grupo aparte.

La mujer nombró a la esposa de Torrebianca, diciendo luego a su acompañante:

—Fíjese en sus joyas magníficas. Bien se conoce que a ella y al marido les ha costado poco trabajo el adquirirlas. Todos saben que las pagó un banquero.

El hombre se creía mejor enterado.

—A mí me han dicho que esas joyas son falsas, tan falsas como las de nuestra poética condesa. Los Torrebianca se han quedado con el dinero que dio Fontenoy para las verdaderas; o han vendido las verdaderas, sustituyéndolas con falsificaciones.

La mujer acogió con un suspiro el nombre de Fontenoy.

—Ese hombre está próximo a la ruina. Todos lo dicen. Hasta hay quien habla de tribunales y de cárcel... ¡Qué rusa tan voraz!

Sonó una risa incrédula del hombre.

—¿Rusa?... Hay quien la conoció de niña en Viena, cantando sus primeras romanzas en un *music-hall*. Un señor que perteneció a la diplomacia afirma por su parte que es española, pero de padre inglés... Nadie conoce su verdadera nacionalidad; tal vez ni ella misma.

Robledo abandonó su asiento. No era digno de él permanecer allí escuchando silenciosamente tales cosas contra sus amigos. Pero antes de alejarse sonó a sus espaldas una doble exclamación de asombro.

—¡Ahí llega Fontenoy —dijo la mujer—, el gran protector de los Torrebianca! ¡Qué extraño verle en esta casa, que nunca quiere visitar, por miedo a que su dueña le pida luego un préstamo!... Algo extraordinario debe ocurrir.

El ingeniero reconoció a Fontenoy en el grupo de gente elegante saludando a los Torrebianca. Sonreía con amabilidad, y Robledo no pudo notar en su persona nada extraordinario. Hasta había perdido aquel gesto de preocupación que evocaba la imagen de un pagaré de próximo vencimiento. Parecía más seguro y tranquilo que otras veces. Lo único anormal en su exterior era la exagerada amabilidad con que hablaba a las gentes.

Observándole de lejos, el español pudo ver cómo hacía una leve seña con los ojos a Elena. Luego, fingiendo indiferencia, se separó del grupo para aproximarse lentamente al gabinete solitario donde habían estado al principio Robledo y la condesa.

Tomaba al paso distraídamente las manos que le tendían algunos, deseosos de entablar conversación. «Encantados de verle...» Y seguía adelante.

Al pasar junto a Robledo le saludó con la cabeza, haciendo asomar a su rostro la sonrisa de bondad protectora habitual en él; pero esta sonrisa se desvaneció inmediatamente.

Los dos hombres habían cruzado sus miradas, y Fontenoy vio de pronto en los ojos del otro algo que le hizo retirar el antifaz de su sonrisa. Parecía que hubiese encontrado en las pupilas del español un reflejo de su propio interior.

Tuvo el presentimiento Robledo de que se acordaría siempre de esta mirada rápida. Apenas se conocían los dos, y sin embargo hubo en los ojos de este hombre una expresión de abandono fraternal, como si le librase toda su alma durante un segundo.

Vio al poco rato cómo Elena se dirigía también disimuladamente hacia el gabinete, y sintió una curiosidad vergonzosa. Él no tenía derecho a entrometerse en los asuntos de estas dos personas. Pero al mismo tiempo, le era imposible desinteresarse del suceso extraordinario que se estaba preparando en aquellos momentos, y que su instinto le hacía presentir.

Este hombre había necesitado hablar a Elena con una urgencia angustiosa; solo así era explicable que se decidiese a buscarla en casa de la condesa Titonius. ¿Qué estarían diciéndose?...

Se atrevió a pasar, fingiendo distracción, ante la puerta del gabinete. Ella y Fontenoy hablaban de pie, con el rostro impasible y muy erguidos. Sus labios se movían apenas, como si temieran dejar adivinar en sus contracciones las palabras deslizadas suavemente.

Robledo se arrepintió de su curiosidad al ver la rápida mirada que le dirigía Fontenoy, mientras continuaba hablando a Elena, puesta de espaldas a la puerta.

Esta mirada volvió a emocionarle como la otra. El hombre que se la dirigía estaba tal vez en el momento más crítico de su existencia. Hasta creyó ver en sus ojos una reconvención. «¿Por qué te intereso, si nada puedes hacer por mí?...»

No se atrevió a pasar otra vez ante la puerta. Pero obedeciendo a una fuerza oscura más potente que su voluntad, se mantuvo cerca de ella, aparentando distracción y aguzando el oído. Reconocía que su conducta era incorrecta. Estaba procediendo como cualquiera de aquellos murmuradores a los que había escuchado por casualidad. Sin duda, el ambiente de esta casa empezaba a influir en él...

Era difícil enterarse de lo que decían las dos personas al otro lado de la puerta abierta. Además, los invitados habían empezado a bailar en los salones y el pianista golpeaba rudamente el teclado.

Unas palabras confusas llegaron hasta él. La pareja del gabinete levantaba el tono de su conversación a causa del ruido. Tal vez las emociones de su diálogo les hacían olvidar también toda reserva.

Reconoció la voz de Fontenoy.

—¿Para qué frases dramáticas?... Tú no eres capaz de eso. Yo soy el que se irá... En ciertos momentos es lo único que puede hacerse.

La música y el ruido del baile volvieron a obstruir sus oídos. Pero todavía, al humanizar el pianista por unos instantes su tempestuoso tecleo, pudo escuchar otra voz. Ahora era Elena la que hablaba, lejos, ¡muy lejos! con un tono de inmenso desaliento:

—Tal vez tienes razón. ¡Ay, el dinero!... Para los que sabemos lo que puede dar de sí, ¡qué horrorosa la vida sin él!...

No quiso oír más. La vergüenza de su espionaje acabó por vencer a la malsana curiosidad que le había dominado durante unos momentos. Debía respetar el secreto que hacía buscarse a estas dos personas. Presintió además que el tal misterio iba a ser de corta duración. Tal vez durase lo que la noche.

Cuando volvió a la pieza donde estaba el *buffet*, vio a su amigo Federico que seguía conversando con el mismo personaje: un señor ya viejo, con la roseta de la Legión de Honor en una solapa y el aspecto de un alto funcionario retirado.

Ahora era éste el que hablaba, después que Torrebianca hubo terminado la explicación de los grandes negocios de Fontenoy.

—Yo no dudo de la honradez de su amigo, pero me abstendría de colocar dinero en sus negocios. Me parece un hombre audaz, que sitúa sus empresas demasiado lejos. Todo marchará bien mientras los accionistas tengan fe en él. Pero, según parece, empiezan a no tenerla; y el día que exijan realidades y no esperanzas, el día que Fontenoy tenga que presentar con claridad la verdadera situación de sus negocios... entonces...

IV

Robledo se levantó muy tarde; pero aún pudo admirar el suave esplendor de un día primaveral en pleno invierno. Una neblina ligera saturada de Sol extendía su toldo de oro sobre París.

—Da gusto vivir —pensó al abandonar su hotel después de haber almorzado rápidamente en un comedor donde solo quedaban los criados.

Paseó toda la tarde por el Bosque de Bolonia, y poco antes del ocaso volvió a los bulevares. Se proponía comer en un restorán, buscando luego a los Torrebianca para pasar juntos una parte de la noche en cualquier lugar de diversión.

Estando en la terraza de un café compró un diario, y antes de abrirlo presintió que este papel recién impreso guardaba algo que podía sorprenderle. Tuvo el oscuro aviso de que iba a conocer cosas hasta entonces envueltas en el misterio... Y en el mismo instante sus ojos tropezaron con un título de la primera página: «Suicidio de un banquero».

Antes de leer el nombre del suicida estaba seguro de conocerlo. No podía ser otro que Fontenoy. Por eso no experimentó sorpresa alguna mientras continuaba su lectura. Los detalles del suicidio le parecieron sucesos naturales y ordinarios, como si alguien se los hubiese revelado previamente.

Fontenoy había sido encontrado en su lujosa vivienda tendido en la cama y guardando todavía en la diestra el revólver con que se había dado muerte.

Desde el día anterior circulaba por los centros financieros la noticia de su quiebra en condiciones tales que iba a atraer la intervención de la Justicia. Sus accionistas le acusaban de estafa, y el juez se proponía registrar al día siguiente su contabilidad, lo que hacía esperar a muchos una prisión inmediata del banquero.

El colonizador leyó por dos veces el final del artículo:

«La muerte de esta hombre deja visible el engaño en que vivían los que le confiaron su dinero. Sus empresas mineras e industriales en Asia y en África son casi ilusorias. Están todavía en los comienzos de un posible desarrollo, y sin embargo, él las presentó al público como negocios en plena prosperidad. Era un hombre que, según afirman algunos, tuvo más de iluso que de criminal; pero esto no impide que haya arruinado a muchas gentes. Además, parece que invirtió una parte considerable del dinero de sus accionistas en gastos particulares. Su tremenda responsabilidad alcanzará indudablemente a los que han colaborado con él en la dirección de estas empresas engañosas.

»A última hora se habla de la probable prisión de algunos personajes conocidos que trabajaron a las órdenes del banquero.»

Cesó de pensar en el suicida para ocuparse únicamente de su amigo. «¡Pobre Federico! ¿Qué va a ser de él?...» Y tomó inmediatamente un automóvil para que le llevase a la avenida Henri Martin.

El ayuda de cámara de Torrebianca le recibió con un rostro de fúnebre tristeza, como si hubiese muerto alguien en la casa. El marqués había salido a mediodía, así que supo por teléfono la noticia del suicidio, y aún estaba ausente.

—La señora marquesa —continuó el criado— está enferma, y no quiere recibir a nadie.

Robledo, escuchándole, pudo darse cuenta del efecto que había producido en aquella casa la muerte del banquero. La disciplina glacial y solemne de estos servidores ya no existía. Mostraban el aspecto azorado de una tripulación que presiente la llegada de la tormenta capaz de tragarse su buque. Robledo oyó pasos discretos detrás de los cortinajes, con acompañamiento de susurros, y vio cómo se levantaban aquéllos levemente, dejando asomar ojos curiosos.

Sin duda, en las inmediaciones de la cocina se había hablado mucho de la posibilidad de ciertas visitas, y cada vez que llegaba alguien a la casa temían todos que fuese la policía. El chófer preguntaba con sorda cólera a sus compañeros:

—Se mató el capitán, y este barco se va a pique. ¿Quién nos pagará ahora lo que nos deben?...

Regresó el ingeniero al centro de la ciudad para comer en un restorán, y tres veces llamó por teléfono a la casa de Torrebianca. Cerca ya de medianoche le contestaron que el señor acababa de entrar, y Robledo se apresuró a volver a la avenida Henri Martin.

Encontró a Federico en su biblioteca considerablemente avejentado, como si las últimas horas hubiesen valido para él años enteros. Al ver entrar a Robledo lo abrazó, buscando instintivamente un apoyo para sostener su cuerpo desalentado.

Le parecía asombroso que pudieran soportarse tantas emociones en tan poco tiempo. Por la mañana había sentido la misma impresión de felicidad y confianza que Robledo ante la hermosura del día. ¡Daba gusto vivir!... Y de pronto el llamamiento por teléfono, la terrible noticia, la marcha apresurada al domicilio de Fontenoy, el cadáver del banquero tendido en la cama y arrebatado después por los que intervienen en esta clase de muertes para hacer su autopsia.

Aún le había causado una impresión más dolorosa ver el aspecto de las oficinas de Fontenoy. El juez estaba en ellas como único amo, examinando papeles, colocando sellos, procediendo a un registro sin piedad, apreciándolo todo con ojos fríos, recelosos e implacables. El secretario del banquero, que había llamado a Torrebianca por teléfono, hacía esfuerzos para ocultar su turbación, y acogió la presencia de éste con gestos pesimistas.

—Creo que vamos a salir mal de esta aventura. El patrón debía habernos prevenido...

Pasó Torrebianca el resto del día buscando a otras personas de las que habían colaborado con Fontenoy, cobrando grandes sueldos por figurar como autómatas en los Consejos de Administración de sus empresas. Todos se mostraban igualmente pesimistas, con un miedo feroz capaz de toda clase de mentiras y vilezas contra los otros para conseguir la propia salvación.

Se quejaban de Fontenoy, al que habían alabado hasta pocas horas antes para que les proporcionase nuevos sueldos. Algunos le llamaban ya «bandido». Los hubo que, necesitando atacar a alguien para justificarse, insinuaron sus primeras protestas contra Torrebianca.

—Usted ha dicho en sus informes que los negocios eran magníficos. Debe haber visto con sus propios ojos lo que existe en aquellas tierras lejanas, pues de otro modo no se comprende cómo puso su firma en unos documentos técnicos que sirvieron para infundirnos confianza en los negocios de ese hombre.

Y Torrebianca empezó a darse cuenta de que todos necesitaban una víctima escogida entre los vivos, para que cargase con las tremendas responsabilidades evitadas por el banquero al refugiarse entre los muertos.

—Tengo miedo, Manuel —dijo a su camarada—. Yo mismo no comprendo ahora cómo firmé esos papeles, sin darme cuenta de su importancia... ¿Quién pudo aconsejarme una fe tan ciega en los negocios de Fontenoy?

Robledo sonrió tristemente. Podía darle el nombre de la persona que le había aconsejado; pero consideró inoportuno aumentar con tal revelación el desaliento de su amigo.

Aún en medio de sus preocupaciones, Torrebianca pensaba en su mujer.

—¡Pobre Elena! He hablado con ella hace un momento... Creí que iba a sufrir un accidente al contarle yo cómo había visto el cadáver de Fontenoy. Este suceso ha perturbado de tal modo su sistema nervioso, que temo por su salud.

Pero Robledo sintió tal impaciencia ante sus lamentaciones, que dijo brutalmente:

—Piensa en tu situación y no te ocupes de tu mujer. Lo que te amenaza es más grave que un ataque de nervios.

Los dos hombres, después de hablar largamente de esta catástrofe, acabaron por sentir cierto optimismo, como todos los que se familiarizan con la desgracia. ¡Quién podía conocer la verdad exacta mientras los asuntos del banquero no fuesen puestos en claro por el juez!... Fontenoy era más iluso que criminal; esto lo reconocían hasta sus mayores enemigos. Muchos de los negocios ideados por él acabarían siendo excelentes. Su defecto había consistido en pretender hacerlos marchar demasiado aprisa, engañando al público sobre su verdadera situación. Tal vez unos administradores prudentes sabrían hacerlos productivos, reconociendo los informes de Fontenoy como exactos y declarando que Torrebianca no había cometido ningún delito al aprobarlos.

—Bien puede ser así —dijo Robledo, que necesitaba mostrarse igualmente optimista.

Le había infundido al principio una gran inquietud el desaliento de su amigo, y prefería ayudarle a recobrar cierta confianza en el porvenir. Así pasaría mejor la noche.

—Verás como todo se arregla, Federico. No concedas demasiado valor a lo que dicen los antiguos parásitos de Fontenoy, aconsejados por el miedo.

Al día siguiente lo primero que hizo el español al levantarse fue buscar los periódicos. Todos se mostraban pesimistas y amenazadores en sus artículos sobre este suicidio, que tomaba la importancia de un gran escándalo parisién, augurando que la Justicia iba a meter en la cárcel a personalidades muy conocidas antes de que hubiesen transcurrido cuarenta y ocho horas. Hasta creyó adivinar en uno de los periódicos vagas alusiones a los informes de cierto ingeniero protegido de Fontenoy.

Cuando volvió a encontrar a Federico en su biblioteca, todavía le vio más viejo y más desalentado que en la noche anterior. Sobre una mesa estaban los mismos diarios que había leído él.

—Quieren llevarme a la cárcel —dijo con voz doliente—. Yo, que nunca he hecho mal a los demás, no comprendo por qué se encarnizan de tal modo conmigo.

En vano intentó Robledo consolarle.

—¡Qué vergüenza! —siguió diciendo—. Jamás he temido a nadie, y sin embargo, no puedo sostener la mirada de los que me rodean. Hasta cuando me habla mi ayuda de cámara bajo los ojos, temiendo ver los suyos... ¡Qué dirán de mí en mi propia casa!

Luego añadió, encogido y humilde, como si hubiese retrocedido a los años de su infancia:

—Tengo miedo de salir. Tiemblo solo de pensar que puedo ver a las mismas personas que he encontrado tantas veces en los salones, y me será preciso explicarles mi conducta, sufrir sus miradas irónicas, sus palabras de falsa lástima.

Calló, para añadir poco después con admiración:

—Elena es más valiente. Esta mañana, después de leer los periódicos, pidió el automóvil para ir no sé dónde. Debe estar haciendo visitas. Me dijo que era preciso defenderse... Pero ¿cómo voy a defenderme si es verdad que he autorizado con mi firma esos informes sobre negocios que no conozco?... Yo no sé mentir.

Robledo intentó en vano infundirle confianza, como en la noche anterior. Su optimismo carecía ya de fuerzas para rehacerse.

—También mi mujer cree, como tú, que esto puede arreglarse. Ella se siente tan segura de su influencia, que nunca llega a desesperar. Tiene en París muchas amistades; le quedan muchas relaciones de familia. Se ha ido esta mañana jurando que conseguirá desbaratar las tramas de mis enemigos... Porque ella supone que tenemos muchos enemigos y esos son los que intentan perderme, buscando un pretexto en la quiebra de Fontenoy... Elena sabe de todo más que yo, y no me extrañaría que consiguiese hacer cambiar la opinión de los periódicos y la del mismo juez, desvaneciendo esas amenazas disimuladas de proceso y de cárcel.

Se estremeció al pronunciar la última palabra.

—¡La cárcel!... ¿Ves tú, Manuel, a un Torrebianca en la cárcel?... Antes de que eso ocurra, apelaré al medio más seguro para evitar tal vergüenza.

Y recobraba su antigua energía vibrante y nerviosa, como si en su interior resucitasen todos sus antepasados, ofendidos por la amenaza.

Robledo se alarmó al ver la luz azulenca que pasaba por las pupilas de su amigo, igual al resplandor fugaz de una espada cimbreante.

—Tú no puedes hacer ese disparate —dijo—. Vivir es lo primero. Mientras uno vive, todo puede arreglarse bien o mal. Con la muerte sí que no hay arreglo posible... Además, ¡quién sabe!... Tal vez no te equivocas en lo que se refiere a tu mujer, y ella pueda llegar a influir en el arreglo de tu situación. Cosas más difíciles se han visto.

Al salir de la biblioteca encontró Robledo a varias personas sentadas en el recibimiento y aguardando pacientemente. El ayuda de cámara, con una confianza extemporánea y molesta para él, murmuró:

—Esperan a la señora marquesa... Les he dicho que el señor había salido.

No añadió más el criado; pero la expresión maliciosa de sus pupilas le hizo adivinar que los que esperaban eran acreedores.

El suicidio del banquero había dado fin al escaso crédito que aún gozaban los Torrebianca. Todas aquellas gentes debían saber que Fontenoy era el amante de la marquesa. Por otra parte, la quiebra de su Banco privaba al marido de los empleos que servían aparentemente para el sostenimiento de una vida lujosa.

Comprendió ahora que su amigo tuviese miedo y vergüenza de ver a los que le rodeaban en su propia casa y permaneciese aislado en su biblioteca.

A media tarde habló por teléfono con él. Elena acababa de regresar de su correría por París, mostrándose satisfecha de sus numerosas visitas.

—Me asegura que por el momento ha parado el golpe, y todo se irá arreglando después —dijo Torrebianca, no queriendo mostrarse más expansivo en una conversación telefónica.

Cerrada la noche, volvió Robledo a la avenida Henri Martin. Había leído en un café los diarios vespertinos, no encontrando en ellos nada que justificase la relativa tranquilidad de su amigo. Continuaban las noticias pesimistas y las alusiones a una probable prisión de las personas comprometidas en la escandalosa quiebra.

Vio otra vez sobre una mesa de la biblioteca los mismos periódicos que él acababa de leer, y se explicó el desaliento de su amigo, quebrantado por el vaivén de los sucesos, saltando en el curso de unas pocas horas de la confianza a la desesperación. Era rudo el contraste entre su voz fría y reposada y el crispamiento doloroso de su rostro. Indudablemente, había adoptado una resolución, y persistía en ella, sin más esperanza que un suceso inesperado y milagroso, único que podía salvarle. Y si no llegaba este prodigio... entonces...

Miró Robledo a todos lados, fijándose en la mesa y otros muebles de la biblioteca. ¡No poder adivinar dónde estaba guardado el revólver que era para su amigo el último remedio!...

—¿Hay gente ahí fuera? —preguntó Torrebianca.

Como parecía conocer las visitas molestas que durante el día habían desfilado por el recibimiento, Robledo no pidió una aclaración a esta pregunta, limitándose a contestarla con un movimiento negativo. Entonces él habló de aquella invasión de acreedores que llegaba de todos los extremos de París.

—Huelen la muerte —dijo—, y vienen sobre esta casa como bandas de cuervos... Cuando entró Elena a media tarde, el recibimiento estaba repleto... Pero ella posee una magia a la que no escapan hombres ni mujeres, y le bastó hablar para convencerlos a todos. Creo que hasta le habrían hecho nuevos préstamos de pedírselos ella...

Ensalzaba con orgullo el poder seductor de su esposa; pero la realidad se sobrepuso muy pronto a esta admiración.

—Volverán —dijo con tristeza—. Se han ido, pero volverán mañana... También Elena ha visto a ciertos amigos poderosos que inspiran a los periódicos o tienen influencia sobre los jueces. Todos le han prometido servirla; pero ¡ay! cuando ella está lejos, cuando no la ven, su poder ya no es el mismo... Le han dicho que arreglarán las cosas, y no dudo que así será por el momento; pero ¿qué puede una mujer contra tantos enemigos?... Además, no debo consentir que mi esposa vaya de un lado a otro defendiéndome, mientras yo permanezco aquí encerrado. Sé a lo que se expone una mujer cuando va a solicitar el apoyo de los hombres. No... Eso sería peor que la cárcel.

Y por las pupilas de Torrebianca, que mostraba a veces un temor pueril y a continuación una gran energía, pasó cierto resplandor agresivo al pensar en los peligros a que podía verse expuesta la fidelidad de Elena durante las gestiones hechas para salvarle.

—La he prohibido que continúe las visitas, aunque sean a viejos amigos de su familia. Un hombre de honor no puede tolerar ciertas gestiones cuando se trata de su mujer... Confiémonos a la suerte, y ocurra lo que Dios quiera. Solo el cobarde carece de solución cuando llega el momento decisivo.

Robledo, que le había escuchado sin dar muestras de impaciencia, dijo con voz grave:

—Yo tengo una solución mejor que la tuya, pues te permitirá vivir... Vente conmigo.

Y lentamente, con una frialdad metódica, como si estuviera exponiendo un negocio o un proyecto de ingeniería, le explicó su plan.

Era absurdo esperar que se arreglasen favorablemente los asuntos embrollados por el suicidio de Fontenoy, y resultaba peligroso seguir viviendo en París.

—Te advierto que adivino lo que piensas hacer mañana o tal vez esta misma noche, si consideras tu situación sin remedio. Sacarás tu revólver de su escondrijo, tomarás una pluma y escribirás dos cartas, poniendo en el sobre de una de ellas: «Para mi esposa»; y en el sobre de la otra: «Para mi madre». ¡Tu pobre madre que tanto te quiere, que se ha sacrificado siempre por ti, y a cuyos sacrificios corresponderás yéndote del mundo antes de que ella se marche!...

53

El tono de acusación con que fueron dichas estas palabras conmovió a Torrebianca. Se humedecieron sus ojos y bajó la frente, como avergonzado de una acción innoble. Sus labios temblaron, y Robledo creyó adivinar que murmuraban levemente: «¡Pobre mamá!... ¡Mamá mía!».

Sobreponiéndose a la emoción, volvió a levantar Federico su cabeza.

—¿Crees tú —dijo— que mi madre se considerará más feliz viéndome en la cárcel?

El español se encogió de hombros.

—No es preciso que vayas a la cárcel para seguir viviendo. Lo que pido es que te dejes conducir por mí y me obedezcas, sin hacerme perder tiempo.

Después de mirar los periódicos que estaban sobre la mesa, añadió:

—Como creo dificilísima tu salvación, mañana mismo salimos para la América del Sur. Tú eres ingeniero, y allá en la Patagonia podrás trabajar a mi lado... ¿Aceptas?

Torrebianca permaneció impasible, como si no comprendiese esta proposición o la considerase tan absurda que no merecía respuesta. Robledo pareció irritarse por su silencio.

—Piensa en los documentos que firmaste para servir a Fontenoy, declarando excelentes unos negocios que no habías estudiado.

—No pienso en otra cosa —contestó Federico—, y por eso considero necesaria mi muerte.

Ya no contuvo su indignación el español al oír las últimas palabras, y abandonando su asiento, empezó a hablar con voz fuerte.

—Pero yo no quiero que mueras, grandísimo majadero. Yo te ordeno que sigas viviendo, y debes obedecerme... Imagínate que soy tu padre... Tu padre no, porque murió siendo tú niño... Hazte cuenta que soy tu madre, tu vieja mamá, a la que tanto quieres, y que te dice: «Obedece a tu amigo, que es lo mismo que si me obedecieses a mí».

La vehemencia con que dijo esto volvió a conmover a Torrebianca, hasta el punto de hacerle llevar las manos a los ojos. Robledo aprovechó su emoción para decir lo que consideraba más importante y difícil.

—Yo te sacaré de aquí. Te llevaré a América, donde puedes encontrar una nueva existencia. Trabajarás rudamente, pero con más nobleza y más provecho que en el viejo mundo; sufrirás muchas penalidades, y tal vez llegues a ser rico... Pero para todo eso necesitas venir conmigo... solo.

Se incorporó el marqués, apartando las manos de su rostro. Luego miró a su amigo con una extrañeza dolorosa. ¿Solo?... ¿Cómo se atrevía a proponerle que abandonase a Elena?... Prefería morir, pues de este modo se libraba del sufrimiento de pensar a todas horas en la suerte de ella.

Como Robledo estaba irritado, y en tal caso, siempre que alguien se oponía a sus deseos, era de un carácter impetuoso, exclamó irónicamente:

—¡Tu Elena!... Tu Elena es...

Pero se arrepintió al fijarse en el rostro de Federico, procurando justificar su tono agresivo.

—Tu Elena es... la culpable en gran parte de la situación en que ahora te encuentras. Ella te hizo conocer a Fontenoy, ¿No es así?... Por ella firmaste documentos que representan tu deshonra profesional.

Federico bajó la cabeza; pero el otro todavía quiso insistir en su agresividad.

—¿Cómo conoció tu mujer a Fontenoy?... Me has dicho que era amigo antiguo de su familia... y eso es todo lo que sabes.

Aún se contuvo un momento, pero su cólera le empujó, pudiendo más que su prudencia, que le aconsejaba callar.

—Las mujeres conocen siempre nuestra historia, y nosotros solo sabemos de ellas lo que quieren contarnos.

El marqués hizo un gesto como si se esforzase por comprender el sentido de tales palabras.

—Ignoro lo que quieres decir —dijo con voz sombría—; pero piensa que hablas de mi mujer. No olvides que lleva mi nombre. ¡Y yo la amo tanto!...

Después quedaron los dos en silencio. Según transcurrían los minutos parecía agrandarse la separación entre ambos. Robledo creyó conveniente hablar para el restablecimiento de su amistosa cordialidad.

—Allá, la vida es dura, y solo se conocen de muy lejos las comodidades de la civilización. Pero el desierto parece dar un baño de energía, que purifica y transforma a los hombres fugitivos del viejo mundo, preparándolos para una nueva existencia. Encontrarás en aquel país náufragos de todas las catástrofes, que han llegado lo mismo que los que se salvan nadando, hasta poner el pie en una isla bienaventurada. Todas las diferencias de nacionalidad, de casta y de nacimiento desaparecen. Allá solo hay hombres. La tierra donde yo vivo es... la tierra de todos.

Como Torrebianca permanecía impasible, creyó oportuno recordarle otra vez su situación.

—Aquí te aguardan la deshonra y la cárcel, o lo que es peor, la estúpida solución de matarte. Allá, conocerás de nuevo la esperanza, que es lo más precioso de nuestra existencia... ¿Vienes?

El marqués salió de su estupefacción, iniciando el esperado movimiento afirmativo; pero Robledo le contuvo con un ademán para que esperase, y añadió enérgicamente:

—Ya sabes mis condiciones. Allá hay que ir como a la guerra: con pocos bagajes; y una mujer es el más pesado de los estorbos en expediciones de este género... Tu esposa no va a morir de pena porque tú la dejes en Europa. Os escribiréis como novios; una ausencia larga reanima el amor. Además, puedes enviarla dinero para el sostenimiento de su vida. De todos modos, harás por ella mucho más que si te matas o te dejas llevar a la cárcel... ¿Quieres venir?

Quedó pensativo Torrebianca largo rato. Después se levantó e hizo una seña a Robledo para que esperase, saliendo de la biblioteca.

No permaneció mucho tiempo solo el español. Le pareció oír muy lejos, como apagadas por las colgaduras y los tabiques, voces que casi eran gritos. Luego sonaron pasos más próximos, se levantó violentamente un cortinaje y entró Elena en la biblioteca seguida de su esposo.

Era una Elena transformada también por los acontecimientos. Robledo creyó que para ella las horas habían sido igualmente largas como años. Parecía más vieja, pero no por eso dejaba de ser hermosa. Su belleza ajada era más sincera que la de los días risueños. Tenía el melancólico atractivo de un ramo de flores que empiezan a marchitarse. Habían transcurrido veinticuatro horas sin que pudiera ella dedicarse a los cuidados de su cuerpo, y se hallaba además bajo la influencia de incesantes emociones, unas dolorosas y otras irritantes para su amor propio. Más que en la suerte de su marido, pensaba en lo que estarían diciendo a aquellas horas las numerosas amigas que tenía en París.

Arrojó violentamente a sus espaldas el cortinaje, y fue avanzando por la biblioteca como una invasión arrolladora. Sus ojos parecieron desafiar a Robledo.

—¿Qué es lo que me cuenta Federico? —dijo con voz áspera—. ¿Quiere usted llevárselo y que deje abandonada a su mujer entre tantos enemigos?...

Torrebianca, que al marchar detrás de ella sentía de nuevo su poder de dominación, creyó del caso protestar para convencerla de su fidelidad.

—Yo no te abandonaré nunca... Se lo he dicho a Manuel varias veces.

Pero Elena no lo escuchaba, y continuó avanzando hacia Robledo.

—¡Y yo que le tenía a usted por un amigo seguro!... ¡Mal sujeto! ¡Querer arrebatar a una mujer el apoyo de su esposo, dejándola sola!...

Al hablar miraba fijamente los ojos del español, como si pretendiese contemplarse en ellos. Pero debió ver tales cosas en estas pupilas, que su voz se hizo más suave, y hasta acabó por fingir un mohín infantil de disgusto, amenazando al hombre con un dedo. El colonizador permaneció impasible, encontrando, sin duda, inoportunas estas gracias pueriles, y Elena tuvo que continuar hablando con gravedad:

—A ver explíquese usted. Dígame cuáles son sus planes para sacar a mi marido de aquí, llevándolo a esas tierras lejanas donde vive usted como un señor feudal.

Insensible a la voz y a los ojos de ella, habló Robledo fríamente, lo mismo que si expusiese un trabajo de ingeniería.

Había discurrido, mientras conversaba con Federico, la manera de sacarlo de París. Buscaría al día siguiente un automóvil para él, como si se le hubiese ocurrido de pronto emprender un viaje a España. Era oportuno tomar precauciones. Torrebianca aún estaba libre, pero bien podía ser que lo vigilase preventivamente la policía mientras el juez estudiaba su culpabilidad. Aunque la frontera de España estaba lejos, la pasarían antes de que la Justicia hubiese lanzado una orden de prisión. Además, él tenía amigos en la misma frontera, que les ayudarían en caso de peligro para que pudiesen llegar los dos a Barcelona, y una vez en este puerto era fácil encontrar pasaje para la América del Sur.

Elena le escuchó frunciendo su entrecejo y moviendo la cabeza.

—Todo está bien pensado —dijo—; pero en ese plan, ¿por qué ha de incluir usted solamente a mi esposo? ¿Por qué no puedo marcharme yo también con ustedes?

Torrebianca quedó sorprendido por la proposición. Horas antes, al volver Elena a casa, había mostrado una gran confianza en el porvenir para animar a su marido y tal vez para engañarse a sí misma. Venía de visitar a hombres que conocía de larga fecha y de recoger grandes promesas, dadas con la galantería melancólica y protectora que inspiran los recuerdos lejanos de amor. Como no veía otro remedio a su situación que estas palabras, había necesitado creer en ellas, forjándose ilusiones sobre su eficacia; pero ahora, al conocer el plan de Robledo, todo su optimismo acababa de derrumbarse.

Las promesas de sus amistades no eran mas que dulces mentiras; nadie haría nada por ellos al verlos en la desgracia; la Justicia seguiría su curso. Su marido iría a la cárcel, y ella tendría que empezar otra vez... ¡otra vez! en un mundo extremadamente viejo, donde le era difícil encontrar un rincón que no hubiese conocido antes... Además, ¡tantas amigas deseosas de vengarse!...

Robledo vio pasar por sus ojos una expresión completamente nueva. Era de miedo: el miedo del animal acosado. Por primera vez percibió en la voz de Elena un acento de verdad.

—Usted es el único, Manuel, que ve claramente nuestra situación; el único que puede salvarnos... Pero lléveme a mí también. No tengo fuerzas para quedarme... Primero mendigar en un mundo nuevo.

Y había tal tristeza y tal mansedumbre en esta súplica, que el español la compadeció, olvidando todo lo que pensaba contra ella momentos antes.

Torrebianca, como si adivinase la repentina flaqueza de su amigo, dijo enérgicamente:

—O te sigo con ella, o me quedo a su lado, sin miedo a lo que ocurra.

Aún dudó Robledo unos momentos; pero al fin hizo con su cabeza un gesto de aceptación. Inmediatamente se arrepintió, como si acabase de aprobar algo que le parecía absurdo.

Empezó a reír Elena, olvidando con una facilidad asombrosa las angustias del presente.

—Yo siempre he adorado los viajes —dijo con entusiasmo—. Montaré a caballo, cazaré fieras, arrostraré grandes peligros. Voy a vivir una existencia más interesante que la de aquí; una vida de heroína de novela.

El español la miró como espantado de su inconsciencia. Ya no se acordaba de Fontenoy. Parecía haber olvidado igualmente que aún estaba en París, y de un momento a otro la policía podía entrar en la casa para llevarse a su marido.

Le alarmó también la enorme distancia entre la existencia real de los que colonizan las soledades de América y las ilusiones novelescas que se forjaba esta mujer.

Torrebianca les interrumpió con palabras de desaliento, como si juzgase imposible la realización del plan de su amigo.

—Para marcharnos, necesitamos pagar antes lo que debemos. ¿Dónde encontrar dinero?...

Su esposa volvió a reír, haciendo al mismo tiempo gestos de extrañeza.

—¡Pagar!... ¿Quién piensa en eso? Los acreedores esperarán. Yo encuentro siempre una palabra oportuna para ellos... Ya les pagaremos desde América cuando tú seas rico.

Obsesionado por sus escrúpulos, el marqués insistió en ellos con una tenacidad caballeresca.

—No saldré de aquí sin que hayamos pagado a lo menos nuestra servidumbre. Además, necesitamos dinero para el viaje.

Hubo un largo silencio; y el marido, que seguía pensativo, dijo de pronto, como si hubiese encontrado una solución:

—Por suerte, tenemos tus joyas. Podemos venderlas antes de embarcarnos.

Miró Elena irónicamente el collar y las sortijas que llevaba en aquel momento.

—No llegarán a dar dos mil francos por éstas ni por las otras que guardo. Todas falsas, absolutamente falsas.

—Pero ¿y las verdaderas? —preguntó, asombrado, Torrebianca—. ¿Y las que compraste con el dinero que te enviaron muchas veces de tus propiedades en Rusia?

Robledo creyó oportuno intervenir para que no se prolongase este diálogo peligroso.

—No quieras saber demasiado, y hablemos del presente... Yo pagaré a tus domésticos; yo costearé el viaje de los dos.

Elena le tomó ambas manos, murmurando palabras de agradecimiento. Torrebianca, aunque conmovido por esta generosidad, insistía en no aceptarla; pero el español cortó sus protestas.

—Vine a París con dinero para seis meses, y me iré a las cuatro semanas; eso es todo.

Después añadió con una desesperación cómica:

—Me privaré de conocer unos cuantos restoranes nuevos y de apreciar varias marcas de vinos famosos... Ya ves que el sacrificio nada tiene de extraordinario.

Federico le estrechó la diestra silenciosamente, al mismo tiempo que Elena le abrazaba y besaba con un impudor entusiástico. Todas sus palabras eran ahora para un país desconocido, en el que no pensaba horas antes y que admiraba ya como un paraíso.

—¡Qué ganas tengo de verme en aquella tierra nueva, que, como dice usted, es la tierra de todos!...

Y mientras los esposos hablaban de sus preparativos para emprender al día siguiente un viaje que en realidad, era una fuga, Robledo, puestos sus ojos en ella, se dijo mentalmente:

«¡Qué disparate acabo de hacer!... ¡Qué terrible regalo voy a llevar a los que viven allá lejos, duramente... pero en paz!»

V

Unos trabajadores aragoneses que habían emigrado a la Argentina, llevando una guitarra como lo más precioso de su bagaje para acompañar las coplas «sacadas de su cabeza», al verla pasar a caballo dedicaron una canción a «la Flor de Río Negro».

Este apodo primaveral se difundió inmediatamente por el país, y todos llamaron así a la hija del dueño de la estancia de Rojas; pero su verdadero nombre era Celinda.

Tenía diecisiete años, y aunque su estatura parecía inferior a la correspondiente a su edad, llamaba la atención por sus ágiles miembros y la energía de sus ademanes.

Muchos hombres del país, que admiraban lo mismo que los orientales la obesidad femenil, considerando una exuberancia de carnes como el acompañamiento indispensable de toda hermosura, hacían gestos de indiferencia al escuchar los elogios que dedicaban algunos a la niña de Rojas. Admitían su rostro gracioso y picaresco, con la nariz algo respingada, la boca de un rojo sangriento, los dientes muy blancos y puntiagudos, y unos ojos enormes, aunque demasiado redondos. Pero aparte de su carita... ¡nada de mujer! «Es igualmente lisa por delante y por el revés —decían—. Parece un muchacho.»

Efectivamente, a cierta distancia la tomaban por un hombrecito, pues iba vestida siempre con traje masculino, y montaba caballos bravos a estilo varonil. A veces agitaba un lazo sobre su cabeza lo mismo que un peón, persiguiendo alguna yegua o novillo de la hacienda de su padre, don Carlos Rojas.

Éste, según contaban en el país, pertenecía a una familia antigua de Buenos Aires. De joven había llevado una existencia alegre en las principales ciudades de Europa. Luego se casó; pero su vida doméstica en la capital de la Argentina resultaba tan costosa como sus viajes de soltero por el viejo mundo, perdiendo poco a poco la fortuna heredada de sus padres en gastos de ostentación y en malos negocios. Su esposa había muerto cuando él empezaba a convencerse de su ruina. Era una señora enfermiza y melancólica, que publicaba versos sentimentales, con un seudónimo, en los periódicos de modas, y dejó como recuerdo poético a su hija única el nombre de Celinda.

El señor Rojas tuvo que abandonar la estancia heredada de sus padres, cerca de Buenos Aires, cuyo valor ascendía a varios millones. Pesaban sobre ella tres hipotecas, y cuando los acreedores se repartieron el producto de su venta no quedó a don Carlos otro recurso que alejarse de la parte más civilizada de la Argentina, instalándose en Río Negro, donde era poseedor de cuatro leguas de tierra compradas en sus tiempos de abundancia, por un capricho, sin saber ciertamente lo que adquiría.

Muchos hombres arruinados ven de pronto en la agricultura un medio de rehacer sus negocios, a pesar de que ignoran lo más elemental para dedicarse al cultivo de la tierra. Este criollo, acostumbrado a una vida de continuos derroches en París y en Buenos Aires, creyó poder realizar el mismo milagro. Él, que nunca había querido preocuparse de la administración de una estancia cerca de la capital, con inagotables prados naturales en los que pastaban miles de novillos, tuvo que llevar la vida dura y sobria del jinete rústico que se dedica al pastoreo en un país inculto. Lo que sus abuelos habían hecho en los ricos campos inmediatos a Buenos Aires, donde el cielo derrama su lluvia oportunamente, tuvo que repetirlo Rojas bajo el cielo de bronce de la Patagonia, que apenas si deja caer algunas gotas en todo el año sobre las tierras polvorientas.

El antiguo millonario sobrellevaba con dignidad su desgracia. Era un hombre de cincuenta años, más bien bajo que alto, la nariz aguileña y la barba canosa. En medio de una existencia ruda conservaba su primitiva educación. Sus maneras delataban a la persona nacida en un ambiente social muy superior al que ahora le rodeaba. Como decían en el inmediato pueblo de la Presa, era un hombre que, vistiese como vistiese, tenía aire de señor. Llevaba casi siempre botas altas, gran chambergo y poncho. Pendiente de su diestra se balanceaba el pequeño látigo de cuero, llamado rebenque.

Los edificios de su estancia eran modestos. Los había construido a la ligera, con la esperanza de mejorarlos cuando aumentase su fortuna; pero, como ocurre casi siempre en las instalaciones campestres, estas obras provisionales iban a durar más años tal vez que las levantadas en otras partes como definitivas. Sobre las paredes de ladrillo cocido, sin revoque exterior, o de simples adobes, se elevaban las techumbres hechas con planchas de cinc ondulado. En el interior de la casa del dueño los tabiques solo llegaban a cierta altura, dejando circular el aire por toda la parte alta del edificio. Las habitaciones eran escasas en muebles. La pieza que servía de salón, despacho y comedor, donde don Carlos recibía a sus visitas, estaba adornada con unos cuantos rifles y pieles de pumas cazados en las inmediaciones. El estanciero pasaba gran parte del día fuera de la casa, inspeccionando los corrales de ganado más inmediatos. De pronto ponía al galope su caballejo incansable, para sorprender a los peones que trabajaban en el otro extremo de su propiedad.

Una mañana sintió impaciencia al ver que había pasado la hora habitual de la comida sin que Celinda volviese a la estancia.

No temía por ella. Desde que su hija llegó a Río Negro, teniendo ocho años, empezó a vivir a caballo, considerando la planicie desierta como su casa.

—Es peligroso ofenderla —decía el padre con orgullo—. Maneja revólver y tira mejor que yo. Además, no hay persona ni animal que se le escape cuando tiene un lazo en la mano. Mi hija es todo un hombre.

La vio de pronto corriendo por la línea que formaban la llanura y el cielo al juntarse. Parecía un pequeño jinete de plomo escapado de una caja de juguetes. Delante de su caballito corría un toro en miniatura. El grupo galopador fue creciendo con una rapidez maravillosa. En esa llanura inmensa, todo lo que se movía cambiaba de tamaño sin gradaciones ordenadas, desorientando y aturdiendo los ojos todavía no acostumbrados a los caprichos ópticos del desierto.

Llegó la joven dando gritos y agitando el lazo para excitar la marcha de la res que venía persiguiendo, hasta que la obligó a refugiarse en un cercado de maderos. Luego echó pie a tierra y fue a encontrarse con su padre; pero éste, después de recibir un beso de ella, la repelió, mirando con severidad el traje varonil que llevaba.

—Te he dicho muchas veces que no quiero verte así. Los pantalones se han hecho para los hombres, ¡creo yo!... y las «polleras» para las mujeres. No puedo tolerar que una hija mía vaya como esas cómicas que aparecen en las vistas del biógrafo.

Celinda recibió la reprimenda bajando los ojos con graciosa hipocresía. Prometió obedecer a su padre, conteniendo al mismo tiempo su deseo de reír. Precisamente pensaba a todas horas en las amazonas con pantalones que figuran en los *films* de los Estados Unidos, y había echado largas galopadas para ir hasta Fuerte Sarmiento, el pueblo más inmediato, donde los cinematografistas errabundos proyectaban sobre una sábana, en el café de su único hotel, historias interesantes que le servían a ella para estudio de las últimas modas.

Durante la comida le preguntó don Carlos si había estado cerca de la Presa y cómo marchaban los trabajos en el río.

Una esperanza de volver a ser rico, cada vez más probable, hacía que el señor Rojas, antes melancólico y desesperanzado, sonriese desde los últimos meses. Si los ingenieros del Estado conseguían cruzar con un dique el río Negro, los canales que estaban abriendo un español llamado Robledo y otro socio suyo fecundarían las tierras compradas por ellos junto a su estancia, y él podría aprovechar igualmente dicha irrigación, lo que aumentaría el valor de sus campos en proporciones inauditas.

Le escuchó Celinda con la indiferencia que muestra la juventud por los asuntos de dinero. Además, don Carlos tuvo que privarse del placer de continuar haciendo suposiciones sobre su futura riqueza al ver a una mestiza de formas exuberantes, carrilluda, con los ojos oblicuos y una gruesa trenza de cabello negro y áspero que se conservaba sobre sus enormes prominencias dorsales para seguir descendiendo.

Al entrar en el comedor dejó junto a la puerta un saco lleno de ropa. Luego se abalanzó sobre Celinda, besándola y mojando su rostro con frecuentes lagrimones.

—¡Mi patroncita preciosa!... ¡Mi niña, que la he querido siempre como una hija!...

Conocía a Celinda desde que ésta llegó al país y entró ella en la estancia como doméstica. Le resultaba doloroso separarse de la señorita, pero no podía transigir más tiempo con el carácter de su padre.

Don Carlos era violento en el mandar y no admitía objeciones de las mujeres, sobre todo cuando ya habían pasado de cierta edad.

—El patrón aún está muy verde —decía Sebastiana a sus amigas—; y como una ya va para vieja, resulta que otras más tiernas son las que reciben las sonrisas y las palabras lindas, y para mí solo quedan los gritos y el amenazarme con el rebenque.

Después de besuquear a la joven, miró Sebastiana a don Carlos con una indignación algo cómica, añadiendo:

—Ya que el patrón y yo no podemos avenirnos, me voy a la Presa, a servir donde el contratista italiano.

Rojas levantó los hombros para indicar que podía irse donde quisiera, y Celinda acompañó a su antigua criada hasta la puerta del edificio.

A media tarde, cuando don Carlos hubo dormido la siesta en una mecedora de lona y leído varios periódicos de Buenos Aires, de los que traía el ferrocarril a este desierto tres veces por semana, salió de la casa.

Atado a un poste del tejadillo sobre la puerta, estaba un caballo ensillado. El estanciero sonrió satisfecho al darse cuenta de que la silla era de mujer. Celinda apareció vestida con falda de amazona. Envió a su padre un beso con la punta del rebenque, y sin apoyarse en el estribo ni pedir ayuda a nadie, se colocó de un salto sobre el aparejo femenil, haciendo salir su caballo a todo galope hacia el río.

No fue muy lejos. Se detuvo en el lado opuesto de un grupo de sauces, donde encontró atado otro caballo con silla de hombre, el mismo que montaba en la mañana. Celinda, echando pie a tierra, se despojó de su traje femenil, apareciendo con pantalones, botas de montar, camisa y corbata varoniles. Sonreía de su desobediencia al «viejo», pues así llamaba ella a su padre, según costumbre del país.

Temía la posible extrañeza de otro hombre y deseaba evitarla. Este hombre la había conocido siempre vestida de muchacho, tratándola a causa de ello con una confianza amistosa. ¡Quién sabe si al verla con faldas, lo mismo que una señorita, experimentaría cierta timidez, mostrándose ceremonioso y evitando finalmente nuevos encuentros con ella!...

Dejó su traje femenil sobre el caballo que la había traído y montó alegremente en el otro, oprimiéndole los flancos con sus piernas nerviosas, al mismo tiempo que echaba en alto el lazo atado a la silla, formando una espiral de cuerda sobre su cabeza.

Galopó por la orilla del río, junto a los añosos sauces que encorvaban sus cabelleras sobre el deslizamiento de la corriente veloz. Este camino líquido, siempre solitario, que venía de los ventisqueros de los Andes junto al Pacífico, para derramarse en el Atlántico, había recibido su nombre, según algunos, a causa de las plantas oscuras que cubren su lecho, dando un color verdinegro a las aguas hijas de las nieves.

El milenario rodar de su curso había ido cortando la meseta con una profunda hondonada de una legua o dos de anchura. El río corría por esta profundidad entre dos aceras formadas con los aportes de su légamo durante las grandes inundaciones. Estas dos orillas desiguales eran de tierra fértil y suelta, pródiga para el cultivo allí donde recibía la humedad de las aguas inmediatas. Más lejos se levantaba el suelo, formando el acantilado amarillento de dos murallas sinuosas que se miraban frente a frente. La de la izquierda era el último límite de la Pampa. En la orilla opuesta empezaba la meseta patagónica, de fríos glaciales, calores asfixiantes, huracanes crueles y áspera vegetación, que solo permite alimentarse a los rebaños cuando disponen de extensiones enormes.

Toda la vida del país estaba reconcentrada en la ancha hendidura abierta por las aguas que forma la línea fronteriza entre la Pampa y la Patagonia. Las dos cintas de terreno de sus orillas representaban miles de kilómetros de suelo fértil aportado por el río en su viaje de los Andes al mar. En una sección de este barranco inmenso era donde trabajaban los hombres para elevar el nivel de las aguas unos cuantos metros, fecundando los campos próximos.

Celinda daba gritos para excitar al caballo, como si necesitase comunicarle su alegría. Iba al encuentro de lo que más le interesaba en todo el país. Al seguir una revuelta del río se abrió la superficie de éste ante sus ojos, formando una laguna tranquila y desierta. En último término, donde se estrechaban sus orillas aprisionando y alborotando las aguas, vio los férreos perfiles de varias máquinas elevadoras, así como las techumbres de cinc o de paja de una población. Era el antiguo campamento de la Presa, que se transformaba rápidamente en un pueblo. Todas sus construcciones parecían aplastadas sobre el suelo, sin una torrecilla, sin un doble piso que animase su platitud monótona.

Como la curiosidad de la joven no llegaba hasta el pueblo, refrenó la velocidad de su caballo y marchó al paso hacia unos grupos de hombres que trabajaban lejos del río, casi en el sitio donde empezaba a remontarse la llanura, iniciando la ladera de la altiplanicie correspondiente a la Pampa.

Estos peones, unos de origen europeo, otros mestizos, removían y amontonaban la tierra, abriendo pequeños canales para la irrigación. Dos máquinas, acompañadas por el mugido de sus motores, excavaban igualmente el suelo para facilitar el trabajo humano.

Miró Celinda en torno a ella con ojos de exploradora, y volviendo su espalda a las cuadrillas de trabajadores, se dirigió hacia un hombre aislado en una pequeña altura. Este hombre ocupaba un catrecillo de lona ante una mesa plegadiza. Iba vestido con traje de campo y botas altas. Tenía un gran sombrero caído a sus pies y apoyaba la frente en una mano, estudiando los papeles puestos sobre la mesilla.

Era un joven rubio, de ojos claros. Su cabeza hacía recordar las de los atletas griegos tales como las ha eternizado la escultura, tipo que reaparece con una frecuencia inexplicable en las razas nórdicas de Europa: la nariz recta, la cabellera de cortos rizos invadiendo la frente baja y ancha, el cuello vigoroso. Se hallaba tan ensimismado en el estudio de sus papeles, que no vio llegar a Flor de Río Negro.

Esta había desmontado sin abandonar su lazo. Con la astucia y la ligereza de un indio empezó a marchar a gatas por la suave pendiente, sin que el más leve ruido denunciase su avance. A pocos metros de aquel hombre se incorporó, riendo en silencio de su travesura, mientras hacía dar vueltas al lazo con vigorosa rotación, dejándolo escapar al fin. El círculo terminal de la cuerda cayó sobre el joven, estrechándose hasta sujetarlo por mitad de sus brazos, y un ligero tirón le hizo vacilar en su asiento.

Miró enfurecido en torno e hizo un ademán para defenderse; pero su cólera se trocó en risueña sorpresa al mismo tiempo que llegaba a sus oídos una carcajada fresca e insolente.

Vio a Celinda que celebraba su broma tirando del lazo; y para no ser derribado, tuvo que marchar hacia la amazona. Ésta, al tenerle junto a ella, dijo con tono de excusa:

—Como no nos vemos hace tanto tiempo, he venido para capturarle. Así no se me escapará más.

El joven hizo gestos de asombro y contestó con una voz lenta y algo torpe, que estropeaba las sílabas, dándolas una pronunciación extranjera:

—¡Tanto tiempo!... ¿No nos hemos visto esta mañana?

Ella remedó su acento al repetir sus palabras:

—¡Tanto tiempo!... Y aunque así sea, gringo desagradecido, ¿le parece a usted poca cosa no haberse visto desde esta mañana?

Los dos rieron con un regocijo infantil.

Habían retrocedido hasta donde aguardaba el caballo, y Celinda se apresuró a montar en él, como si se considerase humillada y desarmada permaneciendo a pie. Además, «el gringo», a pesar de su alta estatura, quedaba de este modo con la cabeza al nivel de su talle, lo que proporcionaba a Flor de Río Negro la superioridad de poder mirarlo de arriba abajo.

Como aún tenía el extranjero el círculo de cuerda alrededor de su busto, Celinda quiso libertarle de tal opresión.

—Oiga, don Ricardo; ya estoy cansada de que sea mi esclavo. Voy a dejarle libre, para que trabaje un poquito.

Y sacó el lazo por encima de sus hombros; pero al ver que el joven permanecía inmóvil, como si en su presencia perdiese toda iniciativa, le presentó la mano derecha con una majestad cómica:

—Bese usted, míster Watson, y no sea mal educado. Aquí en el desierto va usted perdiendo las buenas maneras que aprendió en su Universidad de California.

Rió él ingeniero del tono solemne de la muchacha y acabó por besar su mano. Pero la miraba con la bondad protectora de las personas mayores que se complacen celebrando las malicias de una niña traviesa, y esto pareció contrariar a la hija de Rojas.

—Acabaré por reñir con usted. Se empeña en tratarme como una muchachita, cuando soy la primera dama del país, la princesa doña Flor de Río Negro.

Continuaba Watson sus risas, y esta insistencia venció finalmente la fingida gravedad de la joven. Los dos unieron sus carcajadas; pero la señorita Rojas mostró a continuación un interés maternal, que le hizo enterarse minuciosamente de la vida que llevaba su amigo.

—Trabaja usted demasiado, y yo no quiero que se canse, ¿sabe, gringuito?... Es mucho quehacer para un hombre solo. ¿Cuándo viene su amigo Robledo?... De seguro que estará divirtiéndose allá en París.

Watson habló también con seriedad al oír el nombre de su asociado. Estaba ya de regreso y llegaría de un momento a otro. En cuanto a su trabajo, no lo consideraba anonadador. Él había hecho cosas más difíciles y penosas en otras tierras. Mientras los ingenieros del gobierno no terminasen el dique, lo que trabajaban Robledo y él era únicamente para ganar tiempo, pues los canales de nada podían servir sin el agua del río.

Habían empezado a caminar, e insensiblemente se dirigieron hacia el pueblo. Ricardo marchaba a pie, con una mano apoyada en el cuello del caballo y los ojos en alto, para ver a Celinda mientras hablaba. Los peones, dando por terminado el trabajo, recogían sus herramientas. Como los dos querían evitar un encuentro con los grupos que regresaban al pueblo, siguieron avanzando lejos del río, por donde empezaba a elevarse el terreno, formando la pendiente de la altiplanicie pampera.

Al subir la hinchazón de un contrafuerte de esta muralla que se perdía de vista, contemplaron a sus pies todo el antiguo campamento convertido en pueblo y la amplitud lacustre formada por el río ante el estrecho donde iba a construirse el dique.

El campamento era un conglomerado de viviendas levantadas sin orden: chozas hechas de adobes con cubierta de paja, casas de ladrillo con techos de ramaje o de cinc, tiendas de lona. Las construcciones más cómodas eran de madera y desarmables, estando ocupadas por los ingenieros, los capataces y otros empleados. Por encima de todas las viviendas emergía una casa de madera montada sobre pilotes, con una galería exterior ante sus cuatro fachadas: un *bengalow* desembarcado en Bahía Blanca semanas antes por encargo del italiano Pirovani, contratista de las obras del dique.

Así que empezaba a anochecer, las calles de este pueblo improvisado, desiertas durante el día, se poblaban instantáneamente con la variada muchedumbre de los peones. Los grupos, al volver de los diversos lugares donde habían estado trabajando, se encontraban y se confundían, siguiendo la misma dirección.

Una casa de madera, que por su tamaño era la única que podía compararse con la del contratista, los iba atrayendo a todos. Sobre su puerta había un rótulo, hecho en letras caligráficas: «Almacén del Gallego». Este gallego era, en realidad, andaluz; pero todos los españoles que van a la Argentina deben ser forzosamente gallegos. Al mismo tiempo que despacho de bebidas era tienda de los más diversos artículos comestibles y suntuarios. Su dueño se ofendía cuando las gentes llamaban «boliche» a lo que él daba el título de «almacén»; pero todos en el pueblo seguían designando al establecimiento con el nombre primitivo de su modesta fundación.

Un grupo de parroquianos fieles ocupaba por derecho propio las cercanías del mostrador. Unos eran emigrantes de Europa que habían rodado por las tres Américas, desde el Canadá a la Tierra del Fuego. Otros, mestizos o blancos, vueltos al estado primitivo después de largos años de existencia en el desierto: hombres de perfil aguileño, gran barba y luenga cabellera, tocados con amplios chambergos y llevando un cinturón de cuero adornado con monedas de plata, dentro del cual ocultaban, a medias nada más, el revólver y el cuchillo.

Fuera del boliche —ahora almacén—, unas en espera de sus maridos para que no bebiesen demasiado, y otras al atisbo de los compañeros de sus noches, estaban las bellezas más notables de la Presa, mestizas de tez de canela y ojos de brasa, con cabelleras duras de color de tinta y dientes de luminosa blancura, unas exageradamente gordas; otras absurdamente flacas, como si acabasen de salir de una población sitiada por hambre o como si una llama interior devorase sus jugos.

Empezaron a brillar luces en las casas, perforando con sus rojas punzadas la gasa violeta del crepúsculo. Celinda y su acompañante contemplaban el pueblo y el río silenciosamente, como si temieran cortar con sus voces la calma melancólica del ocaso.

—Váyase, señorita Rojas —dijo él de pronto, repeliendo la dulce influencia del ambiente—. Va a cerrar la noche y su estancia se halla lejos.

Se resistió Celinda a reconocer la posibilidad de un peligro para ella. Ni los hombres ni la noche podían inspirarle miedo. Pero al fin se despidió de Watson y puso su caballo al galope.

Entró Ricardo en la Presa por un descampado que sus habitantes consideraban como la calle principal; aunque en esta población reciente, todas las vías resultaban principales a causa de su enorme amplitud.

El gobierno previsor de Buenos Aires no toleraba que los pueblos surgidos en el desierto tuviesen calles de menos de veinte metros de anchura. ¡Quién podía adivinar si serían algún día grandes ciudades!... Y mientras llegaba esto, las viviendas bajas y de un solo piso permanecían separadas de las de enfrente por un espacio enorme que barrían en línea recta los huracanes glaciales o entoldaban con su niebla las columnas de polvo. Unas veces el Sol hacía arder el suelo, levantando ante el paso del transeúnte nubes rumorosas de moscas; otras, los charcos de las rarísimas lluvias obligaban a los habitantes a marchar con agua hasta la rodilla para ver al vecino de enfrente.

Según avanzaba Watson entre las dos filas de viviendas, fue encontrando a los principales personajes del pueblo. Primeramente vio al señor de Canterac, un francés, antiguo capitán de artillería, que, según afirmaban muchos que se decían amigos suyos, se había visto obligado a marcharse de su patria a consecuencia de ciertos asuntos de índole privada. Ahora servía como ingeniero al gobierno argentino, en obras remotas y penosas de las que huían sus colegas hijos del país.

Era un hombre de cuarenta años, enjuto de cuerpo, con el pelo y el bigote algo canosos, pero conservando un aspecto juvenil. Tenía al andar cierto aire marcial, como si aún vistiese uniforme, y se preocupaba de la elegancia de su indumento, a pesar de que vivía en el desierto.

Había entrado a caballo por la llamada calle principal, vistiendo un elegante traje de jinete y cubierta la cabeza con un casco blanco. Al ver a Watson echó pie a tierra para caminar junto a él, sosteniendo a su caballo de las riendas, al mismo tiempo que examinaba unos dibujos del americano.

—¿Y Robledo, cuándo vuelve? —preguntó.

—Creo que llegará de un momento a otro. Tal vez ha desembarcado hoy en Buenos Aires. Vienen con él unos amigos.

El francés siguió examinando los planos del joven, sin dejar de andar, hasta que llegaron frente a la pequeña casa de madera que le servía de alojamiento. Allí entregó las riendas con una brusquedad de cuartel a su criado mestizo, y antes de meterse en su vivienda dijo a Ricardo:

—Creo que solo nos faltan seis meses para terminar la primera presa en el río, y Robledo y usted podrán regar inmediatamente una parte de sus tierras.

Continuó Watson la marcha hacia su casa; pero a los pocos pasos hizo alto para responder al saludo de un hombre todavía joven, vestido con traje de ciudad, y que tenía el aspecto especial de los oficinistas. Llevaba anteojos redondos de concha, y sostenía bajo un brazo muchos cuadernos y papeles sueltos. Parecía uno de esos empleados laboriosos, pero rutinarios, incapaces de iniciativas ni de grandes ambiciones, que viven satisfechos y como pegados a su mediocre situación.

Se llamaba Timoteo Moreno y era nacido en la República Argentina, de padres españoles. El Ministerio de Obras Públicas lo había enviado como representante administrativo a las obras de la Presa, y él era el encargado de pagar al contratista Pirovani las sumas debidas por el gobierno.

Después que saludó a Watson se dio una palmada en la frente y quiso retroceder, mirando al mismo tiempo sus papeles.

—He olvidado dejar en casa del capitán Canterac el cheque sobre París que le entrego todos los meses.

Luego hizo un movimiento de hombros y continuó andando junto al norteamericano.

—Se lo daré cuando vuelva a mi casa. De todos modos, no tenemos correo hasta pasado mañana.

Estaban frente al *bengalow* habitado por el hombre más rico del campamento, y vieron cómo salía éste y se acodaba en la barandilla de una de las galerías. Luego, al reconocerlos, bajó apresuradamente la escalinata de madera.

El italiano Enrico Pirovani había llegado a la Argentina como obrero diez años antes, y era tenido ya por uno de los hombres más ricos del territorio patagónico que se extiende desde Bahía Blanca a la frontera andina de Chile. Todos los Bancos respetaban su firma. No pasaba de los cuarenta años; llevaba el rostro afeitado; era grande y musculoso, pero empezaba a mostrar la blandura naciente de los organismos invadidos por la grasa. Tenía el aspecto del trabajador manual que ha hecho fortuna y no puede ocultar cierta tosquedad reveladora de su origen. Lucía numerosas sortijas, así como una gran cadena de reloj, y su traje siempre era flamante.

Estrechó las manos de los dos y dirigió a continuación una mirada de interés a los papeles que traía Moreno. El contratista y el empleado del gobierno se veían todas las semanas para hablar de los trabajos.

Insistió el italiano en invitar a Ricardo a que entrase en su casa para beber una copa.

—Aunque soy viudo y estoy solo, procuro que mi vivienda tenga cierto *confort*, lo mismo que una de Buenos Aires. Entre a verla. He comprado nuevas cosas. La última vez no la visitó usted toda.

Watson tuvo que seguirle, convencido de que daría un disgusto al contratista si no admiraba una vez más su casa. Subieron los peldaños de madera y entraron en el comedor, cuyos muebles elegantes resultaban demasiado pesados y vistosos.

Pirovani los enseñó con vanidad, golpeándolos para ensalzar los méritos del roble y elevando los ojos al techo mientras aludía a sus precios. Luego les mostró el salón —amueblado igualmente con exceso, pues había que marchar tortuosamente entre tantos sillones y mesillas— y un dormitorio, que parecía pertenecer por lo vistoso a una hembra de vida galante.

En todas estas piezas se notaba el rudo contraste entre la suntuosidad abrumadora de los muebles y la modestia de los tabiques, cubiertos de un papel ordinario.

—¡Lo que me ha costado todo esto! —dijo el contratista con un orgullo pueril—. Pero usted, don Ricardo, que es un joven de buena familia y ha visto mucho, ¿no es verdad que lo encuentra muy... *chic*?

Al volver al comedor, una criadita indígena, con larga trenza colgando sobre la espalda, puso en la mesa botellas y copas.

—Ahora —continuó el italiano— voy a tomar como «gobernanta» a Sebastiana, la de la estancia de Rojas. Esta casa exige una mujer inteligente que se encargue de dirigirla.

Watson no quiso aceptar una segunda copa. Debía irse para que aquellos hombres hablasen de los trabajos por cuenta del Estado.

Al salir de la casa había cerrado ya la noche, y toda la vida del antiguo campamento parecía reconcentrarse en el boliche. Su doble puerta extendía sobre el suelo dos rectángulos rojos, que eran la iluminación más fuerte del pueblo.

Los parroquianos venerables bebían de pie junto al mostrador, un español tocaba el acordeón y otros trabajadores europeos bailaban con las mestizas valses y polcas. Abundaban los chilenos, venidos del otro lado de la Cordillera, para escapar después de unos cuantos días de trabajo, arrastrados por su eterna manía ambulatoria. Eran gentes inquietantes por la facilidad con que tiraban del cuchillo, sin dejar por eso de sonreír y hablar melosamente. En otro grupo estaban los hombres del país, con barbas, poncho y grandes espuelas, jinetes errabundos que nadie sabía de qué vivían ni tampoco dónde eran nacidos. Imitaban a los antiguos gauchos, llevando el ancho cinturón de cuero adornado con arabescos de monedas de plata, que les servía para guardar sus armas.

Todos estos americanos aceptaban con despectivo silencio el acordeón y los bailes de *gallegos* y de *gringos*, hasta que al fin cualquiera de su clase reclamaba a gritos los bailes de la tierra. Esta exigencia, hecha con tono amenazador, obligaba a retirarse a las parejas que danzaban agarradas, a estilo europeo. Unas veces era el *pericón* o el *gato*, antiguos bailes argentinos, lo que danzaban los hijos del país; pero las más de las noches la *cueca* chilena enardecía horas enteras, con su palmoteo y sus gritos, al público del boliche.

El dueño del establecimiento entregaba dos guitarras, guardadas cuidadosamente debajo del mostrador. Los guitarristas iban a sentarse en el suelo; pero inmediatamente acudía una mestiza para ofrecerles, como sillones honoríficos, dos cráneos de caballo.

Eran los mejores asientos de la casa. Había también un par de sillas para cuando llegaba el comisario de policía o alguna otra autoridad, pero algo desvencijadas e inseguras. Los esqueletos abandonados en el campo proporcionaban asientos más sólidos y durables.

Al son de las guitarras empezaban a formarse las parejas de la danza chilena. Las bailarinas tenían un pañuelo en una mano, y con la otra levantaban un poco su falda para dar vueltas lentamente. Los hombres ostentaban también en su diestra un pañuelo de color, comunicándole un movimiento rotatorio al mismo tiempo que bailaban en torno a la mujer. Era una repetición de la danza de las épocas primitivas; la eterna historia del macho persiguiendo a la hembra. Ellas bailaban trazando pequeños círculos para huir del hombre, y éste las acosaba y envolvía girando en una órbita más amplia.

Las mestizas que no habían salido a bailar palmoteaban incesantemente, acompañando el runruneo de las guitarras. De vez en cuando una de ellas entonaba la copla de la *cueca*, y los hombres daban alaridos, arrojando sus sombreros.

Un jinete desmontó frente al boliche, atando su caballo a un poste del sombraje. Al entrar recibió su rostro la luz roja de los quinqués que colgaban del techo, y muchos hombres le saludaron respetuosamente.

Llevaba el poncho y las grandes espuelas de los jinetes del país. Su perfil aguileño y su tez hacían recordar a los árabes de origen puro. La barba y la cabellera eran en él luengas, negras y rizosas. Este hombre, cuya edad no parecía más allá de los treinta años, podía ser tenido por hermoso; pero su rostro se contraía algunas veces con un gesto repelente, y sus grandes ojos oscuros brillaban con una expresión imperiosa y cruel. Le apodaban *Manos Duras*, nombre famoso en el país y resultaba un vecino inquietante, pues vivía de vender reses, y nadie lograba averiguar dónde había hecho antes sus compras.

Algunos viejos, conocedores de su origen, lo declaraban nacido en la Pampa Central. Sus padres, sus abuelos, toda su familia, habían sido personas excelentes, «gauchos buenos», que vivían de la crianza de la propia «hacienda». Pero Manos Duras había nacido para ser «gaucho malo», ladrón de reses y matón. En vano su padre, hombre de bien, le daba buenos consejos y sanos ejemplos.

Un antiguo parroquiano del boliche resumía con gravedad filosófica la ineficacia de estos esfuerzos valiéndose de un refrán del país:

«Al que nace barrigón, es en balde que lo fajen.»

El dueño del almacén, al verle entrar, le presentó un vaso de ginebra, y los gauchos de peor catadura se llevaron una mano al sombrero para saludarle, como si fuese su jefe. Los trabajadores europeos le miraron con curiosidad, repitiendo su nombre, y las mestizas fueron hacia él, sonriendo como esclavas.

Manos Duras acogió este recibimiento con cierta altivez. Una de las mujeres se apresuró a ofrecerle un asiento de honor, y trajo otro cráneo de caballo. Se acomodó el terrible gaucho en él, teniendo en torno a los demás parroquianos sentados en el suelo.

Continuó la *cueca*, interrumpida un momento por la aparición de Manos Duras, y no cesó al entrar un nuevo personaje, acogido con grandes reverencias por el dueño del establecimiento desde el otro lado del mostrador.

Era don Roque, comisario de policía de la Presa y único representante de la autoridad argentina en el pueblo y sus alrededores. El gobernador del territorio de Río Negro vivía en una población a orillas del Atlántico, para llegar a la cual era preciso un viaje de doce días a caballo; seis veces más de lo que se necesitaba para trasladarse a Buenos Aires por ferrocarril. A causa de esto, el comisario disfrutaba de la mejor de las independencias: la del olvido. El gobernador vivía demasiado lejos para mandarle. Su jefe más inmediato era el ministro del Interior, residente en la capital de la República; pero se hallaba demasiado alto para ocuparse de su existencia.

En realidad, no abusaba de su poder, ni disponía tampoco de medios para hacerlo sentir exageradamente a los demás. Era un señor grueso, bondadoso, de trato campechano: un burgués de Buenos Aires venido a menos que había pedido un empleo para poder vivir, resignándose a aceptarlo en la Patagonia. Llevaba traje de ciudad, pero con el aditamento de botas altas y gran sombrero, creyendo haber conseguido con esto el aspecto que exigía su cargo. Un revólver bien a la vista de todos, sobre el chaleco, era la única insignia de su autoridad.

Se desprendió el español de la mejor silla de su establecimiento, guardada detrás del mostrador para las visitas extraordinarias, y el comisario fue a colocarse junto a Manos Duras. Éste saludó quitándose el sombrero, pero sin moverse del cráneo que le servía de asiento.

Los dos hombres conversaron, mientras continuaba el baile. Don Roque empezó a fumar un gran cigarro, ofrecido por el gaucho con ademanes de gran señor.

—Hay quien asegura —dijo en voz baja— que eres tú el que robó la semana pasada tres novillos en la estancia de Pozo Verde. Eso no está en mi jurisdicción, pues pertenece a Río Colorado; pero mi compañero el comisario de allá sospecha que eres tú el del robo.

Manos Duras siguió fumando en silencio, escupió, y dijo al fin:

—Calumnias de los que desean que no venda carne al campamento de la Presa.

—Le han dicho también al gobernador del territorio que eres tú el que mató hace meses a los dos comerciantes turcos.

El gaucho levantó los hombros y contestó con frialdad, como si quisiera dar fin a este diálogo:

—¡Me han atribuido tantos crímenes, sin poder probarme ninguno!...

Continuó el baile en el «Almacén del Gallego» hasta las diez de la noche. En un país donde todos se levantaban con el alba, equivalía esta hora a las de la madrugada, en que terminan las fiestas de las grandes ciudades.

Los personajes más importantes del campamento tampoco dormían. Estaban con la pluma en la mano y el pensamiento muy lejos.

El ingeniero Canterac, apoyando un codo en su mesa y con los ojos entornados, creía ver el remoto París y en él una casa vecina al Campo de Marte, cuyo quinto piso estaba ocupado por su esposa y sus hijos.

Era una señora de aspecto triste, con el pelo canoso y el rostro todavía fresco. A sus lados estaban sentadas dos niñas. Un muchacho de catorce años, su hijo mayor, de pie ante ella, escuchaba sus palabras... Y la madre acababa por mostrarles sobre el canapé de su modesto salón un retrato que representaba a Canterac joven, con uniforme militar. El amueblado de las habitaciones, lo mismo que los trajes de todos ellos, revelaban una existencia modesta pero ordenada, digna y con cierta distinción.

Conmovido el ingeniero por las visiones que él mismo iba creando, hizo un esfuerzo para arrancarse a ellas, y siguió escribiendo la carta que tenía empezada sobre la mesa:

«Pronto volveré a veros. Las deudas de honor que me obligaron a alejarme de París quedarán saldadas en breve, gracias a ti, valerosa compañera de mi vida, que has sabido manejar hábilmente los ahorros que te envié. ¡Cómo deseo verte en mis brazos para decirte una vez más mi amor y mi gratitud!... ¡Cómo ansío ver a nuestros hijos, después de tan larga separación...»

Quedó el ingeniero con la diestra inmóvil y la pluma en alto. Había perdido su rígida impasibilidad de hombre autoritario. Tenía los ojos húmedos a causa de su emoción y se pasó una mano por ellos. Hizo un esfuerzo para reconcentrar su voluntad y siguió escribiendo el final de su carta:

«¡Adiós a ti, esposa mía! ¡Adiós, hijos míos! Hasta el próximo correo. —*Roger de Canterac.*»

Pero cuando iba a doblar el pliego, añadió una posdata:

«Adjunto te remito el cheque de este mes. El próximo cheque será más importante que todos los que llevas recibidos, pues espero cobrar, además de mi sueldo, las retribuciones atrasadas de varios trabajos particulares hechos en los dos últimos años.»

Pirovani también estaba en su despacho, a la misma hora pluma en mano y con los ojos vagorosos, como si contemplase interiormente una visión ideal.

Su pensamiento le conducía hasta un colegio de Italia donde estaba su hija única; un colegio dirigido por monjas y cuyas alumnas eran en su mayor parte de apellido aristocrático, lo que proporcionaba grandes satisfacciones a la vanidad pueril del contratista.

Parecía ennoblecerse su rostro con la sonrisa dirigida a esta visión. Avanzó los labios cual si pretendiese enviar un beso a su hija por encima de tres mil leguas de tierras y mares. Luego siguió escribiendo:

«Estudia mucho, Ida mía; aprende todo lo que necesita saber una señora del gran mundo, ya que tu padre, después de tantas privaciones y trabajos, ha podido juntar una fortuna que le permite darte una buena educación... Yo fui menos dichoso que tú, y nacido en la pobreza tuve que abrirme paso en el mundo, sin apoyo alguno, arrastrando el fardo de mi ignorancia. Para evitarte molestias no quise casarme otra vez... ¡Qué no haré yo por ti, Ida mía!
»El año próximo pienso dar por terminados mis negocios en América, y volveré a nuestra patria, y compraré un castillo del que serás tú la reina; y tal vez se enamore de ti algún noble oficial de caballería con apellido ilustre, y tu pobrecito papá tendrá celos... ¡muchos celos!...»

Mientras Pirovani escribía las últimas palabras, su rostro empezó a dilatarse con una sonrisa bondadosa.

Moreno, el argentino, no enviaba su pensamiento tan lejos. Escribía en la casita de madera donde estaba instalada su oficina, bajo la luz de un quinqué de petróleo; pero su imaginación, siguiendo la línea del ferrocarril, se detenía, a dos días de marcha, en un pueblo cercano a Buenos Aires.

También al levantar por un momento la cabeza para quitarse los anteojos y limpiarlos, contemplaba, como los otros, una visión familiar. Su esposa, una mujer joven, de rostro dulce, estaba con una criatura de pechos en el regazo, entre dos niños y una niña algo mayores; pero ninguno de ellos pasaba de los siete años. La habitación modesta ofrecía un aspecto fresco y gracioso. Aquella madre de familia, al mismo tiempo que atendía a la prole, se preocupaba del buen orden de su casa.

«A todas horas me acuerdo de ti y de los niños. De seguir los deseos de mi corazón, os traería a todos inmediatamente a Río Negro; pero temo que nuestros pequeños sufran demasiado en este desierto. La vida que yo llevo no es para que la soporten nuestros hijitos ni tampoco tú, animosa compañera de mi existencia.»

Contempló Moreno un retrato puesto sobre la mesa, en el que aparecía su esposa y sus cuatro hijos. Besó la fotografía con emoción y volvió a escribir:

«Afortunadamente, en el Ministerio me aprecian un poco por mi laboriosidad, y espero que antes de un año me trasladarán a Buenos Aires. El mes próximo solicitaré un permiso para ir a veros. El viaje es caro, pero no puedo sufrir más tiempo esta ausencia dolorosa.»

Ricardo Watson no escribía cartas, pero ensoñaba despierto como los otros.

Sentado ante un tablero de dibujo en el que había clavada una hoja grande de papel, iba trazando los contornos de un canal. Pero el dibujo se esfumó poco a poco para ser reemplazado por una visión de la realidad ordinaria. Las líneas rojas y azules se convirtieron en un río orlado de sauces, en terrenos yermos y caminos polvorientos.

Este paisaje liliputiense ofrecía la vista completa de las tierras que rodeaban el pueblo de la Presa, pero en escala tan reducida que todas cabían en el tablero. Y a través de la diminuta planicie vio de pronto galopar a un jinete no más grande que una mosca, que iba saltando con alegre soltura; la señorita Rojas, vestida de hombre y moviendo el lazo sobre la cabeza.

Watson se llevó una mano a los ojos, restregándoselos para ver mejor. ¡Falsas ilusiones de la noche!

Luego agitó sus dedos sobre el papel, como si lo abanicase para ahuyentar el engañoso panorama, y reapareció el trazado de los canales, con sus líneas rojas y azules.

Se sumió otra vez el joven en su monótona labor de dibujante lineal; pero a los pocos instantes sus ojos volvieron a levantarse del papel. Ahora creyó ver en el fondo de la habitación a Celinda montada a caballo; pero no como una amazona pigmea, sino con su talla ordinaria.

La muchacha le arrojó de lejos su lazo, riendo con aquella risa que ponía al descubierto su dentadura juvenil, y el norteamericano, maquinalmente, bajó la cabeza para librarse de la cuerda opresora.

«Estoy soñando —pensó—. Esta noche no puedo trabajar. Vámonos a la cama.»

Pero antes de dormirse vio el pueblo entero como lo había contemplado a la puesta del Sol, desde una altura, en compañía de Celinda.

Ahora la tierra estaba en la oscuridad, y sobre el telón azul del horizonte, acribillado de luz, se imaginó ver el crecimiento de una inmensa aparición: una mujer de grave hermosura, coronada de estrellas y con una túnica negra de bordados igualmente siderales, que abría sus brazos gigantescos, arrancando de los jardines del infinito las flores del ensueño, para derramarlas como una lluvia de pétalos fosforescentes sobre el mundo dormido.

Era la Noche, divinidad misericordiosa que hacía ver a los desterrados en este rincón del planeta todos los seres amados por ellos.

Como Ricardo Watson estaba solo en el mundo, la Noche escogía para él la flor más primaveral... Y el joven, antes de cerrar los ojos, empezó a conocer la dulce melancolía que acompaña siempre al primer amor.

VI

Un grupo de chicuelos cesó de jugar en la llamada calle principal, lanzando gritos de asombro al ver el aspecto extraordinario del carruaje que, tres veces por semana, o sea los días de tren, iba y volvía de la Presa a la estación de Fuerte Sarmiento.

La misma diversidad étnica de los habitantes del pueblo se notaba en este grupo infantil, compuesto de distintas razas. Los niños blancos parecían como perdidos dentro de pantalones viejos de sus padres y sus pies se movían sueltos en el interior de enormes zapatos. Los indígenas llevaban una simple camisita o iban con la barriga al aire, resaltando sobre su curva achocolatada el amplio botón del ombligo.

Como todos ellos estaban acostumbrados a que los viajeros que llegaban a la Presa no llevasen otro equipaje que la llamada «lingera», saco de lona donde guardaban su ropa, se asombraron al ver la cantidad de baúles y maletas del coche-correo, vieja diligencia tirada por cuatro caballos huesudos y sucios de lodo.

Una gran parte de dicho equipaje iba amontonado en el techo del vehículo, y al avanzar éste rechinando sobre los profundos relejes abiertos en el polvo, se inclinaba con un balanceo cómico o inquietante, como si fuese a volcar.

En la puerta del boliche se agolparon los hombres libres de trabajo, atraídos por tal novedad. Se detuvo el coche ante la casa de madera habitada por Watson, y éste se mostró rodeado de su servidumbre.

Corrieron hombres y mujeres, lanzando exclamaciones al ver que bajaba del carruaje el ingeniero Robledo. Muchos se abalanzaron para estrechar su mano confianzudamente, con la camaradería de la vida en el desierto. Después todos parecieron olvidar al español, a causa de la curiosidad que les inspiraban los desconocidos salidos del coche.

Primeramente echó pie a tierra el marqués de Torrebianca para dar la mano a su esposa. Ésta vestía un lujoso abrigo de viaje, cuya originalidad chocaba violentamente con todo lo que existía en torno de ella.

Se mostraba muy seria, con el gesto duro de sus malos momentos. Miraba a un lado y a otro con extrañeza y disgusto. A pesar del amplio velo que defendía su cara, el polvo rojizo del camino había cubierto sus facciones y su cabellera. Sus ojos delataban una gran desesperación y todo en su persona parecía gritar: «¿Dónde he venido a caer?».

—Ya llegamos —dijo Robledo alegremente—. Dos días y dos noches de ferrocarril desde Buenos Aires y un par de horas de coche a través de una tempestad de polvo, no es mucho. Más lejos está el fin del mundo.

Varios hombres de los que habían saludado a Robledo dándole la mano empezaron a descargar espontáneamente las maletas amontonadas en el techo y el interior de la diligencia.

Una doncella de la marquesa había enviado de París a Barcelona este equipaje, que representaba los últimos restos del gran naufragio de los Torrebianca.

En torno a Elena se fue formando un corro de chiquillos y pobres mujeres, en su mayor parte mestizas, contemplándola todos con asombro y admiración, como si fuese un ser de otro planeta que acababa de caer en la tierra. Algunas muchachitas tocaron disimuladamente la tela de su vestido, para apreciar mejor su finura.

Fueron acudiendo, atraídos por el suceso, los principales personajes del campamento, y el español hizo la presentación de sus amigos Canterac, Pirovani y Moreno.

Al ver Watson que los hombres que habían cargado con los equipajes los metían en su vivienda, buscó a Robledo apresuradamente.

—Pero ¿esa señora tan elegante va a vivir con nosotros?...

—Esa señora —contestó el español— es la esposa de un compañero que viene a participar de nuestra suerte. No vamos a construir un palacio para ella.

Le fue imposible a la recién llegada ocultar su desaliento al recorrer las diversas piezas de la casa de los dos ingenieros, que iba a ser en adelante la suya. Las paredes eran de madera, los muebles pocos y rústicos, y mezclados con ellos vio sillas de montar, aparatos de topografía, sacos de comestibles. Todo estaba revuelto y sucio en esta vivienda dirigida por hombres distraídos a todas horas por las preocupaciones de su trabajo.

Torrebianca sonreía con una amabilidad humilde, aceptando las explicaciones de su amigo. Todo lo que éste hiciese le parecía bien y digno de agradecimiento.

—He aquí nuestra servidumbre —dijo Robledo.

Y presentó a una mestiza gorda y entrada en años, la criada principal, dos pequeños mestizos descalzos, que llevaban los recados, y un español rústico, encargado de la caballeriza. Esta gente mal pergeñada fue manifestando con sonrisas interminables la admiración que sentía ante la hermosa señora, y Elena acabó por reír también, nerviosamente, al recordar los domésticos que había dejado en París.

Después de la cena, Robledo, que deseaba enterarse de la marcha de los trabajos, habló a solas con su consocio. Éste le fue enseñando los planos y otros papeles.

—Antes de seis meses —añadió Watson— podremos regar nuestras tierras, según afirma Canterac, y dejarán de ser una llanura estéril.

Robledo mostró su contento.

—Un verdadero paraíso va a surgir, gracias a nuestro trabajo, de este suelo que solo produce ahora matorrales. Miles de personas encontrarán aquí una existencia mejor que en el viejo mundo. Usted y yo, querido Ricardo, vamos a ser enormemente ricos y haremos al mismo tiempo un gran bien. La vida es así. Para que se realice un progreso, es necesario que este progreso empiece por enriquecer a alguien egoístamente.

Quedaron los dos silenciosos, con la mirada vaga, como si contemplasen en su imaginación el aspecto que iban a ofrecer las tierras yermas después de varios años de riego. Vieron campos eternamente verdes, canales rumorosos en los que el agua parecía reír, caminos orlados de altos árboles, casitas blancas... Watson pensaba en los jardines frutales de California, y Robledo en la huerta de Valencia.

El norteamericano fue el primero que salió de esta abstracción, señalando mudamente la pieza inmediata, donde se habían instalado los recién llegados.

Dormitaba Torrebianca en ella ocupando un sillón de lona. Su esposa, sentada en otro sillón, tenía la frente entre las manos, en una actitud trágica. Persistía en su pensamiento la misma pregunta desesperada: «¿Dónde he venido a caer?...».

Durante los días pasados en Buenos Aires, encontró tolerable su destierro. Era una gran ciudad a la europea, en la que había que buscar tenazmente algún rincón de la antigua vida colonial para convencerse de que se había llegado a América. Experimentaba la extrañeza de vivir en un hotel mediocre y carecer de automóvil. Aparte de esto, su existencia no había experimentado ningún sacudimiento... ¡Pero el viaje, después, por llanuras interminables, en las que el tren marchaba horas y horas sin encontrar una persona ni una casa, como sobre si la superficie del mundo se hubiese creado el vacío!... ¡La llegada a esta tierra remota, en la que la rueda o el pie levantaban al avanzar nubes de polvo, y los órganos respiratorios se obstruían con la tierra disuelta en el aire, y todas las gentes tenían un aspecto de abandono, lo que no evitaba que tratasen a los demás con molesto compañerismo, como si se considerasen iguales, al vivir lejos de los otros grupos humanos!... ¡Ay! ¡Dónde había venido a caer!...

Robledo, adivinando el pensamiento de Watson, contestó a su muda pregunta:

—Mi amigo nos ayudará como ingeniero. No debe usted preocuparse de él. Yo le daré una participación en nuestro negocio, pero será de lo que a mí me corresponde.

El joven, después de escuchar el relato de las desgracias de Torrebianca, tales como Robledo creyó prudente darlas a conocer, se limitó a decir:

—Ya que el amigo de usted viene a trabajar con nosotros, exijo que su parte se saque por igual de lo que nos corresponde a usted y a mí. Me parece una persona excelente y quiero ayudarle. Además, su esposa me da lástima.

Le estrechó la mano Robledo, agradeciendo su generosa resolución, y ya no hablaron más de este asunto.

Desde la mañana siguiente, Elena, que tenía cierta facilidad para adaptarse a las diversas situaciones de su existencia, se mostró laboriosa y emprendedora. Quiso conquistar la admiración de aquellos hombres por sus talentos domésticos, lo mismo que semanas antes pretendía distinguirse en los salones por otros méritos menos humildes. Vistiendo un traje de corte sastre que ella había desechado en París y asombraba aquí a todos por su elegancia, se dedicó con los guantes puestos a la limpieza y arreglo de la casa, marchando al frente de la mestiza gorda y sus dos acólitos.

Cuando intentaba predicarles con el ejemplo, se hacía visible inmediatamente su torpeza para esta clase de trabajos. Otras veces quedaba vacilante, no sabiendo cómo se hacía lo que acababa de ordenar, y era indispensable una intervención de la mestiza para sacarla del apuro.

En la cocina, una gran lámpara, alimentada con la misma esencia de los motores que perforaban el suelo, servía para los guisos. Elena, animada por la facilidad con que podía apagarse y encenderse este fogón, quiso intervenir en los preparativos culinarios. Pero hubo de resignarse igualmente a reconocer la superioridad de la doméstica cobriza, riendo al fin de su ineptitud para los trabajos domésticos.

Queriendo hacer algo, se quitó los guantes e intentó lavar los platos; pero inmediatamente volvió a ponérselos temiendo que el agua fría perjudicase la finura de sus dedos y el brillo de sus uñas. Precisamente, en los momentos de desesperación por su nueva existencia, lo único que le proporcionaba cierto alivio era contemplar melancólicamente sus manos.

Torrebianca, vistiendo un traje de campo, fue con Watson y Robledo a visitar los canales, enterándose del curso de los trabajos, hablando familiarmente con los peones, examinando el funcionamiento de las máquinas perforadoras.

Poco después estaba sucio de polvo de la cabeza a los zapatos, y sus manos sintieron una comezón dolorosa al empezar a curtirse; pero conoció al mismo tiempo la alegre confianza del que cuenta con un medio seguro de ganar su vida.

Cerrada ya la noche, volvían diariamente los tres ingenieros a su vivienda, donde encontraban la mesa puesta. Al principio se lamentó Elena de la rusticidad de los platos y los cubiertos. Por iniciativa suya, trajo la mestiza del «Almacén del Gallego» varios objetos baratos, procedentes de Buenos Aires. Con esto y unas cuantas hierbas ligeramente floridas, que los dos pajes cobrizos iban a buscar en la ribera del río, la mesa presentaba cada vez mejor aspecto. Se iba notando en la casa la presencia de una mujer hermosa y elegante.

Una noche, mientras la cocinera traía el primer guiso, Elena se despojó de una salida de teatro, que por ser algo vieja prestaba servicios de bata. Al desprenderse de esta envoltura apareció descotada, con un traje de fiesta un poco ajado, pero todavía brillante, recuerdo de sus tiempos felices.

Watson la miró con asombro, y Robledo hizo un gesto disimulado, llevándose un dedo a la frente para indicar que la creía algo loca.

El marqués permaneció impasible, como si nada de su mujer pudiera causarle extrañeza.

—Siempre he comido con traje descotado —dijo Elena—, y no veo la razón de modificar aquí mis costumbres. Sería para mí un tormento.

Después de la cena se desarrollaban largas conversaciones, en las cuales la parte mayor correspondía a Robledo. Éste hablaba con predilección de los hombres de vida interesante que había visto desfilar por «la tierra de todos». Muchos de ellos llevaban corrido casi todo el planeta antes de llegar a la Patagonia; otros acababan de huir de Europa, ansiosos de aventuras, para forjarse una nueva existencia.

Al desembarcar en Buenos Aires les salían al encuentro los mismos obstáculos del mundo que dejaban a sus espaldas. La gran ciudad era ya vieja para ellos; abundaban los pobres en sus tugurios llamados «conventillos»; resultaba tan difícil ganarse la vida en esta metrópoli como en Europa. Algunas veces aún era mayor la dificultad que en el antiguo continente, por la gran concurrencia de profesionales llegados de todas partes... Y se esparcían hacia los sitios más apartados de la República, invadiendo los territorios todavía desiertos, donde se estaban realizando obras preparatorias para la instalación de las inmigraciones futuras.

—¡Los tipos que he visto pasar por aquí en pocos años! —continuaba Robledo—. Una vez me interesé por cierto peón que tenía la nariz roja de los alcohólicos, pero guardaba en su persona un no sé qué revelador de un pasado interesante.

Era una ruina humana; pero igual a los palacios en escombros, cuya historia se presiente por un fragmento de estatua o de capitel descubierto entre los muros derrumbados, este hombre, que robaba a sus camaradas y quedaba en el suelo como muerto después de sus borracheras, tenía siempre en su decaída persona un ademán o una palabra que hacían adivinar su origen.

—Un día vi cómo por broma peinaba a uno de nuestros capataces y le arreglaba los bigotes en punta, a estilo del káiser Guillermo. Mandé que le diesen de beber todo lo que quisiera. Es el medio más seguro de que esos hombres hablen, y él habló. El borracho, avejentado prematuramente, era un barón de Berlín, antiguo capitán de la Guardia imperial, que había perdido al juegos sumas importantes confiadas por sus superiores. En vez de matarse, como lo exigía su familia, se vino a América, rodando hasta lo más bajo. Empezó siendo general en el Nuevo Mundo, y acabó de peón ebrio y mal trabajador.

Al ver que Elena se interesaba por el personaje, Robledo continuó modestamente:

—Este alemán fue general en una de las revoluciones de Venezuela. Yo también he sido general en otra República y hasta ministro de la Guerra durante veinte días; pero me echaron por parecerles demasiado científico y no saber manejar el machete como cualquiera de mis ayudantes.

Después habló de otro peón igualmente ebrio, pero silencioso y triste, que había venido a morir en la Presa y estaba enterrado cerca del río. Robledo encontró papeles interesantes en el fondo de la «lingera» de este vagabundo piojoso. Había sido en su juventud un gran arquitecto de Viena. También encontró la vieja fotografía de una dama con peinado romántico y largos pendientes, semejante a la asesinada emperatriz de Austria. Era su esposa, y había muerto en Khartoum, hecha pedazos por los fanáticos del Sudán, capitaneados por el Madhí, cuando su marido iba con el general Gordon. Otra fotografía representaba a un hermoso oficial austríaco, con la levitilla blanca muy ajustada al talle: el hijo de aquel mendigo.

—Y es inútil —continuó Robledo— querer levantar a estos vagabundos. Se les limpia, se les proporciona una existencia mejor, se les sermonea para que beban menos y recobren sus facultades de hombres inteligentes. Cuando ya están repuestos y parecen felices, se presentan una mañana con el saco al hombro: «Me voy, patrón; arrégleme la cuenta». Nada se consigue haciéndoles preguntas. Están contentos, no tienen de qué quejarse, pero se van. Apenas se sienten bien, el demonio que los empuja para que rueden por la tierra entera vuelve a acordarse de ellos. Saben que más allá de la línea del horizonte se levantan los Andes, y detrás de la cordillera de los Andes está Chile, y después la inmensidad del Pacífico con sus numerosas islas, y todavía más lejos, los interesantes países del macizo asiático... Sienten el tirón de su manía ambulatoria que despierta. «Vamos a ver todo eso.» Y se echan la «lingera» al hombro, para volver a sufrir hambres y fatigas, para morir en un hospital o abandonados en un desierto... Y cuando no mueren y pueden seguir marchando detrás de la Ilusión que revolotea junto a sus ojos, vuelven por segunda vez a este país; pero es después de haber dado la vuelta entera a la tierra.

Algunas noches los dos ingenieros hablaban de su propia existencia. Watson tenía poco que contar. Educado en California, había empezado su vida profesional en las minas de plata de México, donde aprendió el español, continuándola después en las del Perú. Finalmente había pasado a Buenos Aires, conociendo en esta ciudad a Robledo y asociándose a él para la empresa de Río Negro.

El español no gustaba de recordar su existencia antes de establecerse en la Argentina. Había intervenido en revoluciones que despreciaba, mezclándose en ellas únicamente por una necesidad de acción. Había emprendido también prodigiosos negocios, viéndose al final engañado y robado, unas veces por sus compañeros, otras por los gobiernos. Rudos vaivenes de fortuna le habían hecho pasar de una abundancia absurda a una miseria de vagabundo. Pero evitaba hablar de sus aventuras en otros países y sus relatos eran siempre sobre la vida que había llevado en Patagonia.

No podía olvidar un horrible sed sufrida en aquella altiplanicie que empezaba al borde de la cortadura del río Negro, extendiéndose hasta el estrecho de Magallanes. Fue cuando renunció a servir al gobierno argentino, lanzándose como ingeniero particular a la exploración de estas tierras solitarias, en busca de un buen negocio. Para evitarse gastos había emprendido la travesía del desierto con un solo peón indígena y una tropilla de seis caballos del país, capaces de alimentarse con lo que encontrasen, sufridos animales que se iban relevando en la tarea de llevar sobre sus lomos a los dos viajeros.

Contaba Robledo con el auxilio de un plano hecho por otros exploradores, en el cual se marcaban las «aguadas», únicos lugares donde los expedicionarios podían detenerse.

Los años anteriores habían sido de gran sequía. Al llegar a un pozo encontró que el líquido era extremadamente salobre. Él estaba acostumbrado al agua de sal, que por un optimismo de los viajeros del desierto figura como agua potable; pero la de este pozo resultaba inadmisible para su estómago y el del mestizo acompañante.

Continuaron su marcha, confiando en la aguada que encontrarían al día siguiente. Este pozo no tenía agua salobre, pero era porque estaba completamente seco... Y se habían visto obligados a seguir avanzando a través de una llanura siempre inmensa, siempre igual, guiándose por la brújula y sufriendo una sed de náufragos, que les hacía marchar con la boca jadeante, los ojos desorbitados y una expresión de locura en ellos.

Por respeto a Elena, aludía Robledo voladamente a los recursos de que se habían valido el mestizo y él para no perecer, bebiendo sus propios líquidos renales y los de sus caballos.

—Una manía atormentadora se apoderó de mí. Intenté recordar todas las veces que me habían invitado a beber en un café sin que yo quisiera admitir el líquido que me ofrecían: cerveza, aguas gaseosas, helados. Hacía memoria, igualmente, de todas las fiestas a que había asistido pasando con indiferencia ante una gran mesa llena de jarros y botellas... Y yo me decía, perturbado por la fiebre, sin dejar de marchar: «Si entonces hubieses tomado todos los *bocks* de cerveza, todos los refrescos gaseosos, todos los helados que te ofrecieron y tú despreciaste, tendrías ahora en tu cuerpo una reserva líquida importante, pudiendo resistir mejor la sed». Y este cálculo absurdo me atormentaba como un remordimiento, hasta el punto de sentir deseos de abofetearme por mi torpeza.

Robledo acababa describiendo su arribo —cuando los caballos ya no podían avanzar más— a un pozo de agua salobre, que fue el más delicioso de los líquidos bebidos en toda su existencia... Y al final de este viaje no encontró nada. Los datos que le habían hecho creer en un gran negocio eran equivocados. Así había que ir a la conquista de la fortuna en América, cuando se llegaba a ella con medio siglo de retraso y todos los terrenos ricos, de fácil explotación, estaban ya ocupados, quedando únicamente los remotos y ásperos, que, algunas veces, representaban la ruina y la muerte.

—De todos modos —continuó—, los hombres seguirán viniendo a este rincón del mundo. Aquí vive para ellos la esperanza, sin la cual resulta intolerable la existencia... No hay más que hacer memoria de nuestro origen: usted es rusa, Federico italiano, Watson de los Estados Unidos, yo español. Fíjese también en la procedencia de nuestros habituales visitantes: cada uno es de una nacionalidad distinta. Lo que yo digo: ésta es la tierra de todos.

La casa de los dos ingenieros era visitada diariamente, después de la cena, por los más grandes personajes del campamento. El primero en presentarse era Canterac, con sus ropas de corte militar, pero se notaba en su persona mayor acicalamiento que antes de la llegada de los Torrebianca. Luego venía Moreno, mostrando cierta turbación emotiva al saludar a Elena, enredándose la lengua y pronunciando balbuceos, en vez de palabras. Finalmente llegaba Pirovani, con un traje nuevo cada dos noches y llevando algún obsequio a la señora de la casa.

Canterac reía de él por lo bajo, afirmando que había frotado largamente sus sortijas, su cadena de reloj y hasta los gemelos de sus puños, antes de salir del *bengalow*, para deslumbrarlos a todos con su brillo.

Una noche se presentó Pirovani vistiendo un traje de colores detonantes que acababa de recibir de Bahía Blanca, y con un manojo de rosas enormes.

—Me las han traído hoy de Buenos Aires, señora marquesa, y me apresuro a entregárselas.

Canterac miró al italiano hostilmente, y dijo por lo bajo a Robledo:

—Mentira; las ha encargado por telégrafo, según afirma Moreno, que lo sabe todo. Esta tarde envió un hombre a todo galope a la estación, para traerlas a tiempo.

La criada mestiza, ayudada por los dos muchachos, quitaba la mesa, y la habitación con tabiques de madera iba tomando el mismo aire que si Elena diese una fiesta. Los tres visitantes, al hablarla, repetían con cierto arrobamiento la palabra «marquesa», como si les llenase de orgullo verse amigos de una mujer de tan alta clase.

Elena no ocultaba cierta predilección por Canterac. Los dos habían vivido en París, en mundos distintos, aunque muy próximos. No se habían encontrado nunca, pero acababan por recordar ciertas amistades que les eran comunes.

Mientras ellos hablaban, Moreno fumaba resignadamente, cruzando algunas palabras con Watson, y Pirovani conversaba con Robledo y Torrebianca. El italiano no prestaba gran atención a sus propias palabras, espiando con ojos inquietos a la «señora marquesa» y su acompañante.

La tertulia cambió totalmente de aspecto después que Pirovani se presentó con sus rosas.

En la noche siguiente estaban los cuatro sentados a la mesa y más silenciosos que otras veces. Elena se había puesto para la cena uno de sus trajes más vistosos, que hasta resultaba algo audaz allá en París. Los tres ingenieros guardaban aún sus ropas de campo y parecían cansadísimos del trabajo de la jornada. Robledo bostezó repetidas veces, haciendo esfuerzos para mantenerse despierto. El marqués se había adormecido en su silla, dando ligeras cabezadas. Elena miraba fijamente a Ricardo, como si no lo hubiese visto bien hasta entonces, y él evitaba el encuentro con sus ojos.

Entró Pirovani llevando un gran paquete y vistiendo otro traje nuevo, cuadriculado de diversos colores, como la piel de un reptil.

—Señora marquesa: un amigo mío de Buenos Aires me ha enviado estos caramelos. Permítame usted que se los regale. También van en el paquete unos cigarrillos egipcios...

Elena miró risueñamente el nuevo traje del contratista, agradeciendo al mismo tiempo su regalo con remilgos y coqueterías.

A continuación se presentó Moreno luciendo zapatos de charol, chaqué de largos faldones y sombrero duro, lo mismo que si estuviera en la capital y fuese a visitar al ministro.

Robledo, que se había despabilado, mostró una admiración irónica.

—¡Qué elegante!...

—Tuve miedo —contestó el oficinista— de que el chaqué se me apolillase en el cofre, y lo he sacado a tomar el aire.

Después se acercó con timidez a Elena. «¡Buenas noches, señora marquesa!» Y le besó la mano, imitando la actitud de los personajes elegantes admirados por él en comedias y libros.

Ya no quiso separarse de la dueña de la casa, iniciando una conversación aparte, que pareció indignar a Pirovani. Al fin éste se levantó de su silla, necesitando protestar de tan descomedido acaparamiento, y dijo a Robledo:

—¡Ha visto usted cómo viene vestido ese muerto de hambre!...

No habían terminado aún las sorpresas de aquella noche: faltaba la más extraordinaria.

Se abrió la puerta para dar paso a Canterac; pero éste permaneció inmóvil en el quicio algunos momentos, deseoso de que todos le viesen bien.

Iba vestido de *smoking*, con pechera dura y brillante, y mostraba cierta indolencia aristocrática al andar, lo mismo que si entrase en un salón de París. Saludó a los hombres con un movimiento de cabeza ceremonioso y protector, besando después la mano a Elena.

—Yo también, marquesa, siento ahora la necesidad de vestirme cuando llega la noche, lo mismo que en otros tiempos.

Agradecida la Torrebianca a este homenaje, volvió la espalda a Moreno y ofreció una silla al recién llegado, junto a ella. Toda la noche habló preferentemente con el francés, mientras Pirovani permanecía en un rincón, no ocultando su cólera, y mostrándose al mismo tiempo anonadado por la elegancia de Canterac.

Transcurrieron cuatro noches sin que el contratista se presentase en la casa. Después de la primera, Moreno se sintió interesado por tal ausencia, y fue al domicilio de Pirovani para hacer averiguaciones. Por la noche dio la noticia a Robledo:

—Tomó el tren para Bahía Blanca sin avisar a nadie. Debe traer entre manos algún negocio gordo.

Y continuaron las tertulias sin otra novedad. El francés, siempre vestido de *smoking*, era el preferido por Elena en sus conversaciones. Moreno, al llegar la noche, se ponía el chaqué, sin otro resultado que dialogar con Torrebianca. Este acabó por salir una noche de su cuarto vestido también de *smoking*, y al hacer Robledo gestos de extrañeza, se excusó señalando a su esposa.

Cuando en la quinta noche entró Moreno, se apresuró a hablar.

—¡Gran noticia! Pirovani ha vuelto al anochecer. Creo que le veremos aquí de un momento a otro.

Como el contratista era la novedad de esta velada, todos esperaron su aparición.

Al abrir la puerta quedó inmóvil en el quicio unos momentos —lo mismo que había hecho el otro—, para darse cuenta del efecto producido por su llegada. Iba vestido de frac; pero un frac extraordinario y deslumbrante, cuyas solapas estaban forradas con seda labrada de gruesas y tortuosas venas, iguales a las de la madera, y llevaba, además, un chaleco blanco ricamente bordado. En una solapa lucía una gardenia. Sobre la pechera ostentaba una perla enorme, además de la ancha cinta sostenedora de un monóculo inútil.

Su aspecto era solemne y magnífico, como el de un director de circo o un prestidigitador célebre. Hacía esfuerzos por mantenerse sereno y que nadie adivinase su emoción. Saludo a los hombres con varonil altivez y se inclinó ante la «señora marquesa», besándole una mano.

Los ojos de ella brillaron con una sorpresa irónica. Todo lo de Pirovani la hacía sonreír. Pero acabó por agradecer esta transformación realizada en su honor, y acogió al contratista con grandes muestras de afecto, haciéndole sentar a su lado.

Canterac se apartó, visiblemente ofendido por esta predilección.

Moreno hablaba a Robledo como escandalizado, señalando el frac de Pirovani:

—¡Y para ese gran negocio emprendió su viaje con tanto misterio!...

El español se alejó de él para hablar con Watson. Éste parecía aturdido aún por la entrada teatral del italiano, y le admiraba conteniendo su risa.

—Después del *smoking*, el frac —murmuró Robledo—. El Carnaval se extiende por el desierto, y esta mujer va a volvernos locos a todos.

Miró el traje del norteamericano, que era igual al suyo: un traje de campo, útil para los trabajos al aire libre, e hizo una comparación muda con el aspecto que presentaban los demás.

Luego pensó:

«¡Qué perturbación una hembra como ésta cayendo entre hombres que viven solos y trabajan!... Y aún ocurrirán tal vez cosas peores. ¡Quién sabe si acabaremos matándonos por su culpa!... ¡Quién sabe si esta Elena será igual a la Elena de Troya!...»

VII

—¿Otro matecito, comisario?

Don Carlos Rojas estaba en la habitación principal de su estancia, sentado a la mesa con don Roque, el comisario de Policía del pueblo. Una muchachita mestiza se mantenía erguida junto a ellos, mirándolos con sus ojos oblicuos, en espera de órdenes.

Los dos tenían en su diestra la calabacita llena de mate, y chupaban el líquido oloroso con un canuto de plata llamado «bombilla». Apenas se daba cuenta la mestiza por el burbujeo de los canutos de que escaseaba el líquido, corría a un fogón inmediato, trayendo la «París», tetera de agua hirviente, para llenar a chorro las dos calabacitas repletas de hierba mate.

Hablaban lentamente, interrumpiendo sus palabras para chupar. Rojas hacía esfuerzos por contener su cólera. El día anterior le habían robado un novillo, y él atribuía esta mala hazaña a Manos Duras, ganoso de apropiarse los animales ajenos para venderlos en la Presa. Este robo le perjudicaba doblemente, pues además de ganadero era abastecedor de carne del pueblo, considerando dicha venta como uno de los mejores rendimientos de su estancia.

Al presentarse el comisario, llamado por él para que conociese el robo, había vuelto a recontar sus novillos. Era indudable que le faltaba uno. Y se enardecía al hablar con don Roque, lamentándose de la audacia de Manos Duras y afirmando que en Río Negro no había justicia.

—Tres veces lo he enviado preso a la capital del territorio —dijo el comisario con desaliento—, y siempre vuelve libre, por falta de pruebas. ¿Qué podemos hacer nosotros?... Nadie quiere declarar contra él.

Como Rojas insistiese en sus protestas, don Roque añadió para calmarle:

—Voy a ver si esta vez consigo probar su delito. Le «garanto», don Carlos, que haré cuanto pueda.

Y se lamentó de los escasos medios coercitivos de que podía disponer. Toda la tropa a sus órdenes eran cuatro policías indolentes, con uniformes viejos y sin más armas que largos sables de caballería. Los habitantes del país, mejor pertrechados, les prestaban sus carabinas cuando habían de perseguir a algún bandolero. Sus caballos eran los más flacos y peor alimentados de toda la comarca.

—Vivimos en una nación federal —siguió diciendo el comisario—, y únicamente las provincias, por ser autónomas, tienen bien organizada su policía. Las autoridades de los territorios dependemos del gobierno de Buenos Aires, y al vivir tan lejos nos olvidan, y solo podemos contar con aquello que improvisamos.

La crítica del abandono en que vivían los territorios llevó insensiblemente a los dos argentinos a ensalzar por comparación las grandezas del resto de su país.

—Aquí estamos olvidados y hechos unos salvajes —continuó don Roque—; pero esto no es mas que la Patagonia, y hace unos años nada más que empezó en ella la civilización. En cambio, compañero, ¡cómo ha adelantado el resto de nuestro país en menos de medio siglo!... ¡Pucha! ¡Qué cosa bárbara!

Acabaron por olvidar sus preocupaciones inmediatas para no ver mas que la parte de la República que había progresado vertiginosamente. Al final alabaron del mismo modo la tierra en que vivían. Don Roque, patriota optimista y de un entusiasmo receloso, presentía enemigos en todas partes.

—Esta Patagonia, ahora desierta, verá usted qué linda se nos pone dentro de unos años, cuando sus tierras sean regadas. Fue una verdadera suerte que su aspecto pareciese tan feo a los de Europa. Por eso es nuestra aún y no nos la han robado.

Y contaba a Rojas lo que había leído en periódicos y libros.

—Hace años, un gringo muy mentado, al que llamaban don Carlos Darwin (el mismo que descubrió que todos venimos del mono), anduvo por estos pagos. Era joven y había desembarcado en Bahía Blanca de una fragata de guerra inglesa que daba la vuelta al mundo. Quería estudiar las plantas y los animales de aquí; pero encontró poco que hacer, pues no abundaban entonces las unas ni los otros. Al fin parece que se marchó desesperado, y dio a este país el título de «Tierra de la Desolación»... Nos hizo un favor el gringo. Si llega a enterarse de lo que es esta tierra cuando la riegan, nos la roban los ingleses, como nos robaron las islas Malvinas, que ellos llaman de Falkland.

Rojas también evocaba el pasado, para lamentar la ceguera de sus abuelos y sus padres. Habían tenido el defecto de ser ricos en la época que aún no se habían creado las fortunas más grandes de la Argentina.

Fue esto después de 1870, cuando el gobierno de Buenos Aires, cansado de tolerar las rapiñas de los indios salvajes y ladrones casi a las puertas de su capital, había completado la obra conquistadora de los antiguos españoles enviando al desierto una expedición militar, que se enseñoreó de veinte mil leguas de terreno, casi todo él laborable.

—El gobierno daba la legua a quinientos pesos, y el peso de entonces solo valía unos centavos. Además, concedía varios años de plazo para el pago, y hasta insertaba en el diario oficial el nombre del comprador, declarándolo benemérito de la patria. Los soldados de la expedición recibieron también, como recompensa, leguas de terreno, cuyo título de propiedad vendían después a los bolicheros a cambio de ginebra o comestibles. Y estas tierras son las que ahora surten de trigo y de carne a medio mundo y han visto levantarse sobre ellas tantos pueblos y ciudades. La legua que costó unos centavos vale hoy millones. Muchos de los que poseen esas tierras no han tenido otro mérito que guardarlas improductivas, sin querer venderlas, esperando la inmigración europea que las hiciese prosperar. Como mis ascendientes eran ricos antiguos en aquella época y poseían una gran estancia, no quisieron adquirir campos nuevos. ¡Qué desgracia!...

Olvidaba Rojas sus despilfarres, que habían consumido la mejor parte de la herencia paterna, para acordarse únicamente de la fortuna enorme que podían haber improvisado sus ascendientes aprovechando, como tantos otros, la rápida expansión del país.

Una visita vino a interrumpir la plática de los dos argentinos. Celinda entró en la habitación con falda de amazona, dio un beso a su padre y saludó a don Roque. Aprovechando éste los breves momentos en que desapareció el estanciero para volver con una caja de cigarros, dijo a la joven, mirando maliciosamente su falda:

—Por el campo va usted vestida de otro modo.

Sonrió Celinda, amenazándole después con un ademán gracioso para que guardara silencio.

—Cállese —dijo—, no sea que le oiga mi viejito.

Mientras los dos hombres encendían sus cigarros, volviendo a hablar de Manos Duras y la necesidad de perseguirlo, Celinda abandonó la estancia, montando un caballo con silla femenil.

Media hora después galopaba por las inmediaciones del río, pero en otro caballo y vestida de hombre. Vio un grupo de jinetes que venían hacia ella y se detuvo para reconocerlos.

El ingeniero Canterac, deseoso de inspirar mayor interés a la marquesa de Torrebianca, la había invitado a un paseo por las inmediaciones del río, para que conociese las obras realizadas bajo su dirección. En este paseo podría apreciar Elena su importancia de primer jefe del campamento, viendo además cómo era obedecido por centenares de hombres.

Ella y el francés hacían trotar sus cabalgaduras a la cabeza del grupo. Detrás venía Pirovani, manteniéndose mal sobre su caballo y esforzándose por introducirlo entre los caballos de los dos. Cerraban la marcha el marqués, Watson y Moreno.

Al pasar Elena y Canterac frente a Celinda, las dos mujeres se miraron. La marquesa sonrió a la otra, como si quisiera entablar conversación; pero la joven permaneció ceñuda y con ojos severos.

—Es una niña —dijo el ingeniero— muy traviesa y juguetona, y aunque tiene cierto aspecto de muchacho, la creo capaz de trastornar la cabeza a cualquier hombre. Muchos la llaman Flor de Río Negro.

Elena, ofendida por la actitud de la hija de Rojas, la miraba ahora orgullosamente.

—Tal vez sea una flor —dijo—, pero demasiado silvestre.

Y siguió adelante, escoltada por sus dos admiradores.

Esta breve conversación fue en francés, y Celinda solo pudo comprender algunas palabras; pero adivinó que la otra había dicho algo contra ella, e hizo una mueca de desprecio asomando su lengua entre los labios.

Pasaron a continuación los jinetes del segundo grupo. El marqués saludó ceremoniosamente a la joven. Moreno no se fijó en ella, pues solo tenía ojos para vigilar el lejano grupo en que iba la marquesa.

Ricardo Watson fingió no entender los gestos de Celinda, indicándole con sus ademanes que se veía obligado a seguir a los demás.

Le dejó ella marcharse haciendo un mohín de contrariedad; pero arrepentida luego, tiró de las riendas a su caballo, obligándole a dar una vuelta en redondo para seguir al grupo.

Al mismo tiempo que trotaba buscó con su diestra en el delantero de la silla el rollo del lazo, arrojando éste contra su amigo. Después fue recobrando la cuerda, y Watson, para no verse derribado, tuvo que detenerse y acabó por retroceder, mientras sus dos compañeros seguían adelante, sin darse cuenta del incidente.

Llegó Ricardo adonde estaba la joven, teniendo aún el lazo apretado sobre sus hombros. Podía haberse desprendido de él, continuando su camino; pero se mostraba indignado por semejante broma y prefería hablar inmediatamente a la revoltosa muchacha.

—Venga usted aquí —dijo ella sonriendo, mientras recogía dulcemente casi toda la cuerda—. ¿Cómo se atreve a ir con esa... mujer, sin pedirme antes permiso?

El ingeniero contestó con una voz hostil:

—Usted no tiene ningún derecho sobre mí, señorita Rojas, y yo puedo ir con quien quiera.

Palideció Celinda al notar el tono inesperado con que le hablaba el joven; pero se repuso de esta mala impresión, recobrando su jovialidad. Después dijo, imitando la voz grave del otro:

—Señor Watson: yo tengo sobre usted el derecho indiscutible de que su persona me interesa, y no puedo tolerar que vaya mal acompañado.

El norteamericano, vencido por la cómica seriedad con que dijo ella estas palabras, acabó por reír. Celinda rió también.

—Ya conoce usted mi carácter, gringuito... No me da la gana que vaya con esa mujer. Además, es demasiado vieja para usted... Júreme que me obedecerá. Solo así puedo dejarle libre.

Watson juró solemnemente con una mano en alto, mientras hacía esfuerzos por mantenerse serio, y ella le sacó el lazo de los hombros. Después guiaron sus caballos en dirección opuesta a la que habían seguido Elena y su cortejo de jinetes.

A partir del día en que el ingeniero francés mostró a la marquesa las obras realizadas en el río, haciendo alarde de su autoridad sobre los trabajadores, Pirovani se sintió humillado y deseoso de tomar el desquite.

Una mañana, acodado en la barandilla exterior de su vivienda, creyó haber descubierto el medio de vencer a su rival.

Media hora después llegó frente a la casa un capataz de los que Pirovani tenía a su servicio y al que confiaba siempre las misiones difíciles.

Era un chileno avispado y muy ágil para salir de apuros, al que sus compatriotas apodaban el *Fraile* por haber sido sus maestros los dominicos de Valparaíso. El *Fraile* poseía sus letras y mostraba cierta afición al empleo de palabras raras, acentuándolas arbitrariamente, según las reglas de su capricho. Tenía la voz melosa, el ademán extremadamente cortés, gustaba de ingerir frases poéticas en su conversación, y había huido de la tierra natal por dos cuchilladas mortales dadas a un amigo.

Llegó a caballo, adivinando que el aviso del patrón debía ser para un viaje largo. Desmontó, y Pirovani fue a su encuentro, dándole palmaditas en la espalda para hacer patente de este modo la confianza afectuosa que ponía en él. Unas veces le llamaba «chileno» con tono cariñoso; otras, «roto», denominación irónica que se da a sí mismo el populacho de Chile.

—Oye, roto; vas a ir a todo galope a la estación. El tren para Buenos Aires pasará antes de dos horas, y es preciso que no lo pierdas.

El *Fraile*, siempre impasible y sonriente, no pudo reprimir un gesto de asombro al enterarse de que lo enviaban a Buenos Aires.

—Cuando llegues allá —continuó Pirovani—, entregarás esta lista a don Fernando, mi representante. Tú lo conoces. Dile que haga las compras en seguidita, que te entregue los paquetes, y tomas el tren unas horas después. Te doy cinco días para ir y volver.

Puso el chileno un rostro grave al escuchar estas órdenes. Debía ser una misión de gran importancia la que le confiaba su patrón, y se sintió orgulloso de que hubiese pensado en él.

Pirovani le entregó un puñado de billetes de Banco para los gastos de viaje y le dijo adiós, volviendo la espalda con la gallardía de un general que acaba de dictar la orden decisiva del triunfo.

Bajó el *Fraile* los escalones, frunciendo su entrecejo con expresión pensativa:

«Debe ser un pedido de herramientas muy urgentes para el trabajo... También es posible que me envíe por dinero...»

Al ver que Pirovani se había metido en su casa, no quiso buscar mentalmente nuevas explicaciones y abrió el sobre que acababa de recibir, empezando a leer su contenido en medio de la calle.

Sus ojos pasaron por varios renglones, sin comprenderlos.

«Una docena de frascos de "Jardín Encantado".

«Ídem ídem de "Ninfas y Ondinas".

«Seis docenas de cajas de jabón "Claro de Luna".

El capataz continuó la lectura de las diversas hojas que componían el cuaderno. Al fin empezó a entender su texto, y esta comprensión sirvió para aumentar su asombro, ¡Y para eso le enviaban a Buenos Aires, con orden de volver inmediatamente!...

—¡Padre San Francisco! —murmuró—. Esto no puede ser para una sola hembra. Esto es para todo el harén del Gran Turco.

Pero como le placía el viaje a Buenos Aires, aunque solo quedase allá unas horas, montó a caballo alegremente, saliendo a todo galope para no llegar tarde a la estación.

De todos los que visitaban por la noche a la marquesa de Torrebianca, el más tranquilo en apariencia era Moreno. Como sus trabajos administrativos solo le ocupaban verdaderamente una vez por semana, pasaba el resto de ella leyendo en la casita de madera donde tenía su oficina. Era un lector ávido e incansable, capaz de tragarse una novela cada veinticuatro horas, y a veces dos. Su afición a los relatos novelescos de todas clases era antigua; pero se había exacerbado en la Presa a causa de las largas horas de soledad. Todos se iban a trabajar en las inmediaciones del pueblo, dejándolo solo en su rústico despacho.

Después de la llegada de los marqueses de Torrebianca sus predilecciones literarias, indeterminadas hasta entonces, se concretaron en pro de las fábulas que se desarrollan en un ambiente aristocrático, teniendo por héroes a personajes del llamado gran mundo.

Él podía juzgar ahora idóneamente de la verosimilitud de tales historias, pues se rozaba con personas de la más alta sociedad de París.

Algunas veces cesaba de leer y ponía su mirada en el techo con una expresión de éxtasis. El deseo parecía cantar dentro de su cráneo:

«¡Ser héroe de novela!... ¡Verse amado por una gran señora!»

Una tarde, cuando menos lo esperaba, Moreno vio llegar frente a su casa al ingeniero Canterac montado a caballo. A tales horas estaba siempre vigilando las obras del dique. Algo muy importante debía ocurrir para que el capitán viniera a buscarle.

Se acercó el jinete a la ventana junto a la cual leía el oficinista y dio la mano a éste inclinándose sobre su montura. Teniendo por inútiles los preámbulos, dijo inmediatamente, con una sequedad militar:

—He venido a verle cuanto antes para que pueda aprovechar el correo de hoy... Quiero hacer un obsequio a la marquesa. La pobre carece de todo en este desierto, y como usted recordará, nos habló hace poco de lo qué sufre por no tener aquí perfumería de París.

El ingeniero sacó de un bolsillo varios papeles para dárselos a Moreno.

—Es un extracto de todos los catálogos de Buenos Aires que ha podido proporcionarme el gallego del boliche. Por cierto que tardó mucho en encontrarlos. Debía habérmelos entregado hace tres días, para que usted aprovechase el otro tren... Pero, en fin, vamos a lo que importa. Como usted tiene tantas amistades en Buenos Aires, escriba allá para que envíen todo eso, y descuénteme su importe de mi sueldo de este mes.

Moreno tomó los papeles, haciendo signos afirmativos.

—Creo —siguió diciendo el ingeniero— que no se me adelantará en este obsequio el tal Pirovani, que cada vez resulta más insufrible.

Al marcharse Canterac hacia las obras del dique, Moreno empezó a examinar los papeles. Sus ojos se dilataron de asombro, tomando casi la misma forma circular de las gafas con montura de concha que los cubrían.

Era una larguísima lista, no solo de perfumes y jabones, sino de toda clase de objetos de tocador. El capitán había entrado por las páginas de los catálogos como en tierra recién descubierta, haciendo suyo lo que encontraba al paso.

—Hay aquí por valor de más de mil pesos —se dijo el oficinista—, y el ingeniero solo cobra seiscientos al mes.

Su austeridad de hombre de números, metódico y prudente, le hizo indignarse contra esta falta de equilibrio entre los ingresos y los gastos. Pero acabó por sonreír, encontrando natural el despilfarro. ¡La marquesa era tan interesante!... Además, una señora de su alcurnia no podía llevar la misma vida de privaciones de las mujeres del vulgo.

Pasó Moreno el resto de la tarde inquieto y pensativo. Varias veces intentó reanudar la lectura de la novela que traía entre manos, pero el volumen acababa siempre por caer sobre su mesa, cubierta de papeles administrativos. Al fin buscó entre estos papeles un pliego de carta, y frunciendo el ceño con la expresión recelosa de un niño que teme ser cogido en plena mentira, empezó a escribir:

«Mi morocha linda: Envíame lo antes posible, en un paquete, el traje de fraque que me hice cuando nos casamos. La vida ha cambiado aquí completamente. Grandes personajes nos visitan con frecuencia, hay muchas fiestas, y yo deseo presentarme con un aspecto bien como el que más. Esto puede ayudarme en mi carrera y...»

Se detuvo Moreno para rascarse la cabeza con el mango de la pluma. Luego siguió escribiendo, con el mismo gesto infantil de inquietud y remordimiento, hasta llenar las cuatro páginas de la carta.

Todas las noches, en la tertulia de la marquesa, mostraba ahora Pirovani el gesto preocupado del que desea proponer algo y cuando va a hablar se siente enmudecido por la emoción.

Después de una semana de dudas se decidió a formular su deseo, precisamente la noche en que el oficinista esperaba conseguir el mayor éxito de su vida.

Elena llevaba uno de sus trajes descotados, a los que agregaba o quitaba adornos para que diesen diariamente una impresión de novedad. El ingeniero francés y Torrebianca iban puestos de *smoking* y Pirovani seguía ostentando su majestuoso frac... Pero ya no era el único en lucir esta prenda. Moreno se había presentado a última hora con el frac enviado por su mujer, pieza modesta que revelaba tener algunos años de vida. Pero de todos modos era un frac, y el del contratista había perdido el privilegio de ser único, lo que puso nervioso a su poseedor, dándole nuevos ánimos para expresar sus deseos.

Watson y Robledo vestían trajes oscuros. Los dos se habían visto obligados a cambiar de ropa todas las noches, para no parecer «inarmónicos» —como decía el español— en medio de esta elegancia absurda creada por la presencia de Elena.

Como el norteamericano estaba fatigado de su trabajo en los canales, tuvo que sofocar numerosos bostezos, y al fin se levantó para retirarse a su dormitorio. Elena le miraba ahora con interés, y no ocultó su despecho al ver que desaparecía, saludándola fríamente, como si nada le importase alejarse de ella.

El aquel momento Canterac estaba retenido por su conversación con el marqués, Moreno hablaba con Robledo, y a Pirovani le pareció oportuno no dejar que transcurriese más tiempo sin exponer a Elena lo que pensaba.

—Temía hablar, señora marquesa; pero al fin me decido, y ¡allá va!... Este marco es indigno de su hermosura y su elegancia.

Y el contratista abarcó con una mirada de desprecio la habitación y todos sus muebles.

—Si usted quiere, desde mañana puede instalarse en mi casa. Suya es. Yo me alojaré en la vivienda de uno de mis empleados.

No mostró Elena gran asombro. Parecía que esperase desde mucho antes esta proposición, como si ella misma se la hubiese sugerido lentamente al contratista. Pero no por ello dejó de hacer gestos de protesta, al mismo tiempo que sonreía y acariciaba con sus ojos a Pirovani.

Finalmente pareció ablandarse, y prometió que estudiaría la proposición, consultando a su esposo antes de decidirse.

Esta consulta fue al día siguiente, mientras Robledo y Watson se hallaban en las obras de los canales.

Torrebianca, a pesar de la sumisión con que acogía ordinariamente las proposiciones de su mujer, se mostró escandalizado. Le era imposible aceptar la generosidad de Pirovani.

—¿Qué pensará la gente al ver que nos cede una casa que es su orgullo?...

Y movía su cabeza con enérgicas negativas. Surgió en su interior una repulsión de casta, al pensar que pudiera protegerle aquel compatriota de gustos ordinarios. No le era antipático; pero nunca le admitiría como un igual.

Elena acabó por irritarse, cansada de sus protestas.

—Tu amigo Robledo nos protege, y sin embargo no se te ocurre por eso que pueda murmurar la gente... ¿Qué tiene de extraordinario que un amigo nuevo nos demuestre su simpatía cediéndonos su casa?

Estaba tan acostumbrado Torrebianca a obedecer a su esposa, que bastaron las últimas palabras de ella para quebrantar su resistencia. Sin embargo, aún insistió en sus negativas, y Elena añadió para convencerle:

—Comprendo tus escrúpulos, si la casa fuese regalada; pero es simplemente alquilada. Así se lo he dicho a Pirovani. Tú le pagarás el alquiler cuando la empresa dirigida por Robledo retribuya tus trabajos.

El marqués lo aceptó todo al fin, con un gesto de resignación. Parecía más viejo y más desalentado, como si le royese lentamente una dolencia moral.

—Hágase lo que tú quieras. Mi único deseo es verte feliz.

Al día siguiente visitó su esposa la casa de Pirovani, para conocerla por entero antes de proceder a su instalación en ella.

La recibió el contratista en lo alto de la escalinata, acompañándola después por las diversas habitaciones, pálido de emoción al verse a solas con la «señora marquesa». Ésta, para darse aires de dueña, ordenó inmediatamente a la servidumbre que cambiase algunos muebles de sitio. El italiano elogió su buen gusto de gran dama, guiñando un ojo a la mestiza, su ama de llaves, para que se uniese a esta admiración.

Llegaron al dormitorio que había sido del italiano y en adelante sería de ella. Encima de todos los muebles había grandes paquetes en papel fino, atados y sellados de los que se desprendían gratos olores. Los fue abriendo el contratista, y quedaron visibles docenas de frascos de esencias y de cajas de jabón, así como otros artículos de tocador; todo el encargo enorme hecho a Buenos Aires, que parecía acariciar los ojos con el brillo de sus botellitas de cristal tallado, de sus estuches con forros de seda y pieles finas, de sus etiquetas de oro, al mismo tiempo que cosquilleaban el olfato unos perfumes de jardín sobrenatural.

Ella iba de asombro en asombro, y acabó por reír, lanzando exclamaciones alegres e irónicas.

—¡Qué generosidad!... Hay para poner una tienda de perfumista.

Pirovani, cada vez más pálido, enardecido por esta sonrisa y por la soledad, intentó aproximar su boca a la de ella, besándola. Pero como Elena esperaba desde mucho antes este ataque, le fue fácil repelerlo avanzando sus dos manos enérgicamente, a la vez que decía:

—Eso equivale a quererme hacer pagar el alquiler de la casa, como un vil comerciante. En tal caso, ya no hay regalo. ¡Y yo que le creía a usted un *gentleman*!...

Sintió cierta lástima al darse cuenta de la confusión de Pirovani. El pobre temía no haber procedido con el tacto de un hombre elegante. Para consolarlo puso su mano derecha junto a la boca de él.

—Conténtese con esto —dijo.

El italiano besó la mano con entusiasmo, y fueron tan repetidos sus besos, que al fin tuvo ella que retirarla, amenazándole con un dedo para que guardase prudencia.

Luego continuó la visita de la casa, llevando al contratista tras de sus pasos. Parecía arrepentido de su audacia y arrepentido al mismo tiempo de la docilidad con que había obedecido a aquella mujer.

Pero por encima de tan opuestos sentimientos paladeaba una sensación de triunfo al recordar el contacto de aquella mano fina y olorosa. Esto le hizo persistir mentalmente en su opinión:

«¡Oh, las grandes señoras!... No hay mujeres como ellas.»

VIII

El aspecto de la casa de Pirovani cambió mucho al instalarse en ella los Torrebianca.

Las ventanas lucían ahora, a través de sus vidrios, unas cortinas flamantes. Ya no se mostraban en las galerías exteriores las domésticas mal vestidas y realizando al aire libre ciertos trabajos de limpieza. La presencia de aquella señora tan hermosa y elegante había impuesto a la servidumbre nuevos cuidados personales. Hasta la gorda Sebastiana iba vestida todos los días «de domingo», como decían sus amigas.

Otra novedad conoció el vecindario de la Presa con la instalación de Elena en la casa del contratista. El salón de Pirovani tenía un piano de media cola, que había permanecido cerrado hasta entonces. Lo compró el italiano en Buenos Aires por complacer a un compatriota suyo, dueño de un almacén de instrumentos de música. Además le habían dicho que un salón «distinguido» no está completo si carece de un piano, pero con cuerdas horizontales y la tapa a medio levantar. Y compró el valioso instrumento, sin esperanza de que llegase a la Presa un visitante capaz de utilizarlo.

Elena, que en sus horas de soledad era una fumadora insaciable, cuando se cansaba de ir con el cigarrillo en la boca de una a otra pieza examinando los adornos y comodidades de su nueva casa, abría el piano, dejando que sus dedos corriesen sobre las teclas. Así pasaba las horas, recordando romanzas de su juventud, casi ignoradas por la generación que había seguido a la suya, o repitiendo la música que era de moda cuando ella huyó de París.

Muchas veces, entusiasmada por estas evocaciones del pasado, sentía la necesidad de unir su voz a la del instrumento. Sus cantos hacían que Sebastiana y las otras criadas abandonasen los trabajos en el corral, avanzando lentamente hacia el interior de la casa con la expresión de amansamiento de las bestias subyugadas por la voz y la lira de Orfeo.

Una parte del vecindario sentía igualmente esta atracción. Apenas cerrada la noche, cuando los trabajadores habían terminado su cena, muchos chiquillos y mujeres se encaminaban a la casa de Pirovani, sentándose en el suelo a alguna distancia de ella, para contemplar las ventanas, levemente teñidas de rojo. Si algunos niños impacientes empezaban a perseguirse en sus juegos, las madres les imponían silencio:

—¡Callad, malditos, que la señora va a cantar!...

Y se estremecían con una emoción religiosa al oír los sonidos del piano y la voz de Elena. Era como la melodía de un mundo lejanísimo que iba llegando a través de las paredes de madera hasta esta muchedumbre simple de gustos, que en punto a música llevaba varios años sin oír otra que la de las guitarras del boliche.

Algunos hombres venían a unirse al público rudo, enardecidos por un sentimiento en el que se mezclaban la admiración y el deseo. Los mismos que habían mirado con indiferencia a la niña de la estancia de Rojas por parecerles un muchacho, se entusiasmaban viendo pasar a caballo, con falda de amazona, a la marquesa de Torrebianca.

—Eso es una mujer... ¡Vaya unas curvas!

Y al oír su canto, quedaban como embobados por una delicia voluptuosa. Según ellos, solo una mujer de gran hermosura podía cantar así.

Una semana después de haberse instalado los Torrebianca en la nueva vivienda anunció Sebastiana a sus amigas que la señorona, a partir de aquella noche, iba a recibir diariamente a sus amistades, lo mismo que hacían las damas ricas de Buenos Aires. Este anuncio sirvió para que las comadres de la Presa se imaginasen algo nunca visto; y después de la cena empezaron a formarse grupos de curiosos frente a las ventanas iluminadas. Algunas mujeres se ponían una mano junto al oído pura escuchar mejor, imponiendo silencio a las compañeras con sus codazos. Elena, sentada al piano, cantaba romanzas sentimentales mientras iban llegando sus invitados.

Los primeros en presentarse fueron el ingeniero francés y Moreno. Este último, para completar el frac, oculto bajo su gabán, había creído necesario ponerse un sombrero de copa. Él no era como Pirovani, que se presentaba vistiendo traje de etiqueta y tocado con un sombrero flexible. La señora marquesa, por ser dama del gran mundo, debía haberse fijado, indudablemente, en estas faltas de elegancia.

Canterac, al pisar el primer peldaño de madera, se detuvo para decir a su compañero:

—No debía entrar. Esta casa pertenece al intrigante Pirovani, hombre que aborrezco... Pero temo que la marquesa se queje si no me ve en su reunión.

Moreno, que era amigo de todos y no llegaba a enfadarse verdaderamente con nadie, creyó necesario defender al ausente.

—¡Si ese italiano es una buena persona!... Tengo la certeza de que le quiere a usted mucho.

Pero Canterac no podía admitir palabras conciliadoras.

—Es un hombre falto de tacto, que se empeña en atravesarse en mi camino... Esto acabará mal para él.

Entraron en la casa, y el marqués vino a saludarles en el recibimiento. Luego pasaron al salón, quedando los tres inmóviles, mientras Elena continuaba su canto como si no los hubiese oído llegar.

Otros dos invitados se encontraron frente a la casa: Robledo y Pirovani. Éste llevaba un gabán de pieles nuevo sobre el frac y se cubría con un sombrero de copa no menos flamante, pedido a Bahía Blanca por telégrafo, como si un duende familiar le hubiese avisado los malos comentarios de su amigo Moreno.

De los grupos de curiosos, medio ocultos en la sombra, partieron risas y cuchicheos. Unos se burlaban del tubo de seda brillante que el contratista se había puesto en la cabeza; otros lo admiraban con orgullo egoísta, como si el tal sombrero aumentase la importancia de la vida en el desierto.

—Vengo de visita a mi propia casa —dijo Pirovani con el deseo de que el otro admirase su generosidad.

—Ha hecho usted mal en cederla —se limitó a contestar Robledo.

El italiano tomó un aire de hombre superior.

—Convendrá usted en que su casa no era la más adecuada para que viviese en ella tan gran señora. Yo, aunque no he estudiado, conozco los deberes de un hombre de buena educación, y por eso...

Robledo levantó los hombros y siguió adelante, como si no quisiera escucharlo. El contratista marchó detrás de él, y, señalando una de las ventanas iluminadas, dijo con entusiasmo:

—¡Qué voz de ángel!... ¡Qué alma de artista!

Volvió Robledo a levantar los hombros, y los dos entraron en la casa.

Al llegar al salón se unieron a los tres varones que escuchaban inmóviles y apenas Elena hubo lanzado la última nota de su romanza, el italiano empezó a aplaudir y a dar gritos de entusiasmo. Canterac y el oficinista, por no ser menos, prorrumpieron igualmente en manifestaciones de admiración, expresándolas cada uno con arreglo a su carácter.

En la nueva casa las reuniones iban a ser menos simples y austeras que en el alojamiento de Robledo. Sebastiana, que solo creía en el mate, remedio, según ella, de toda clase de enfermedades y suprema delicia del paladar tuvo que servir a los invitados, ayudada por dos criaditas mestizas, varias tazas de agua caliente con una cosa llamada té.

Fingiendo ocuparse de la buena marcha del servicio, evolucionó Elena entre aquellos tres hombres que la seguían ávidamente con los ojos, mientras vacilaban las tazas en sus manos, derramando a veces su contenido sobre los platillos. Los tres admiradores intentaron repetidas veces conversar con ella; pero era tan hábil para repelerlos dulcemente, que acababan por dialogar con su marido. En cambio, la marquesa buscaba al único hombre que no había mostrado interés en hablarla. Al fin consiguió en una de sus evoluciones sentarse a un extremo del salón, con Robledo al lado de ella.

—Indudablemente, Watson no ha querido venir —dijo al español—. Cada vez estoy mas convencida de que no le soy simpática a él... ni tampoco a usted.

Robledo se defendió de esta acusación con gestos más que con palabras; pero como ella insistiese en presentarse cual una víctima de la injusta antipatía de los dos asociados, el ingeniero acabó por contestar:

—Watson y yo somos amigos de su marido, y nos da miedo ver la ligereza con que hace concebir usted ciertas esperanzas, tal vez equivocadas, a los que la visitan.

Elena empezó a reír, como si la regocijasen las palabras de Robledo y el tono de gravedad con que las había dicho.

—No tema usted. Una mujer que no ha nacido ayer y conoce el mundo, como yo lo conozco, no va a comprometerse y a hacer locuras por esos.

Y abarcó en una mirada irónica a sus tres pretendientes, que seguían al lado del marqués.

—Yo no supongo nada —dijo Robledo en el mismo tono—. Veo lo presente, como vi otras cosas en París... y me da miedo el porvenir.

Quedó indecisa Elena mirando a su interlocutor, como si dudase entre continuar riendo o mostrarse enfadada. Al fin habló con el tono grave de una persona ofendida:

—No me considero mejor ni peor que otras. Soy simplemente una mujer que nació para vivir en la abundancia y en el lujo, y jamás ha encontrado un compañero capaz de darle lo que le corresponde.

Se miraron en silencio largo rato, y ella añadió:

—Los que me desearon no pudieron proporcionarme cuanto necesito para mi vida, y los que hubieran podido satisfacer mis deseos nunca se fijaron en mí.

Bajó la cabeza como desalentada, murmurando contra su destino.

—Usted no sabe qué vida ha sido la mía. Necesito la riqueza; es algo indispensable para mi existencia, y he pasado lo mejor de mi juventud corriendo inútilmente tras de ella. Cuando imaginé tenerla entre mis manos, la vi desvanecerse, para reaparecer más lejos, obligándome a una nueva carrera... ¡Y así ha sido siempre!

Calló un instante, concentrando su pensamiento, para añadir con el mismo tono que si hiciera una confesión:

—Los hombres no pueden comprender las angustias y las ambiciones de las mujeres de ahora. Necesitamos para vivir muchísimo más que las hembras de otros tiempos. El automóvil y el collar de perlas son el uniforme de la mujer moderna. Sin ellos, toda la que reflexiona un poco y puede darse cuenta de su situación se siente infeliz... Yo los tuve algunas veces, pero sin tranquilidad, «sin solidez», temiendo perderlos al día siguiente. Como todos necesitamos escuchar, para seguir viviendo, la canción de la esperanza, espero ahora que mi marido ganará aquí una fortuna, ¡no sé cuándo!... y esto me hace soportar el horrible destierro.

Luego continuó con tristeza:

—¿Y qué ganará?... Centavos tal vez, cuando usted lleve ya ganados miles y miles de pesos... ¡Ay! Yo merecía otro hombre.

Volvió a levantar la cabeza para sonreír melancólicamente mirando al español.

—Tal vez mi felicidad hubiese sido encontrar un compañero como usted: animoso, enérgico, capaz de domar a la fortuna rebelde... Y a usted, para ser un verdadero triunfador, le ha faltado una mujer que le inspirase entusiasmo.

Robledo sonrió a su vez con aire bonachón.

—Ya es tarde para hablar de esas cosas...

Pero ella le miró fijamente, al mismo tiempo que protestaba de su desaliento. Nunca es tarde en la vida para nada. Los hombres enérgicos son como ciertas tierras exuberantes del trópico, en las que se conoce la muerte pero no la vejez, renovándose sobre ellas una primavera incansable. Disponen de la voluntad que manda a la imaginación, y la imaginación es un pintor loco que anima con los colores de su paleta el lienzo gris de la realidad.

Elena, al hablar así, había aproximado su rostro al de él. Sus ojos parecían querer penetrar en los ojos de Robledo. Éste, por un momento, sintió cierta turbación; pero se repuso enseguida, haciendo un gesto negativo.

—Muy interesante lo que usted dice, amiga mía, pero los hombres verdaderamente enérgicos no gustan de resucitar falsas primaveras, por las complicaciones que esto trae.

Continuaron hablando. Ella quiso recordar otra vez su pasado.

—¡Si yo le contase mi historia!... Todas las mujeres tienen la pretensión de que su vida ha sido una novela, que solo necesita ser contada con cierta habilidad para que interese al mundo entero. Yo no aspiro a que mi pasado sea interesante; únicamente lo creo triste, por la desproporción que siempre hubo en él, entre lo que yo creo merecer y lo que la vida ha querido darme.

Se detuvo un momento, como si acabara de ocurrírsele una idea penosa.

—No crea usted que soy una de esas advenedizas hambrientas de goces y comodidades, por lo mismo que no los conocieron nunca. En mí ocurre lo contrario: necesito el lujo y el dinero para vivir porque me rodearon al nacer. Fui rica en mi infancia y pobre en mi juventud. ¡Lo que he luchado para ocupar otra vez mi antiguo rango y vivir de acuerdo con mi primera educación!... Y la lucha continúa... y las catástrofes se repiten... y cada vez me veo más lejos del punto de donde partí. Ahora estoy en uno de los rincones más olvidados de la tierra, llevando una existencia casi igual a la de las gentes que vivieron en los primeros tiempos de la Historia. ¡Y todavía me censura usted!...

Robledo se excusó.

—Yo soy su amigo, el amigo de su marido, y lo único que hago es avisarla al verla marchar en mala dirección. Considero peligroso el juego que se permite usted con esos hombres.

Y señaló a los tres personajes de la Presa, que seguían hablando con Torrebianca.

—Además, antes de su llegada, la vida era aquí un poco monótona, pero tranquila y fraternal. Ahora, con su presencia, los hombres parecen haber cambiado; se miran hostilmente, y temo que sus rivalidades, hasta el presente algo pueriles, terminen de un modo trágico. Usted olvida que vivimos lejos de los demás grupos humanos, y este aislamiento nos hace retroceder poco a poco a la vida bárbara. Nuestras pasiones, domesticadas por la existencia en las ciudades, pierden aquí su educación y saltan en libertad. Mucho cuidado con ellas; es peligroso tomarlas con motivo de juego.

Elena rió de sus temores, y hubo en su risa cierto desprecio, no pudiendo comprender tal pusilanimidad en un hombre fuerte.

—Déjeme que tenga mi corte. Necesito estar rodeada de admiradores, como les ocurre a los grandes artistas vanidosos. ¿Qué sería de mí si me faltase el placer de la coquetería?...

Luego añadió, frunciendo el ceño y con voz irritada:

—¿Qué otra cosa puedo hacer aquí? Ustedes tienen el trabajo que les distrae, sus luchas con el río, las exigencias de los obreros. Yo me aburro durante el día; hay tardes que pienso en la posibilidad de matarme; y únicamente cuando llega la noche y se presentan mis admiradores encuentro un poco tolerable mi destierro... En otro sitio tal vez me hiciesen reír esos hombres; pero aquí me interesan. Resultan un verdadero hallazgo en esta soledad.

Miró con una ironía risueña hacia donde estaban sus tres solicitantes, y continuó:

—No tema usted, Robledo, que pierda la cabeza por ellos. Me doy cuenta de mi situación.

Se comparaba con un viajero de la altiplanicie patagónica que no llevase mas que un cartucho en su revólver y se viera atacado por un grupo de vagabundos de los que merodean cerca de la Cordillera. De hacer fuego, solo podía derribar a un enemigo, arrojándose los otros sobre él al verle indefenso. Era preferible prolongar la situación amenazándolos a todos, pero sin disparar.

—Me causa risa el pensamiento de que yo pudiera decidirme por uno de ellos. No son estos hombres los que me harán perder la cabeza. Pero aunque alguno de los tres me interesase, guardaría mi prudencia, temiendo lo que harían o dirían los demás al verse desahuciados. Es mejor mantenerlos a todos en la inquieta felicidad de la esperanza.

Y notando que su larga conversación con el español producía malestar y escándalo en los otros visitantes, se levantó para ir hacia ellos.

—¿Quién de ustedes me da un cigarrillo?...

Los tres salieron a su encuentro a la vez, ofreciendo sus pitilleras, y la rodearon como si quisieran disputarse a golpes sus palabras y sus gestos.

La primera tertulia de la marquesa de Torrebianca terminó después de medianoche, hora inusitada en aquel destierro. Solamente ciertos sábados, en que los trabajadores recibían la paga de medio mes, llegaban a horas tan avanzadas las fiestas en el boliche del Gallego.

Toda la mañana siguiente anduvo Sebastiana adormecida y con los pies torpes por haberse levantado al amanecer, como era su costumbre, después de mantenerse despierta hasta que se marcharon los invitados.

Estaba en una de las galerías exteriores, riñendo con voz queda a las criaditas mestizas para que no despertasen con los ruidos de la limpieza a la dueña de la casa, cuando repentinamente pareció olvidar su cólera, poniéndose una mano sobre los ojos para ver mejor. Un jinete encabritaba su caballo en mitad de la calle, agitando al mismo tiempo un brazo para saludarla.

—¡Mi señorita linda!... Siempre me cuesta el conocerla con su traje de varoncito. ¿Cómo le va?...

Y bajó apresuradamente los escalones de madera, atravesando la calle para ir al encuentro de Celinda Rojas.

No se habían visto desde el día que Sebastiana abandonó la estancia; y ahora, por odio a don Carlos, creyó conveniente la mestiza enumerar las magnificencias de su nueva situación.

—Una gran casa, señorita, sea dicho sin ofender a la suya. La plata corre como agua de acequia. Además, la patrona, una gringa bien, nació, según dicen, marquesa allá en su tierra. El italiano, que es un demonio para roerles la plata a los trabajadores, en cuanto se trata de esta señorona parece medio zonzo, y se cuida de que no la falte nada. Anoche hubo reunión con música. Yo pensé en usted, niña linda, y me dije: «¡Cómo le gustaría a mi patroncita oír cantar a esta marquesa!».

La amazona escuchaba haciendo signos afirmativos, como si su curiosidad se excitase al oír este relato.

Para aumentar su admiración, fue Sebastiana enumerando todas las personas que habían estado en la fiesta.

—¿Y no te olvidas de alguno más? —preguntó Celinda al terminar ella su lista—. ¿No estuvo don Ricardo, ese que trabaja con don Manuel, el de los canales?

Movió su cabeza la mestiza negativamente.

—En toda la noche vi a ese gringo.

Luego empezó a reír, dándose sonoras palmadas en uno de sus muslos de relieve elefantíaco, lo que marcó su enorme redondez bajo la ligera faldamenta.

—Ya lo sé, mi niña, ya lo sé... Me han hablado de que usted y el gringo van siempre juntos a caballo por esos pagos, y no pasa día sin que se encuentren... Si alguna vez se dan un beso, busquen un lugar donde nadie los vea. Mire que la gente de aquí es muy habladora y no quiere otra cosa. Además, los que mandan en eso de las obras del río tienen unos anteojos muy largos que lo descubren todo de lejos...

Celinda se ruborizó, al mismo tiempo que intentaba protestar.

—¡Si me parece muy bien! —siguió diciendo la mestiza—. Ese don Ricardo es un buen mozo y excelente persona. Un gran marido para usted, si es que don Carlos, con el geniazo que Dios le ha dado, no se opone. Los gringos de América, cuando no beben, son buenazos. Yo tengo una amiga que se casó con uno que es maquinista, y lo lleva de la nariz adonde quiere. Conozco otra que...

Pero la amazona no sentía interés por tales historias, y la interrumpió:

—Entonces, don Ricardo no vino anoche.

—Ni anoche ni las otras noches. Entoavía no ha aparecido por aquí.

La miró Sebastiana con malicia, al mismo tiempo que una sonrisa bondadosa dilataba su rostro carrilludo y cobrizo.

—¿Ya tiene celos, niña?... No se ponga colorada por eso. A todas nos pasa lo mismo cuando queremos a un hombre. Lo primero que pensamos es que alguna nos lo va a quitar... Pero aquí no hay motivo. Usted es una perla, patroncita. Esa señorona también es hermosa, principalmente cuando acaba de peinarse y se ha puesto en la cara tantas cosas que huelen bien, traídas de la capital. Pero comparada con usted... ¡qué esperanza!... A mi niña casi la he visto yo nacer, y la marquesa no debe acordarse ya de cuándo vino al mundo.

Luego, pensando en sí misma, creyó necesario añadir:

—A decir verdad, la marquesa no debe tener muchos años... Pero ¿quién no resulta vieja al lado de usted, preciosura?... No todas podemos ser un botón de rosa.

Calló un momento para mirar a un lado y a otro; y después, bajando la voz y empinándose sobre las puntas de los pies para estar más cerca del rostro de Celinda, dijo con la alegría de una comadre que puede chismorrear libremente:

—Sepa, lindura, que muchos van detrás de ella; pero ninguno es don Ricardo. Al pobre gringo le basta con quererla a usted, ramito de jazmín. Los otros andan como avestruces detrás de la marquesa: el capitán, el italiano, el empleado del gobierno que lleva los papeles; ¡todos locos, y mirándose como perros!... Y el marido no ve nada; y ella se ríe de ellos y se divierte en hacerlos sufrir... Yo creo que ningún hombre de los que vienen a la casa le gusta.

Celinda no parecía tranquilizarse con tales palabras. Antes bien, protestó de ellas mentalmente, pensando: «Watson no puede ser comparado con los otros».

Necesitó exteriorizar su pensamiento, y dijo a Sebastiana:

—Será verdad que no le gustan los demás; pero don Ricardo es más joven que todos ellos; y estas mujeres que han corrido el mundo y empiezan a ponerse viejas, ¡resultan a veces tan... caprichosas!

IX

El famoso Manos Duras vivía al borde de la altiplanicie, del lado de la Pampa, viendo enfrente el límite de la Patagonia, y a sus pies la amplia y tortuosa cortadura del río y un extremo de la estancia de Rojas.

Su casa, hecha de adobes, tenía alrededor otras construcciones aún más míseras y unos corrales de viejos maderos hincados en el suelo, que solo de tarde en tarde guardaban algún animal.

Todos en el país conocían la situación del llamado «rancho de Manos Duras»; pero pocos iban a él, por ser lugar de mala fama. Algunas veces, los que pasaban con cierta inquietud por sus inmediaciones solo conseguían tranquilizarse al notar su soledad. No ladraban ni salían al camino los perros de hirsuto pelaje, ojos sangrientos y agudos colmillos acompañantes del gaucho. Tampoco se veían sus caballos pastando la hierba rala de los alrededores.

Manos Duras se había ido. Tal vez merodeaba por las orillas del río Colorado, donde era más abundante la ganadería que en el río Negro; tal vez vagaba por las estribaciones de los Andes, para visitar a sus amigos del valle del Bolsón —poblado en gran parte por aventureros chilenos—, o a los que habitaban las riberas de los lagos andinos. Estas excursiones a la Cordillera eran, según afirmaban muchos, para vender en Chile animales robados en la Argentina.

En otras ocasiones, el rancho de Manos Duras aparecía extraordinariamente poblado. Gauchos errantes se instalaban en las chozas de adobes durante unas semanas, sin que nadie supiese con certeza cuál era su procedencia ni adonde irían al marcharse de allí.

El comisario de la Presa empezaba a sentirse inquieto por estas visitas y a vivir mal, temiendo todas las mañanas la denuncia de algún robo... Pero transcurrían los días sin que se alterase la paz del pueblo y sus alrededores. En el rancho de Manos Duras se mataban y desollaban reses, vendiendo carne el gaucho a toda la comarca. Y como no llegaba ninguna queja, don Roque se abstenía de averiguar la lejana procedencia de aquellos animales.

Luego huían de pronto los compañeros de Manos Duras, y éste continuaba su vida solitaria, o desaparecía igualmente de su rancho por algún tiempo, con gran satisfacción del comisario.

Ahora vivía con tres compañeros malcarados y parcos en palabras, que, según se murmuraba en el boliche del Gallego, procedían de un valle de la Cordillera.

—Tres hombres de bien que se han desgraciado —dijo el gaucho hablando de ellos—; tres compadres que han venido a vivir a mi rancho hasta que las gentes malas se cansen de calumniarlos.

Un día de gran calor, Manos Duras montó a caballo para ir al pueblo a hacer unas compras. Era en las primeras horas de la tarde.

Los habitantes europeos de la Presa, al mirar el almanaque, pensaban en la nieve y los fríos huracanes de sus países, que estaban todavía en pleno invierno. Aquí reinaba el verano, un verano patagónico, violento y ardoroso, sobre una tierra que rara vez conoce las lluvias y en la cual todas las estaciones son extremadas, descendiendo el termómetro durante el invierno muchas unidades por debajo de cero.

La tierra yerma parecía temblar bajo el Sol. Era una reverberación que ondulaba las líneas rectas, cambiando los contornos de colinas, edificios y personas. Estos caprichos de la luz hacían ver también los objetos dobles e invertidos, como si estuviesen al margen del agua, fingiendo lagos inmensos en un país extremadamente seco. Eran los espejismos del desierto que por sus formas variables e inesperadas llamaban la atención harta de los hijos del país, acostumbrados a toda clase de ilusiones ópticas.

En el último término de la gigantesca cortadura abierta por el río, casi al ras de la línea del horizonte, se deslizaba un largo gusano negro con una pequeña vedija de algodón en la cabeza.

Manos Duras se detuvo para ver mejor. Aquel día no era de correo de Buenos Aires.

«Debe ser un tren de carga que viene de Bahía Blanca», se dijo.

Resultaba visible estando aún a muchos kilómetros de la Presa, y pasaría otros tantos kilómetros más allá, para no detenerse hasta Fuerte Sarmiento. En esta tierra los ojos adquirían un poder visual más grande; la retina abarcaba mayores extensiones; las distancias parecían valer menos que en otros países.

El gaucho, después de contemplar unos momentos el remoto avance del tren, continuó su galope. Para ganar terreno solía meterse por la estancia de Rojas, atravesando una parte avanzada de dicha propiedad interpuesta entre su rancho y el lejano pueblo. Con la indiferencia de la costumbre, dejó que su caballo avanzase por un tortuoso sendero marcado apenas entre los ásperos matorrales.

Al poco rato tuvo un mal encuentro. Don Carlos Rojas iba también a aquella hora visitando su estancia y haciendo cálculos sobre el porvenir.

Continuarían siempre sus tierras altas en la pobreza actual, no pudiendo dar alimento mas que a un número reducido de animales. Sus novillos eran «criollos», como él decía con cierto tono de desprecio; bestias de mucho hueso, pezuña dura, grandes cuernos y enjutas de carnes; aptas para nutrirse con un pasto silvestre y poco abundante; herederos degenerados del ganado que aclimataron siglos antes los colonizadores españoles, trayéndolo en sus pequeños buques a través del Atlántico.

Recordaba con remordimiento los animales de lujo de la estancia de su padre, novillos enormes, con el lomo plano como una mesa, casi sin cuernos, de reducido esqueleto y exuberantes carnes, verdaderas «montañas de biftecs», como él decía... Luego pensaba en los milagros de la irrigación, cuando las tierras bajas de su estancia quedasen fecundadas por las aguas del río. Crecería en ellas la alfalfa con una prodigalidad semejante a la de la tierra de Canaán, y le sería posible repetir al borde del río Negro las milagrosas crianzas de los estancieros vecinos a Buenos Aires, sustituyendo el áspero y flaco ganado criollo con animales valiosos, producto del cruzamiento de las mejores razas de la tierra.

Iba don Carlos imaginándose esta maravillosa transformación, con el deleite de un artista que pule en su mente la obra futura, cuando vio venir un jinete hacia él.

Se puso una mano sobre los ojos para examinarlo mejor, y no pudo contener la indignación que le produjo este encuentro.

—¡Hijo de la gran... tal!... ¡Es el ladrón de Manos Duras!

Al pasar el gaucho junto a él, se llevó una mano al sombrero para saludarle, espoleando luego su cabalgadura.

Don Carlos, después de breve indecisión, salió también al galope, hasta que puso su caballo delante del de Manos Duras, cortándole el paso y obligándole a detenerse.

—¿Con licencia de quién atravesás vos mi campo? —preguntó con voz temblona y aflautada por la cólera.

Manos Duras no intentó contestar mirándole con una insolencia silenciosa y amenazadora, como hacía con los demás. Sus ojos atrevidos evitaron cruzarse con los del estanciero, y respondió en voz baja, como excusándose. No ignoraba que carecía de derecho para pasar por allí sin permiso del dueño del campo; pero de este modo acortaba camino, evitándose un largo rodeo para llegar a la Presa. Luego añadió, como si emplease un argumento supremo:

—Usted, don Carlos, deja pasar a todos.

—A todos menos a ti —contestó Rojas agresivamente—. Si te encuentro otra vez en mi estancia, te saludaré a balazos.

Esta amenaza acabó con el hipócrita respeto del gaucho. Miró a Rojas despectivamente, y dijo con lentitud:

—Es usted un viejo, y por eso me habla así.

Don Carlos sacó de su cintura un revólver, apuntándolo contra el pecho de Manos Duras.

—Y tu un ladrón de novillos, al que todos tienen miedo no sé por qué. Pero si vuelves a robarme uno de mis animales, este viejo se encargará de hacerte justicia.

Como el estanciero le seguía apuntando con el revólver y la expresión de su rostro no permitía duda sobre la posibilidad del cumplimiento de sus amenazas, el gaucho no osó echar mano a sus armas. Estaba seguro de recibir un balazo apenas intentase un movimiento agresivo. Después de mirarle con ojos rencorosos, se limitó a decir:

—Volveremos a encontrarnos, patrón, y hablaremos más despacito.

Y tras esta amenaza dio con las espuelas a su caballo y salió al galope, sin volver la cabeza, mientras don Carlos permanecía con el revólver en su diestra.

Cerca del río tuvo el gaucho un encuentro más agradable. Vio venir hacia él un grupo de tres jinetes, e hizo alto para reconocerlos. Era la marquesa de Torrebianca, vestida de amazona y escoltada por Canterac y Moreno.

Había tenido ella que aceptar una nueva invitación para ver los adelantos realizados en las obras del dique. Le era imposible negarse a este paseo.

Necesitaba para su tranquilidad restablecer el equilibrio entre Pirovani y el ingeniero francés. Éste, ya que no podía regalar una casa, deseaba hacer ver a Elena una vez más la superioridad que tenía como ingeniero director de las obras sobre aquel italiano, sometido muchas veces a sus decisiones.

El oficinista, contento de la invitación y molestado al mismo tiempo por el carácter de hombre tranquilo que le atribuían, marchaba a caballo detrás de Elena, sin que ésta hiciese caso de su persona. Únicamente parecía acordarse de él cuando Canterac se mostraba demasiado vehemente en sus ademanes, tendiendo una mano de caballo a caballo para estrechar la suya o permitirse otras osadías disimuladas.

—Moreno —ordenaba la marquesa—, avance y póngase a mi izquierda, para que el capitán quede lejos. No me gustan los militares; son muy atrevidos.

Los tres cesaron de conversar para fijarse en Manos Duras, que permanecía inmóvil a un lado del camino. Moreno dio el nombre del gaucho, y Elena mostró tal interés al saber quién era, que acabó por hablarle.

—¿Usted es el famoso Manos Duras, de quien tantas cosas he oído decir?...

El rústico jinete se mostraba turbado por las palabras y la sonrisa de aquella dama. Primeramente se quitó el sombrero con reverencia, «como si estuviese delante de una imagen milagrosa», pensó Moreno. Luego dijo, con cierta expresión teatral que en él era espontánea:

—Yo soy ese desgraciado, señora, y este es el momento mejor de mi vida.

La miraba el gaucho con ojos ardientes de adoración y deseo, y ella sonrió, satisfecha del bárbaro homenaje.

Canterac, que encontraba ridícula esta conversación, hizo ademanes de impaciencia y murmuró protestas para reanudar la marcha; pero ella no quiso escucharle y continuó hablando al gaucho con sonriente interés.

—Dicen de usted cosas terribles. ¿Son verdaderamente ciertas?... ¿Cuántas muertes lleva usted hechas?

—¡Calumnias, señora! —contestó Manos Duras, mirándola fijamente—. Pero si usted me lo pide, haré cuantas muertes quiera.

Elena se mostró complacida por esta respuesta, y dijo, mirando a Canterac:

—¡Qué hombre tan galante... a su modo! No me negará usted que es grato oír tales ofrecimientos.

Pero el ingeniero parecía cada vez más irritado por este diálogo familiar de Elena y el cuatrero. Varias veces intentó introducir su caballo entre las cabalgaduras de los dos, dando fin de tal modo al diálogo; pero Elena le detenía siempre con un gesto de contrariedad.

Al ver que ella continuaba su conversación con Manos Duras, se volvió hacia Moreno, necesitando manifestar a alguien su enfado.

—Ese gaucho es un atrevido, y habrá que darle una lección.

El oficinista aceptó sin reserva lo referente al atrevimiento, pero levantó los hombros al oír hablar de lección. ¿Qué podían hacer ellos contra este vagabundo temible, si hasta el comisario de policía mostraba por él cierto respeto?...

—Debe usted conseguir —continuó el ingeniero— que no le compren más carne en el campamento ni acepten nada de lo que ofrezca.

Moreno contestó con signos afirmativos. Si no era mas que eso lo que deseaba, fácilmente podía hacerse.

Al fin Elena reanudó su marcha después de saludar al gaucho con cierta coquetería, satisfecha de su emoción y del deseo hambriento que reflejaban sus ojos.

—¡Pobre hombre!... ¡Un tipo interesante!

Mientras los tres jinetes se alejaban, Manos Duras siguió inmóvil junto al camino. Deseaba ver algunos momentos más a aquella mujer. Tenía en su rostro una expresión grave y pensativa, como si presintiese que este encuentro iba a influir en su existencia. Pero al desaparecer Elena con sus acompañantes detrás de un montículo arenoso, el gaucho, no sintiendo ya el deslumbramiento de su presencia, sonrió con cinismo. Varias imágenes salaces desfilaron por su pensamiento, desvaneciendo sus dudas y devolviéndole su antigua audacia.

«¿Por qué no? —se dijo—. Lo mismo es ésta que las que bailan en el boliche del Gallego. ¡Todas mujeres!»

Continuaron su paseo por la orilla del río la marquesa y sus dos acompañantes. De pronto, ella se levantó un poco sobre la silla para ver más lejos.

En una pradera orlada de pequeños sauces por la parte del río había dos caballos sueltos y ensillados. Un hombre y un muchacho habían descendido de ellos y parecían divertirse tirando un lazo por el aire. Era un lazo de cuerda, ligero y fácil de manejar, aunque de menos resistencia que los verdaderos lazos de cuero usados por los jinetes del país.

Reconoció Elena al muchacho, con su instinto de mujer más que con sus ojos. Era Flor de Río Negro, que enseñaba a tirar el lazo a Watson, riendo de la torpeza del *gringo*. Como Torrebianca iba todos los días puntualmente a dirigir les trabajos de los canales, Ricardo gozaba de más libertad, empleándola en seguir a la niña de Rojas en sus correrías.

Haciendo un signo a sus acompañantes para que no la siguiesen, se fue aproximando Elena a la pradera donde estaban los dos jóvenes.

Celinda la vio llegar antes que el ingeniero, y haciendo un gesto hostil volvió la espalda. Al mismo tiempo ordenó a Watson que le ajustase al pie una de sus espuelas, que pretendía llevar suelta.

El joven, después de haberse arrodillado, quiso levantarse, convencido de la inutilidad de esta orden. Celinda tenía bien sujeta esa espuela. Pero ella insistió para mantenerlo en dicha posición.

—¿No le digo, gringuito, que voy a perderla?... Fíjese bien.

Y solo accedió a reconocer su error y a permitir que se levantase cuando la otra hizo volver grupas a su caballo. Elena se alejaba ofendida, dándose cuenta de su estratagema y de sus gestos hostiles.

Poco antes de la puesta del Sol llegaron los tres jinetes a la calle central del pueblo. Frente a la casa de Pirovani, considerada ya por la marquesa como suya, bajó ésta del caballo, apoyándose en Moreno, que se había anticipado al otro para gozar de agradables contactos.

Saludó el francés con una brusquedad militar, alejándose, mientras Elena entraba en su casa. ¡Un día perdido!... Estaba furioso contra él mismo y contra los demás.

Apareció Pirovani en una bocacalle, y al ver que Moreno se dirigía a su alojamiento, corrió a encontrarse con él. Ansiaba conocer los episodios de una excursión a la que no había sido invitado. Temía, con la credulidad del celoso, que Canterac hubiese conseguido un gran avance sobre él durante el corto paseo.

Sonrió con una alegría pueril al contarle el oficinista cómo varias veces la «señora marquesa» le había pedido que se colocase entre ella y el ingeniero francés para mantenerlo a gran distancia.

—¡Si yo sé que no lo puede sufrir! —dijo el italiano—. Me consta... Pero como es el jefe de los trabajos y ayuda en ciertas ocasiones a Robledo y a su marido, no se atreve a decir lo que piensa de él.

Luego su alegría se nubló, según le fue contando el oficinista el encuentro con Manos Duras y la confianza del gaucho al hablar a la señora marquesa.

Esto último fue lo que indignó más al contratista.

—Aquí todos nos creemos iguales, porque vivimos juntos en el desierto —dijo, escandalizado—. Cualquier día, ese gaucho cuatrero pretenderá ir por la noche a las reuniones de la marquesa, lo mismo que uno de nosotros... ¡Cosa bárbara!

—El capitán —añadió Moreno— quiere que no se le compre más carne a Manos Duras ni se acepte ningún negocio propuesto por él, eso usted puede hacerlo mejor que Canterac.

Pirovani contestó con vehementes signos de asentimiento

—Así se hará; dice muy bien ese hombre. Es la primera vez, en mucho tiempo, que estoy de acuerdo con él.

X

Pocos meses después de haber empezado los trabajos en el campamento de la Presa, los habitantes de las diversas colonias establecidas a orillas del río Negro hablaron con admiración del nuevo boliche del Gallego, apreciándolo como el establecimiento más hermoso de la comarca. El dueño había embellecido su interior con una novedad tan instructiva como interesante.

Uno de los primeros que acudieron al campamento en busca de trabajo fue un inglés que llevaba muchos años vagando de un extremo a otro de la América del Sur. La última etapa de su existencia aventurera había sido en el corazón del Paraguay, comerciando con las tribus salvajes; tráfico que no parecía haberle hecho rico. Como recuerdo de su vida en las selvas, llevó a Buenos Aires cuatro cocodrilos del gran río Paraguay, llamados *yacarés* con el caparazón relleno de paja, y una serpiente boa de varios metros de longitud, cuyo vientre había sido atiborrado de hierbas por los disectores indígenas.

En la capital de la Argentina le hablaron de los grandes trabajos que se realizaban junto al río Negro, haciendo necesario el enganche de numerosos jornaleros, y allá se fue con toda su colección de animales empajados, saltando de la temperatura tórrida del Paraguay y el Brasil inferior al invierno rudo de la Patagonia.

A las pocas semanas murió de *delirium tremens*, por haber abierto un crédito demasiado amplio el dueño del boliche del Gallego; y como este honrado industrial creía firmemente en el santo derecho de cobrar las deudas y poseía además cierto instinto de la decoración oportuna para atraer a los parroquianos, se apropió los cuatro yacarés y la boa, adornando con ellos el techo de su tienda.

En realidad, Antonio González, que era andaluz de nacimiento, aunque lo apodaban todos el *Gallego*, no podía mirar sin cierta aprensión hereditaria el enorme reptil que, semejante a una maroma de barco, pendía formando curvas de los cuchillos de la techumbre. Pero a los ebrios más consecuentes del establecimiento les placía beber debajo de este adorno extraordinario, y un comerciante debe sacrificar sus preocupaciones y sus miedos para mejor servicio del público.

El ofidio de pellejo arrugado, cubierto de moscas, que formaban sobre él un forro negro inquieto y rumoroso, se extendía por la mitad del techo, de punta a punta, agitándose como si reviviese cada vez que se abría la puerta y entraba un chorro de aire. Esta corriente atmosférica hacía caer a veces en los vasos de los parroquianos moscas secas procedentes del verano anterior, escamas de pellejo del culebrón y un polvillo sutil, mezcla de su relleno vegetal y del arsénico empleado por sus preparadores para impedir que se pudriese. En los ángulos del techo se balanceaban, pendientes de cuerdas, los cuatro cocodrilos, negros y rugosos por el dorso, y mostrando al público el color amarillo de sus vientres y las plantas de sus patas.

Las gentes del país, cuando pasaban por la Presa, creían necesario detenerse a beber un vaso en el boliche para admirar tales novedades. Las aguas del río Negro jamás habían conocido cocodrilos, y en cuanto a reptiles, no había en toda la Patagonia mas que ciertas víboras de mordedura mortal, cabezudas, cortas y gruesas, como el signo ortográfico llamado coma.

El dueño del boliche, con la autoridad de un hombre que ha visto lo que cuenta, explicaba a sus parroquianos las costumbres de los fieros animales que se balanceaban sobre sus cabezas, y hasta daba a entender que había tomado cierta parte en tan peligrosa caza. Pero al poco tiempo notó que estos adornos, gloria del establecimiento, si enorgullecían a muchos de los habitantes de la colonia, contribuían igualmente al alejamiento de otros. Los había que eran andaluces como el Gallego y no tenían las mismas razones utilitarias de ésta para sobreponerse a sus preocupaciones. También los había italianos o de otras tierras, que, reconociendo la excelencia de los géneros expendidos en el boliche, no osaban, sin embargo, penetrar en su interior. Beber bajo la panza amarilla y las cuatro patas extendidas de un cocodrilo, ¡pase!... Pero levantar los ojos al empinar el vaso y ver aquel serpentón que expelía moscas, mostrando a trechos el cuadriculado repelente de su piel, ¡eso nunca!

Los más atrevidos solo se decidían a entrar con la diestra cerrada y avanzando el dedo índice y el meñique en forma de cuernos, para conjurar la mala suerte.

—¡Lagarto! ¡lagarto! —murmuraban, entornando los ojos para no ver lo que estaba sobre sus cabezas.

Otros, ni aún valiéndose de este conjuro se atrevían a pasar adelante, y en pleno invierno, con las manos en la faja y echando chorros de vapor por la boca, preferían mantenerse fuera, esperando que Friterini, el criado del boliche, les sacase los vasos.

Se sacrificó el dueño una vez más, ganoso de evitar molestias a su público. La boa fue descolgada para ser vendida a una taberna de La Boca, en el puerto de Buenos Aires, frecuentada por marineros, y quedaron por único adorno los cuatro yacarés, que se balanceaban en el techo como lámparas funerarias apagadas.

Otro atractivo del establecimiento eran las banderas que en días de fiesta patriótica ondeaban sobre su techumbre y el resto del año adornaban su interior. Todos los rectángulos de colores inventados por los hombres ansiosos de formar grupo aparte para distanciarse de sus semejantes figuraban en este rincón de la Patagonia: banderas de naciones existentes; banderas de naciones que habían muerto y deseaban revivir; banderas de naciones que no habían existido nunca y pugnaban por nacer. No quedaba un trabajador en esta «tierra de todos» que no tuviese un trapo patriótico en el boliche. Antonio González había conocido antes que las cancillerías de Europa las banderas que años después iban a ser consagradas por los trastornos de la gran guerra. Todas las admitía: desde la de Irlanda libre a la de la República sionista que debía establecerse en Jerusalén. Solamente se había disputado una vez con ciertos compatriotas, procedentes de Barcelona, que pretendían imponerle la bandera catalana.

—Yo la admito —dijo con solemnidad diplomática—. Lo único que discuto es sus dimensiones.

Y acabó por aceptarla en su «museo banderístico», como él decía, pero exigiendo que su tamaño no pasase de la cuarta parte de la bandera española.

En días de fiesta patriótica, ayudado por Friterini, procedía al embanderamiento de la techumbre, dando explicaciones al comisario, único representante de la autoridad. Se expresaba como un jefe de protocolo llamado a consulta por el presidente del gobierno.

—Usted, don Roque, conoce muchas cosas; pero en esto de las banderas yo sé mejor con qué bueyes aro. Primeramente hay que colocar la bandera argentina, más alta que todas. Luego, a su derecha, la de España. ¡Que nadie me lo discuta! En esta tierra, después de los argentinos, somos nosotros. Ya sabe usted... Isabel la Católica... Solís... don Pedro de Mendoza... don Juan de Garay...

Iba lanzando nombres de navegantes y descubridores, a su capricho, mientras examinaba desde abajo el método con que el camarero italiano colocaba las banderas.

¿Ya estaba puesta la de la Argentina, y a su derecha, bien clavada, la de España?... ¡Muy bien!...

—Ahora, Friterini, *mio caro*, ve colocando banderas a tu gusto... ¡a lo que salga! pues todos somos iguales, y ésta es «la tierra de todos», como dice don Manuel.

En verano las moscas invadían en proporciones inauditas el interior algo lóbrego del boliche, huyendo de la atmósfera ardorosa de una tierra siempre sedienta. De noche, la luz rojiza de los quinqués mantenía en agresivo insomnio a estas nubes de insectos. Eran moscas lentas, tenaces, de una torpeza pegajosa. Caían en los platos y en los vasos, nadaban en las salsas y las bebidas alcohólicas. Al abrirse las bocas, se metían inmediatamente en sus cavidades; cosquilleaban las orejas, se introducían por los orificios de las narices. Toda cuchara, al ir del plato a los labios, veía inmediatamente, en tan corto viaje, posarse sobre sus bordes algunas de estas intrusas, que se estiraban, alargando las patas y agitando las alas.

Se dejaban matar; pero eran tantas, ¡tantas! que los hombres desistían de atacarlas, transigiendo con ellas por cansancio, y únicamente las repelían con el aliento o escupiéndolas cuando se colaban en su boca y sus narices.

Otros parásitos asaltaban igualmente las viviendas de este pueblo perdido en la soledad. En el boliche, por ser mayor la concurrencia, parecían más numerosas las plagas. Del techo y las paredes de madera se desprendían insectos sanguinarios sobre las curtidas epidermis, para perforarlas y chupar su jugo. Otras veces surgían del suelo, remontándose por las gruesas botas.

En invierno, el boliche, por estar con las puertas cerradas, conservaba una atmósfera densa de humo de tabaco, que olía a ginebra, a vino agrio, a ropa mojada y a cuero de zapato. El criterio más absurdo, falto completamente de economía y de lógica, parecía guiar la marcha comercial del establecimiento.

Apenas había sillas en él. Los guitarristas colocaban sus posaderas en cráneos de caballo; una parte del público se dejaba caer en el suelo al sentir cansancio, y al mismo tiempo, en la anaquelería, detrás del mostrador, se renovaban todas las semanas las filas de botellas de champaña.

Cuando los jornaleros cobraban su quincena, el Gallego tenía que atender a las más disparatadas orgías. Los que, faltos de familia, podían gastar todo el dinero ganado en su propia persona, imaginaban banquetes babilónicos, pidiendo latas de sardinas de España para remojarlas con varias botellas de Pomery Greno. Muchas veces escaseaba el pan en la Presa; pero el parroquiano, obligado a comer galleta dura, conocía el gusto del *foie gras* y cuánto cuesta una botella de Möet-Chandon. En las noches transcurridas entre dos pagas, el *whisky* y la ginebra apagaban la sed silenciosa de unos y daban nuevas fuerzas a otros para seguir hablando.

El principal tema de conversación era adivinar cuándo se detendría el tren en la Presa regularmente. Las locomotoras solo hacían alto allí cuando descargaban maquinaria para las obras del dique.

A los del campamento les parecía una injusticia que pasasen los vagones de largo hasta la estación de Fuerte Sarmiento, con el pretexto de que aún no habían terminado las obras en el río ni las tierras inmediatas estaban regadas, sin lo cual era imposible su colonización.

En el viejo mundo se creaban al principio las poblaciones, y después se construían para ellas los ferrocarriles. En esta tierra nueva ocurría lo contrario. Primeramente se habían tendido los rieles a través del desierto; después, de cincuenta en cincuenta kilómetros, se creaba una estación, formándose un pueblo en torno a ella.

—¿Por qué no ha de existir una estación aquí, en la Presa, donde vivimos cerca de mil personas? —clamaba Antonio González, el dueño del boliche—. En cambio, el tren se detiene en muchos sitios donde solo hay un caballo atado a un poste para llevarse la correspondencia. Debíamos enviar una comisión a Buenos Aires.

Mientras tanto, los concurrentes se limitaban a hacer suposiciones sobre la fecha en que el tren empezaría a detenerse allí con regularidad, apostando cajones de botellas de champaña a favor de un mes o de otro.

Ciertos grupos conversaban aparte, sin sentirse atraídos por el baile ni por las mujeres agregadas al establecimiento del Gallego, en el que se vendían lo mismo el alcohol y el amor. Iban hablando con arreglo a sus gustos y a los azares de su profesión.

Los roturadores de tierras mencionaban el alpataco, odioso arbusto del país, que yergue sobre el suelo una cabellera vegetal de escasa altura, y en cambio avanza sus raíces hasta una distancia de treinta metros. Su madera era dura como el bronce y hacía rebotar las hachas, rompiéndolas muchas veces. Uno de estos arbustos exigía varios hombres y un día entero para ser arrancado, y cuando los roturadores a destajo lo encontraban, prorrumpían en lamentaciones y juramentos.

El camarero apodado *Friterini*, joven pálido, de cabellera echada atrás, ojos febriles y brazos arremangados, cuando dejaba de servir a los concurrentes iba a una mesa ocupada por varios trabajadores españoles, a los que describía la belleza de su ciudad natal en un lenguaje de italiano llegado dos años antes al país.

—Yo non dico que Brescia sia una grande citá: questo no; ma cuando llega la noche los jóvenes salen con mandolinos a hacer serenatas, y cada uno tiene su amor... Algo más hermoso que aquí... ¡Ah, Brescia!...

Acodado el Gallego en el mostrador escuchaba a los parroquianos más viejos, jinetes del país que habían cabalgado de los Andes al Atlántico y del río Colorado al estrecho de Magallanes como guías de los compradores de «hacienda» o explorando el desierto para descubrir aguadas y nuevos pastos. Su paciencia desafiaba al tiempo, apreciando las semanas y los meses de viaje como si fuesen simples días.

Uno de ellos gustaba de relatar su última excursión por las estribaciones de los Andes del Sur, visitando los lagos más solitarios. En este viaje había servido de guía o «baquiano» a un sabio de Europa, recomendado por otro sabio al que prestó el mismo servicio veinte años antes. Durante la primera expedición, fueron encontrando restos de animales monstruosos pertenecientes a los períodos prehistóricos; esqueletos gigantescos que eran etiquetados y encajonados para que los reconstituyesen después en los museos del viejo mundo.

Su último viaje había sido más original. Este segundo sabio buscaba los animales de la época prehistórica, pero vivos. Entre los escasos habitantes acampados al pie de la Cordillera, se heredaba la convicción de que existen aún en ciertos lugares del desierto patagónico bestias enormes y de formas nunca vistas, últimos vestigios de la fauna que surgió al principiar la vida en el planeta.

Algunos juraban sinceramente haber visto de muy lejos al plesiosaurio hundiéndose en el muerto cristal de los lagos andinos o pastando en la vegetación de sus riberas. Pero veían esto al anochecer, cuando la Cordillera extendía su inmensa sombra violeta sobre la llanura. Los incrédulos afirmaban que la tal visión surgía siempre cuando el observador regresaba de algún boliche lejanísimo llevando muchas copas en el cuerpo.

Después de exponer el pro y el contra del asunto, el viejo «baquiano» terminaba así:

—En un año no tropezamos con ninguno de esos animales, y fuimos de lago en lago desde el Nahuel Huapi hasta cerca de Magallanes. Pero yo he visto con mis ojos huellas en la tierra más grandes que patas de elefante, que nos enseñaban las gentes del país. He visto también, junto a un lago, unos montones de excremento seco tan altos como mi persona, que no podían ser de ningún animal conocido... Y mi sabio callaba cuando yo le hacía preguntas, como un hombre que no se decide ni por unos ni por otros. ¡Quién sabe lo que hubiéramos visto si seguimos allá más tiempo! Tal vez cuando aumente la gente en aquellos lagos será descubierta alguna de esas bestias solitarias.

Gustaba también el dueño del boliche de hacer preguntas a sus parroquianos más viejos sobre ciertos hombres misteriosos que habían pasado por esta tierra años antes, cuando acababan de ser expulsados los indios y se iniciaba la colonización. Eran personajes de vida novelesca, nacidos en palacios reales, y que, a semejanza de muchos santos que abandonaron la casa rica de sus padres para sufrir privaciones, renunciaban a todas las comodidades de su origen, despojándose de su nombre para ser un vagabundo más y conocer el áspero placer de la libertad salvaje. El nombre de Juan Ort lo repetían familiarmente los habitantes más antiguos del territorio.

Había leído el Gallego su historia en libros y periódicos. Este Juan Ort era un archiduque de Austria que abandonaba su alto grado en la marina de guerra y sus honores en la corte, bajo la influencia de una misantropía poética y vagabunda, hereditaria en su familia. Luego de renunciar al título de archiduque, para llamarse simplemente Juan Ort, corría los mares en un lujoso yate, acompañado de hermosas mujeres y de músicos.

Un día circulaba la noticia de que el buque se había perdido, con todos sus tripulantes, en el cabo de Hornos, al pasar de una costa a otra de la América del Sur. Pero Juan Ort no había muerto; este naufragio fingido o real iba a servirle para descender aún más a través de las capas sociales, conviviendo con los que estaban en lo más hondo.

—Yo lo conocí —decía otro viejo de la Presa—. Era ni más ni menos que vos o que yo: un hombre como todos los que llegan con su lingera al hombro en busca de trabajo. Este gringo, alto y rubio, siempre estaba serio y bebía sin compañeros. A nadie dijo que se llamaba Juan Ort, pero todos lo sabíamos. Además, llevaba en su lingera un vaso de plata con unos escudos de su familia real, y le gustaba beber en él a solas en su ranchito, porque era el vaso de cuando iba a la escuela.

De pronto este vagabundo había desaparecido. Algunos lo supusieron oculto en los peores barrios de Buenos Aires; otros aseguraban haberlo encontrado de fotógrafo en Paysandú. Nadie sabía dónde había muerto.

—¡Macanas! —decían los incrédulos al escuchar tales relatos—. Todos los gringos que vienen por acá y no quieren trabajar la echan de Juan Ort, para que les admiren los zonzos.

Antonio González, lector incansable de novelas en varios tomos, creía en Juan Ort y otros personajes igualmente interesantes que venían a acabar su existencia en una tierra donde a nadie le preguntan su pasado. Mientras los parroquianos no se escapasen sin pagar, el Gallego estaba dispuesto a reconocerles una historia maravillosa, viendo en todos ellos a un hijo o sobrino de emperador descontento de su origen y ganoso de cambiar de postura.

Otros tertulianos, los de aspecto más acomodado, se ocupaban del porvenir de este pueblo naciente. La suerte de él iba unida a la de González. Ahora estaba con el peludo pecho al aire, despeinado, sucio de polvo, y unos redondeles elásticos sujetaban las mangas de su camisa para dejar más libres sus manos. Su camarero ofrecía mejor aspecto; pero él guardaba ahorrados algunos miles de pesos en el Banco Español de Bahía Blanca, y además era dueño de mil hectáreas de tierra cerca del pueblo. Lo único que le traía disgustado era la mala educación y la ignorancia de su clientela, que se empeñaba en llamar a su establecimiento «boliche», como en los primeros días de su fundación, sin querer reconocer los engrandecimientos importantes realizados por su dueño, ni el rótulo de «almacén» que figuraba sobre la puerta.

Pero... ¿qué valía su prosperidad actual comparada con los millones de pesos que iban a caer en sus manos el día que la Presa, simple campamento de trabajadores en la actualidad, se convirtiese en una población importante, y su almacén en un establecimiento rico como los de Buenos Aires, y las tierras polvorientas que él había adquirido en un sinnúmero de «chacras», por las que le pagarían importantes arrendamientos colonos españoles e italianos?... Podría volver entonces a su patria, para instalarse en Madrid, circulando por sus calles y paseos en el automóvil más lujoso y más grande que pudiera encontrar; y las gentes de su pueblo natal, agradecidas a sus donativos, tal vez le hiciesen diputado o senador; y un ministro lo presentaría al rey de España, cuyo retrato en colores estaba clavado sobre un tabique de madera debajo de un cocodrilo... ¡Quién sabe si hasta lo harían vizconde o marqués, como otros tantos «bolicheros» enriquecidos en América!...

Luego cortaba el curso de sus ambiciosos pensamientos para volver a la áspera realidad en que aún vivía. Con otros parroquianos interesados en el regadío de esta tierra, iba describiendo su aspecto presente, para hacer más violento el contraste con su futura prosperidad.

—¿Qué hay aquí ahora, aparte de las personas que vivimos en la Presa?... Avestruces y pumas nada más.

Sus oyentes sonreían al acordarse de las bandas de avestruces que bajaban de la altiplanicie a la cuenca del río, atraídos, sin duda, por la novedad de los trabajos que iban realizando los hombres junto al agua. La señorita de la estancia de Rojas se divertía acosando a estos rebaños zancudos, que escapaban, abriendo el compás de sus rudas patas, y eran alcanzados algunas veces por el lazo de la amazona.

El puma, con el empujón del hambre, también descendía en invierno de las alturas para rondar en torno a los ranchos y casitas de la Presa.

Al ser mencionado el puma, algunos volvían a sonreír torciendo sus ojos hacia Friterini. Un amanecer, al salir el camarero al corral del boliche, había visto saltar del fondo de un tonel vacío a una especie de tigre con la piel a redondeles y del tamaño de un perro. Era un puma que se había encogido para dormir en este refugio, dando una sorpresa formidable al nostálgico evocador de las serenatas de Brescia.

—Cuando tengamos agua y las tierras se rieguen —continuaba González— vivirán aquí miles y miles de familias.

Él y sus rústicos parroquianos tomaban espontáneamente una entonación casi lírica al hablar de los prodigios del agua. Más allá de la Presa estaba Fuerte Sarmiento, adonde iban todos para tomar el tren. Este pueblo se había formado junto a un fortín, en la época de la expulsión de los indios. El ejército de ocupación pudo abrir fácilmente un pequeño canal, aprovechando el declive del río, y este curso líquido hacía del pueblo un oasis prodigioso en medio de las secas tierras colindantes. Álamos enormes formaban murallas defensivas de las huertas. La viña, toda clase de hortalizas y de árboles frutales crecían con la prodigalidad de una tierra vigorosa que empieza a procrear después de miles y miles de años de inacción. Su riqueza aún resultaba más sorprendente por contraste con el desierto que se extendía más allá de los tentáculos de sus últimas acequias.

Pero los tertulianos admiraban más otro oasis, a varias leguas de distancia, aguas abajo, en un lugar donde el río, por tener un desnivel natural, podía ser sangrado para el riego.

Un vasco había abierto fácilmente canales, regando leguas y leguas plantadas de alfalfa. Las excelencias de este pasto eran un motivo de admiración en el boliche. Todos adoraban, con el fervor del creyente, los milagros de la alfalfa con riego. En el territorio de Río Negro esta planta de origen asiático solo necesitaba ser sembrada una vez. Los alfalfares, cuando tenían agua, resultaban perpetuos. En Fuerte Sarmiento los había que databan de poco después de la expulsión de los indios, y con treinta y tantos años de existencia estaban mejor que el día en que los sembraron. Según los cortaban crecían más fuertes y lozanos.

—Si el hombre pudiese comer alfalfa —declaraba sentenciosamente el Gallego— quedaría resuelto para siempre el problema social, al haber en el mundo comida de sobra para todos.

Por desgracia, solo los animales podían asimilarse este alimento maravilloso. Las ovejas que el vasco apacentaba en sus alfalfares eran como bestias de otro planeta, donde una nutrición maravillosa diese a los seres proporciones exageradas.

—Parecen animales vistos con anteojos de aumento —decía el bolichero.

Su rico compatriota el vasco, orgulloso de sus prados infinitos y de sus ovejas enormes como mastines, se complacía en decir a algún vagabundo que pasaba junto a su propiedad:

—Si llegas a cargarte esa oveja, te la regalo.

Pero el hombre, después de grandes esfuerzos, no lograba echarse a la espalda el pesado animal. Cuando recibía a algún huésped, lo obsequiaba con un pavo puesto en el asador. Y el invitado se confundía al verlo sobre la mesa, creyendo que esta ave, nutrida con alfalfa, era un corderillo asado.

La abundancia que rodeaba al tal español le permitía ser tolerante con la miseria ajena y perdonar el robo. No podía transigir con Manos Duras y otros aficionados al cuatrerismo, porque se llevaban los animales enteros.

—Que me roben toda la carne que quieran —decía—; yo he sido pobre y sé lo que es el hambre. Pero a lo menos, ¡pucha! que me dejen los cueros.

Más de una vez, al recorrer a caballo su enorme propiedad, prorrumpía en maldiciones viendo junto a un canal las entrañas y otros restos de una oveja. Pero algunos pasos más allá encontraba la piel todavía fresca puesta sobre una alambrada, y esto le hacía sonreír.

—Así me gusta; que haya decencia y solo se lleven lo que sirve para matar el hambre.

El dueño del boliche soñaba con alcanzar algún día la riqueza de su compatriota, poseyendo inmensos alfalfares. Y hablando del célebre pasto con otros que eran dueños igualmente de tierras yermas y esperaban el momento del riego, no sentían el paso de las horas nocturnas. Experimentaban las mismas emociones de los niños mientras escuchan en la velada el relato de un cuento prodigioso.

—¡Cuándo llegará el día que veamos la tierra de nuestros campos roja y cubierta de agua, lo mismo que si fuésemos a hacer ladrillos con ella!

Quedaban como extáticos al pensar en esto. Después miraban el reloj. Era tarde, y había que ir a la cama para levantarse con el alba. Todos al abandonar el boliche volvían sus ojos instintivamente hacia el río oscuro que se deslizaba sordamente, durante miles y miles de años, entre tierras yermas, negándolas su caricia gestadora de tantas maravillas.

Mientras llegaba la hora de ser millonario gracias a la irrigación, una de las mejores ganancias del dueño del boliche consistía en organizar los domingos corridas de caballos. Para esto necesitaba el permiso de don Roque, y no le era fácil conseguirlo.

El comisario tenía miedo a sus superiores. El gobierno federal había prohibido esta fiesta en los territorios de vida primitiva, por ser causa de borracheras y peleas. Pero el antiguo vecino de Buenos Aires, para vivir resignadamente en la Patagonia, necesitaba una compensación mayor que el sueldo dado por el gobierno; y a causa de esto, siempre que el dueño del boliche le hablaba a solas, conseguía vencer sus escrúpulos.

—Por Dios, no anuncies mucho, Gallego, que va a haber corridas —suplicaba el comisario—. No haga el demonio, ché, que tengamos una desgracia y lo sepan allá en Buenos Aires... Que sea únicamente para los que habitan el campamento.

Pero el negocio exigía, por el contrario, una gran publicidad, y de muchas leguas a la redonda iban llegando, a partir del sábado por la tarde, numerosos jinetes.

En el país no abundaban las fiestas, y había que aprovechar las corridas de la Presa. La población del campamento parecía triplicarse. El boliche expendía en veinticuatro horas la provisión de bebidas hecha para un mes.

Manos Duras saludaba a numerosos jinetes que vivían en ranchos lejanísimos y le habían ayudado algunas veces en sus negocios. Todos iban montados en sus mejores caballos, a los que llamaban «fletes», para tomar parte en las carreras.

Los premios dados por el Gallego no eran gran cosa: un billete de veinte pesos, pañuelos de vistosos colores, un tarro de ginebra; pero los gauchos, orgullosos de sus espuelas, de su cinturón y de su cuchillo con mango de plata, venían a triunfar por el honor y la gloria, regresando a sus ranchos satisfechos de haber demostrado su guapeza ante los *gringos* trabajadores, incapaces de montar un caballo bravo.

Rara vez se volvían en la misma tarde. Consideraban necesario quedarse para celebrar el triunfo, y las primeras horas nocturnas del domingo eran las de mayor ganancia para el boliche. También resultaban las más temibles para don Roque, y su recuerdo lo hacía vacilar en la concesión de nuevos permisos, aún a riesgo de perder lo que le daba en cambio el Gallego.

Como el público no cabía dentro del establecimiento, formaba corros fuera de él; y Friterini, ayudado por las mujeres, entraba y salía incesantemente con botellas y vasos. Sonaban las guitarras, acompañando los gritos y los palmoteos de la gente amontonada en torno a los bailarines. El comisario se mantenía a distancia con sus cuatro soldados de largos sables, sabiendo que su presencia, las más de las veces, servía para excitar los ánimos en vez de calmarlos.

Los que más le preocupaban eran los peones chilenos. En las fiestas ordinarias, cuando estaban con sus camaradas de trabajo, su embriaguez resultaba metódica y su humor no sufría sobresaltos. Acostumbrados al trato con los peones europeos, cantaban y bailaban la *cueca* sin que se turbase la paz. Únicamente su patriotismo agresivo iba creciendo según aumentaba la cantidad de bebida consumida.

—¡Viva Chile! —gritaban a coro entre una *cueca* y otra.

Alguno, más entusiasta, completaba la aclamación, lanzándola con toda su pureza clásica, como lo hacen los *rotos* en las fiestas patrióticas o en la guerra al cargar a la bayoneta: «¡Viva Chile, m...!».

Mas en las tardes de carreras, la presencia de gentes extrañas, y especialmente a aquellos jinetes de aire arrogante, orgullosos de sus sillas chapeadas de plata, de sus armas y de los adornos metálicos de sus trajes, parecía esparcir un malestar provocativo, mezcla de odio y de envidia, entre los *rotos* que iban a pie.

De pronto cesaban de sonar las guitarras y había un rumor de disputa. Chillaban las mujeres; sobre sus chillidos se destacaba un grito mortal; luego venía un silencio profundo. Y la gente se apartaba, dejando sitio a un hombre con ojos de loco y la diestra roja de sangre.

—¡Abran cancha, hermanos, que me he desgraciao!...

Todos le abrían paso; nadie pretendía detenerle, ni aún el comisario, que procuraba estar lejos.

Hubiera sido un atentado contra las leyes establecidas por los antiguos, más conocedores de la vida que los hombres del presente. El hermano del herido o del muerto solo atendía al que estaba en el suelo, sin preocuparse de atajar a su agresor. Tiempo le quedaba de ir en busca del que se había «desgraciado», allá donde estuviese, para «desgraciarse» a su vez, ejerciendo el derecho de la venganza.

Cuando ocurría uno de estos incidentes, don Roque, olvidando las larguezas de González, se mostraba indignado.

—¿No te decía yo que esto acabaría mal, Gallego?... Ahora veremos lo que dicen de Buenos Aires. En una de éstas, ché, voy a perder mi puesto.

Pero ni de Buenos Aires hablaban, ni don Roque perdía su cargo. Como era la única autoridad y estaba de acuerdo con su colega de Fuerte Sarmiento, se procedía al entierro del difunto, cuando lo había, y si solamente era un herido, éste se dejaba curar, asegurando no haber visto jamás al que le dio la cuchillada y añadiendo que no le reconocería aunque se lo pusieran delante.

Transcurrían algunos meses sin que don Roque se ablandase. «¡Ché, Gallego: no me pillarás otra vez!...» Pero la generosidad del bolichero acababa con sus temores, y de nuevo se anunciaba una corrida de caballos.

Si la fiesta había terminado sin peleas, González, triunfante, reñía al comisario.

—¿Lo ve usted?... Este es un pueblo que progresa, y puede uno tener confianza en su decencia. Lo de la otra vez fue un pequeño incidente.

Para no verse el bolichero desmentido por los hechos, ensanchaba su largueza hasta Manos Duras, dándole algún billete de Banco a cambio de que mantuviese la paz, valiéndose de sus amistades con unos y del temor que inspiraba a otros.

Un sábado, al anochecer, entró Robledo por la calle central, de vuelta de sus canales. Al pasar ante la casa de Pirovani miró al lado opuesto y aceleró la marcha de su caballo, por temor a que Elena abriese una ventana, llamándole. Iban transcurridos muchos días sin que él hubiese vuelto a visitarla.

Sentía esos temores vagos que anuncian la cercanía del peligro, pero sin dejar adivinar de qué parte viene.

El campamento de la Presa le parecía ahora distinto al de algunas semanas antes. Su aspecto exterior era el mismo, pero su vida interna se transformaba de un modo inquietante. Iban perdiéndose la dulzura monótona y la confianza algo grosera con que se trataban todos siempre.

«Gualicho», el terrible demonio de la Pampa expulsado al mismo tiempo que los indígenas, había vuelto a estas tierras que fueron suyas, reconquistándolas. Robledo se acordó de cómo los indios solían combatir a dicho genio del mal apenas iban notando su presencia entre ellos.

Cuando sus expediciones para robar ganado o sorprender a las tribus vecinas empezaban a fracasar; cuando iban en aumento las enfermedades en sus tolderías y las amenazas de hambre, todos los jinetes se armaban y salían al campo para vencer al maldito Gualicho. Esgrimían contra el enemigo invisible sus lanzas y sus mazas llamadas «macanas», arrojaban sus boleadoras, correas terminadas por dos esferas de piedra que volteaban en el aire para envolver al adversario, acompañaban con aullidos sus botes, tajos y estocadas, y las mujeres y los pequeñuelos, marchando a pie, se unían a esta ofensiva general dando palos y puñetazos al aire. Alguno de sus innumerables golpes había de tocar forzosamente al mal espíritu, obligándolo a huir; y cuando, al fin, caían todos en tierra extenuados, la tranquilidad volvía a ellos, convencidos de que el enemigo estaba ya lejos de su campamento.

El español creía notar ahora en la Presa la presencia de Gualicho, el diablo pampero, maligno y enredador. Empujaba a los hombres unos contra otros. Todos se miraban con hostilidad, como si se viesen diferentes a como eran antes... ¿Tendría, al fin, que juntarse el pueblo en masa para ahuyentar a golpes al oculto enemigo?...

Iba pensando en esto, cuando su caballo se estremeció, deteniéndose con tal brusquedad que casi le hizo salir disparado por encima de sus orejas. En el mismo instante sonaron varios tiros de revólver y vio cómo saltaban hechos pedazos los vidrios de las ventanas y de las dos puertas del boliche.

Surgieron por estas aberturas, lo mismo que proyectiles, botellas, vasos, y hasta un cráneo de caballo. A continuación aparecieron algunos gauchos amigos de Manos Duras, que marchaban de espaldas disparando sus revólveres. Varios trabajadores del pueblo salieron a su vez del establecimiento, atacándolos igualmente a tiros. Otros que ya habían agotado sus cartuchos avanzaban cuchillo en mano.

Cayó un herido y empezó a arrastrarse por el polvo. Luego el ingeniero vio desplomarse a otro hombre. González apareció en mangas de camisa, como siempre, con dos elásticos sobre los bíceps. Elevaba los brazos, profiriendo súplicas, voces de mando y maldiciones, todo mezclado. Las mestizas anexas al boliche, que completaban la venta del alcohol con el ofrecimiento de sus gracias, salieron también, asustadas y dando gritos, para huir hacia los extremos de la calle.

Robledo sacó su revólver, y espoleando a su caballo se fue metiendo entre los contendientes, apuntando a unos y a otros, al mismo tiempo que gritaba, exigiendo orden. Ayudado por los vecinos que iban llegando, muchos de ellos con rifles, pudo restablecer una paz momentánea. Huyeron los gauchos, perseguidos por los obreros del dique, y acudieron las mujeres, lo mismo las danzarinas del establecimiento que las pertenecientes a las familias del pueblo, para rodear a los dos heridos y levantarlos.

González, que protestaba a gritos, sin que nadie le escuchase, hizo un gesto de alegría al reconocer a Robledo, como si éste pudiera arreglarlo todo.

—Son los amigos de Manos Duras —dijo—, que vienen a armar bochinche porque a ese gaucho malo le quitan el suministro de la carne y le impiden hacer otros negocios. Como mañana teníamos carreras de caballos, Manos Duras me ha querido perjudicar, provocando esta batalla. Parece como que el demonio ande suelto ahora, don Manuel. ¡Tan en paz que vivíamos antes!...

Sudoroso y emocionado aún por el combate, siguió balbuciendo explicaciones. Reconocía que los chilenos provocaban peleas algunas veces; pero era de tarde en tarde y a consecuencia de excesos en la bebida. Ahora no había que imputarles ninguna responsabilidad. ¡Pobres *rotos*!... Eran los del país los que habían procedido insolentemente, como si obedeciesen una orden, provocando a los trabajadores para perturbar la tranquilidad del pueblo.

—Y esto va a durar, don Manuel; conozco a Manos Duras. Si quisiera dinero, habría venido a pedírmelo, y no sería la primera vez... Pero debe haber de por medio algo que no adivino, y que le hace buscar el escándalo, sea como sea.

Acababan de ser recogidos los heridos, y la gente los metía en el boliche. Un hombre a caballo salió en busca del médico de Fuerte Sarmiento, que solo visitaba la Presa dos veces por semana. Varias mujeres corrieron para traer antes a cierto peón siciliano que gozaba fama de gran curandero. Los curiosos entraban en el almacén para enterarse de la gravedad de las heridas. En medio de la calle, unas comadres hablaban a gritos contra Manos Duras y sus camaradas.

Robledo volvió a emprender la marcha hacia su casa, con aire pensativo. González tenía razón: el demonio andaba suelto. Alguien había trastornado profundamente la vida de la Presa.

Al otro día notó también un gran cambio en los grupos que trabajaban junto al río. Los obreros dependientes del contratista estaban sentados en el suelo, fumando o dormitando. Algunos de origen español canturreaban, tocando palmas y mirando a lo lejos, como si contemplasen la patria lejana.

El contramaestre chileno apodado el *Fraile* iba de un grupo a otro protestando de esta inercia, pero solo conseguía que los trabajadores riesen de él. Uno de los más viejos le contestó insolentemente:

—Tú no esperarás heredar al italiano... ¿por qué tienes, entonces, más interés que él en obligarnos a trabajar? Hace muchos días que no viene por aquí.

Otro jornalero más joven añadió, con una risa bestial:

—Anda como un perro detrás de esa gringa hermosota que huele tan bien y a la que llaman «la marquesa». Yo también, si pudiera...

Y añadió algunas palabrotas que hicieron reír a muchos con expresión salvaje de deseo. De pronto, un muchacho, un aprendiz, que estaba sobre una pequeña altura vigilando los alrededores, lanzó el grito de alarma:

—¡Un ingeniero!

Inmediatamente todos dieron un salto, buscando sus herramientas, y empezaron a simular un trabajo ardoroso, mientras el español iba avanzando entre los grupos al paso lento de su caballo.

Miraban de reojo a Robledo, y según éste se iba alejando, dejaban caer sus herramientas, sentándose otra vez. Volvió repetidas veces su cabeza el ingeniero, y se dijo, como el día anterior, que un poder oculto había trastornado la vida de la colonia. Gualicho andaba realmente por todas partes, y hasta hacía sentir su influencia fuera del pueblo, desorganizando el trabajo de los hombres.

Dejó a sus espaldas los numerosos peones de Pirovani, llegando al lugar donde sus propios obreros abrían los canales.

Estos trabajadores no permanecían en perezoso descanso. Torrebianca los dirigía y vigilaba, dándoles ejemplo con su actividad. Al ver a Robledo lo llevó aparte, como si tuviera que comunicarle una mala noticia.

—El perverso ejemplo de los obreros del dique empieza a perturbar a los demás. Nuestra gente quiere menos horas de trabajo, como los otros... No comprendo en qué piensa ese pobre Pirovani. Tiene completamente abandonadas sus obras.

Le miró fijamente Robledo, guardando silencio, mientras Torrebianca continuaba dándole noticias.

—Anoche me dijo Moreno que Pirovani y Canterac empiezan a hacerse la guerra. El uno se resiste a aprobar como ingeniero los trabajos que hace el otro como contratista. Desea perjudicarle, retardando de este modo los pagos del gobierno... Pirovani dice que suspenderá las obras y se irá a Buenos Aires, donde tiene muchos amigos, a quejarse del ingeniero.

Estas palabras hicieron salir al español de su indiferencia silenciosa.

—Y mientras discuten —dijo con ira— llegará el invierno, crecerá el río antes de que el dique esté terminado, las aguas destruirán y arrastrarán el trabajo de varios años, y todo habrá que volverlo a empezar.

El marqués, que parecía pensativo, exclamó de pronto:

—¡Esos dos hombres eran antes tan amigos!... Algo, indudablemente, debe haberse interpuesto entre ellos...

Robledo hizo un esfuerzo para que sus ojos no transparentasen lástima ni asombro, y movió la cabeza afirmativamente.

XI

Poco después de la salida del Sol abandonó Moreno su casa, por haberle llamado Canterac urgentemente.

Al entrar en el alojamiento del ingeniero encontró a éste paseando con impaciencia. Se había puesto ya las botas altas y el pantalón de montar. Un cinturón con revólver y su blusa estaban sobre una silla.

Con las mangas de la camisa recogidas y la pechera abierta, mostraba aún las frescas señales de su ablución matinal. Su rostro era más duro y autoritario que otros días. Una idea tenaz y molesta parecía colgar de su fruncido entrecejo. Sobre los muebles y en los rincones había numerosos paquetes envueltos en papel fino, atados y sellados elegantemente.

Se adivinaba que el ingeniero había dormido mal, por culpa de aquella idea que deseaba exponer a Moreno. Éste tomó asiento, preparándose a oír. Canterac se mantuvo de pie para seguir paseando, y dijo al oficinista:

—Ese Pirovani, a pesar de su ordinariez, me vence siempre. ¡Como es rico!...

Luego señaló los numerosos paquetes que ocupaban una parte de la habitación.

—Ahí tiene todos los perfumes que encargamos a Buenos Aires ¡Compra inútil! Los del italiano llegaron antes.

Moreno se apresuró a disculparse. Había hecho lo necesario para que el encargo viniese con rapidez; pero el otro, en vez de hacer el pedido por carta, enviaba un mensajero a la capital.

Canterac quiso mostrarse bondadoso y aceptó las excusas del oficinista, dándole unas palmaditas en la espalda.

—No he podido dormir en toda la noche, querido Moreno. Tengo un proyecto y quiero consultarlo con usted. Necesito aplastar a ese intrigante que se atreve a medirse conmigo... Aquí todos se consideran iguales, como si se hubiesen suprimido en el mundo las jerarquías. Hasta es posible que ese contratista se crea superior a mí, que soy su jefe; todo porque tiene más plata.

Sonrió Canterac con una expresión cruel, y siguió hablando.

—Yo haré que tenga menos. Hasta ahora le había tolerado ciertas cosas al aprobar sus obras. En adelante perderá muchos miles de pesos y se verá obligado a rescindir su contrato, yéndose de aquí.

Luego se aproximó a Moreno para hablar en voz baja, como si temiese ser oído.

—Quiero hacer algo extraordinario, algo que ese emigrante sin educación no pueda discurrir. Anoche lo he pensado. En el primer momento creí que era un disparate, pero después de reflexionar largas horas reconozco que es algo original y digno de realizarse, si resulta posible... Pirovani ha ofrecido una casa a la marquesa. Yo la ofreceré un parque... un parque que haré surgir en pleno desierto patagónico. ¿Qué le parece mi idea, amigo Moreno?

El oficinista le escuchaba con interés y asombro, pero no supo qué contestar. Necesitaba más explicaciones, y el otro siguió hablando.

—En ese parque daré una fiesta, una *garden-party*, en honor de nuestra amiga la marquesa, y hasta me proporcionaré la venganza de invitar a ese rústico enriquecido, para que se muera de envidia. Usted me hará el favor de dirigirlo todo. Aquí tiene las instrucciones; las escribí anoche, aprovechando mi falta de sueño.

Tomó el argentino el papel que le ofrecía Canterac, y luego de leerlo miró al ingeniero con extrañeza, como si dudase de su razón.

—Comprendo su asombro... Resultará caro, lo sé; pero no importa. Gaste sin miedo. Acabo de cobrar unos cuantos miles de pesos que pensaba remitir a París. Prefiero asombrar a la marquesa con mi parque. Ya ganaré otra plata más adelante: tengo confianza en el porvenir.

Y dijo esto de buena fe, con el dulce optimismo de los que se sienten enamorados.

Al día siguiente era domingo, y Watson fue por la mañana a la antigua casa de Pirovani para ver a Torrebianca. Necesitaba hablarle de un asunto relacionado con los trabajos de los canales. Robledo se había marchado dos días antes a Buenos Aires para pedir a los Bancos un nuevo crédito que le permitiese continuar sus obras, y también para vender ciertos terrenos que poseía en la Pampa central.

Subió el joven con cierta inquietud la escalinata de madera, después de mirar disimuladamente a las ventanas. Llamó a la puerta con recato, como si no quisiera ser oído por todos los habitantes de la casa, y sonrió al ver que era Sebastiana la que salía a abrirle.

—El señor no está: se fue con don Canterac a Fuerte Sarmiento esta mañana. ¿Y don Robledo, está bueno?...

La mestiza, como muchas gentes del país, aplicaba el don indistintamente a los nombres y los apellidos.

Iba Watson a retirarse, cuando se levantó un portier del recibimiento, dejando visible una mano blanca rematada por una pulsera de reloj. Esta mano le hacía señas cual si pretendiese atraerlo. Después apareció Elena por entero, invitándole con palabras y sonrisas a pasar adelante. Cohibido por su presencia, no tuvo fuerzas Ricardo para negarse, y la siguió al salón, bajando los ojos al tomar asiento.

—Al fin le veo en mi casa... Debo serle muy antipática, pues nunca quiere visitarme.

Watson se excusó. Había estado dos veces por la noche en compañía de Robledo. No podía asistir diariamente a su tertulia, como los otros visitantes: se levantaba más pronto que todos ellos. Por ser de menos edad que su asociado, debía encargarse de los trabajos más penosos.

Ella fingió no escuchar estas explicaciones que desviaban el curso de la conversación. Quería decir algo y necesitaba decirlo cuanto antes.

—Tal vez le han hablado mal de mí. No se esfuerce en negarlo: nada tiene de raro que me traten de ese modo... ¡Las mujeres estamos tan expuestas a la calumnia!... ¡Nos creamos tantos enemigos al no querer acceder a ciertos deseos!

Elena había tomado un tono de dulce ingenuidad al formular sus quejas, como si estuviese bajo el peso de las más injustas persecuciones. Se aproximó a Ricardo, hablándole sin ningún recato femenil, como si fuese un compañero de su infancia; y el joven empezó a sentir la turbación que esparce el perfume de una carne sana y bien cuidada, la proximidad de una mujer hermosa.

—Soy muy infeliz, Watson —siguió diciendo—. Deseaba una ocasión oportuna para manifestárselo, y aprovecho este raro momento en que podemos hablar a solas y tal vez no volverá a repetirse nunca... Me ve usted rodeada de hombres que me hacen la corte y yo parece que coqueteo con ellos.

¡Error!... Es únicamente por aturdirme, por olvidar el vacío de mi vida. Hace años que me siento sola, como si no existiese en el mundo otro ser que yo.

Ricardo había olvidado su inquietud de momentos antes, para escucharla con un interés crédulo, aceptando todas sus palabras.

—Pero ¿y su marido?...

Una lucecita irónica pareció temblar en los ojos de ella al oír esta pregunta inocente. Pero contuvo su burlona admiración, para contestar con tristeza:

—No hablemos de él. Es un hombre buenísimo, pero no el esposo que necesita una mujer como yo. Nunca ha sabido comprenderme. Además, es un débil en la batalla de la vida; y yo, que he nacido para altos destinos, estoy donde estoy por su falta de condiciones, habiendo venido a parar a una tierra casi salvaje.

Miró intensamente a Ricardo, que bajaba los ojos, no sabiendo qué decir, y añadió con expresión pensativa:

—Crea usted que un hombre joven y enérgico hubiera ido muy lejos teniendo a su lado una mujer como yo.

Sorprendido Watson por estas palabras, levantó su mirada, pero volvió a fijarla en sus pies, cual si temiera seguir viendo los ojos de ella. Sonrió Elena levemente de su temor, al mismo tiempo que susurraba con una vocecita melancólica:

—La vida es así; se fijan en nosotras los hombres que no deseamos, y en cambio aquellos que nos interesan huyen casi siempre.

Al oír esto volvió el joven a levantar su cabeza, mirándola sin miedo alguno, con una expresión interrogante... ¿Qué es lo que intentaba decir aquella mujer?

Él no conocía la vida directamente; además, como hombre de acción, amaba poco la lectura, y le había sido imposible adivinar la existencia a través de los libros; pero guardaba en el fondo de su memoria ciertos recuerdos de novelas simplistas e ingenuas, abundantes en aventuras, leídas para combatir el aburrimiento durante los viajes en ferrocarril o las travesías marítimas. También llevaba vistas un centenar de historias cinematográficas, y lo mismo en las páginas de los libros que sobre las pantallas de los cinemas había conocido el tipo de la «mujer fatal», la mujer hermosa de cuerpo y enrevesada y maligna de espíritu, que tienta a los hombres, consiguiendo hacerlos salir del camino del honor, y acaba perturbando la felicidad tranquila y dulcemente monótona que debe proporcionarse todo joven, casándose y formando una familia. ¿Si sería esta marquesa su mujer fatal? Robledo no mostraba mucha simpatía por ella...

Pero a continuación pensó en todas las protagonistas calumniadas y perseguidas que había encontrado igualmente en los libros y las aventuras cinematográficas, siendo tan enormes sus tormentos, que él, a pesar de su fortaleza viril, sentía humedecerse sus ojos. En el mundo abundaban tal vez las víctimas de dicha especie. Únicamente de este modo podía él explicarse la frecuencia con que aparecen en las novelas.

Siguió mirando a la Torrebianca para darse cuenta de si era una mujer fatal o una mujer perseguida injustamente; pero ella había bajado los ojos, diciendo con triste modestia:

—He sufrido mucho al ver que usted huía de mí. Rodeada de hombres egoístas y de un grosero materialismo, necesito una amistad noble y pura, un amigo desinteresado, un compañero que me aprecie por mi alma y no por mis atractivos corporales.

Watson movió la cabeza instintivamente. Este movimiento era un reflejo de la aprobación que daba en su interior a tales palabras. Iba formándose ya una opinión sobre aquella mujer.

—Siempre creí —continuó ella— que este amigo ideal podía serlo usted, que parece tan bueno... Pero ¡ay! Usted me detesta, usted huye de mí, creyéndome tal vez una mujer temible, como hay tantas en el mundo, cuando en realidad no soy mas que una infeliz.

Para expresar Ricardo con más vehemencia su protesta, se puso de pie, llevándose una mano al pecho. Él no había sentido nunca antipatía por ella, ni deseaba huir de su trato. Era un *gentleman* que pensaba siempre con el mayor respeto de la esposa de su compañero Torrebianca. Pero confesaba que hasta ahora no la había conocido bien.

—Esto no es extraordinario. A veces las personas se hablan años y años y creen conocerse, hasta que un día, de pronto, se conocen en realidad y se ven muy distintas de como se habían imaginado. Yo, después de lo que acabo de oír...

No dijo más, pero su silencio y sus ojos dieron a entender la emoción que habían producido en él las palabras de Elena...

Ésta se levantó igualmente, aproximándose a Watson para tenderle una mano.

—Entonces, ¿acepta usted ser ese amigo que tanto necesito para continuar mi existencia?... ¿Quiere servirme de apoyo y de guía?...

Turbado por la mirada de ella, balbuceó el joven palabras truncadas, estrechando al mismo tiempo la mano femenina que se mantenía dentro de la suya. La marquesa acogió esta vaga aceptación con un regocijo infantil.

—¡Qué felicidad! Me visitará usted todos los días, me acompañará en mis paseos a caballo, y ya no me veré seguida por esos suspirantes pegajosos que me molestan continuamente.

Mostróse sorprendido Ricardo por la alegría de la Torrebianca. Él no había prometido nada de esto; pero no se atrevió a protestar.

Como si no tuviese ya duda de que el joven iba a ser su acompañante, Elena empezó a reír con una risa algo maliciosa.

—Además, en nuestros paseos me enseñará usted a tirar el lazo. ¡Cómo deseo poseer esa habilidad!...

Se dio cuenta inmediatamente de lo inoportunas que resultaban sus palabras. Watson había entornado los ojos, al mismo tiempo que su frente parecía oscurecerse, pasando por ella la sombra de un desfile de lejanas imágenes. Recordó la tarde en que Elena los había sorprendido cerca del río, a él y a Celinda, mientras ésta le enseñaba a tirar el lazo.

Elena, para repeler tal recuerdo, se aproximó más al joven, apoyando sus manos en las solapas de su blusa. Parecía querer mirarse en sus pupilas, al mismo tiempo que concentraba en los propios ojos todo su poder de seducción.

—¿Amigos de veras?... —preguntó con una voz susurrante—. ¿Amigos para siempre?... ¿Amigos por encima de la calumnia y de la envidia?

El joven se sintió vencido por el contacto y los perfumes de aquella mujer. El recuerdo de la ribera del río y las alegres lecciones de Celinda fue desvaneciéndose. Hubo algo dentro de él que intentó resistirse todavía a esta influencia. Pasó por su memoria el recuerdo de las heroínas fatales de los libros. Hizo un movimiento como si fuese a decir «no», y llevó sus manos a las manos de ella para despegarlas de su pecho. Pero sus dedos, al sentir el contacto de la epidermis femenina, se inmovilizaron en voluptuoso desmayo para oprimir después, acariciadores, las manos de ella. Y como los ojos de Elena parecían implorar una respuesta a sus recientes preguntas, él hizo un movimiento con su cabeza: «Sí».

A partir de este día Watson fue el único acompañante de la esposa de Torrebianca en sus paseos a caballo. Frente a la antigua casa de Pirovani se situaba un mestizo encargado de la caballeriza del contratista, teniendo de las riendas a una yegua blanca con silla femenil.

Llegaba Ricardo a caballo, aparecía en lo alto de la escalinata Elena, vestida de amazona, y en el mismo instante se presentaba en la calle el contratista, como si hubiese estado oculto esperando una oportunidad para mostrarse. También iba a caballo, pero la «señora marquesa» se negaba a aceptar su compañía.

—Vaya usted a sus negocios, señor Pirovani. Mi marido dice que los descuida usted mucho, y eso me entristece... El señor Watson está más libre ahora y me acompañará.

Acababa el italiano por aceptar tales palabras, con cierto agradecimiento. ¡Cómo se interesaba por sus negocios esta mujer! No podía mostrar con más claridad la simpatía por todo lo referente a su persona. Además, el acompañamiento de Watson no podía inspirarle celos. Todos le tenían en el país por novio de la niña de Rojas... Y finalmente se retiraba, aunque de mal talante, para ir a visitar las obras del dique.

Otras veces, cuando ya estaba Elena en la silla, se presentaba Canterac, también a caballo, con el deseo de acompañarla. Pero Elena le acogía con signos negativos de su latiguillo.

—Ya le he dicho varias veces que no quiero más acompañante que míster Watson —le contestó ella una mañana—. Usted, capitán, váyase a trabajar en esa misteriosa y enorme sorpresa que me está preparando.

También Canterac aceptaba al ingeniero norteamericano como acompañante de la marquesa. Le parecía más tolerable que el odiado Pirovani.

Vio cómo se alejaban los dos jinetes, y aunque sentía un enojo sombrío, como siempre que le rechazaba Elena, procuró disimularlo, encaminándose después a la casa de Moreno.

Estaba el oficinista leyendo una novela junto a su ventana, y al ver a Canterac se acodó en el alféizar para hablarle de los trabajos realizados.

—Hay cerca de doscientos hombres y cuarenta carretas que ganan plata en lo del parque.

El ingeniero, siempre a caballo, escuchó las explicaciones que le fue dando Moreno desde su ventana.

—Le he quitado estos hombres a Pirovani ofreciéndoles doble jornal. Además, me he llevado todas las carretas que el italiano tiene contratadas y las que hay en Fuerte Sarmiento. Esto va a retrasar un poco los trabajos del dique; pero luego, usted por una parte y el contratista por otra, procurarán ganar el tiempo perdido.

Los hombres trabajaban a cinco leguas de allí, río abajo, en un lugar algo pantanoso, donde las crecidas habían hecho surgir un bosque de álamos y otros árboles. Apartaban los peones la tierra inmediata a los troncos, dejando al descubierto sus raíces. Luego cortaban éstas e inclinaban el árbol, haciéndole caer en una carreta de bueyes, que emprendía lentamente su marcha a lo largo de la ribera, necesitando toda una jornada para llevar su carga hasta la Presa.

—Un trabajo largo y difícil —siguió diciendo Moreno—. Ayer estuve allá para verlo todo por mis ojos, y crea usted que la gente gana bien su plata.

Cerca de la Presa, en una planicie vecina al río, limpia de vegetación, otros peones abrían hoyos en el suelo. Al llegar las carretas con los árboles, levantaban éstos y los metían en los hoyos, amontonando tierra en torno para que se mantuviesen erguidos.

—Son árboles de algunos metros nada más, pero resultarán extraordinarios en este desierto donde no hay otros que puedan servir de comparación. Tengo la seguridad, capitán, de que la sorpresa va a ser enorme. Eso no lo puede discurrir el italiano.

Canterac aprobó con un sonrisa de satisfacción las últimas palabras.

—Va usted a gastar toditos sus miles de pesos —continuó Moreno—, y hasta puede ocurrir que al final falte algo de plata; pero tendrá usted su parque... Es verdad que el tal parque no le producirá nuevos gastos, pues al día siguiente de la fiesta los árboles tal vez estén secos y muertos.

Y el oficinista rió de la inutilidad de un gasto tan enorme, admirando y compadeciendo a la vez al ingeniero.

Mientras tanto, Elena y Watson marchaban lentamente a caballo por la orilla del río. Ella mantenía cogida una mano de él, hablándole afectuosamente, con una expresión maternal.

—Veo, Ricardo, por lo que me cuenta, que Robledo lo dirige todo y usted es a modo de un empleado suyo... No debía mezclarme en sus asuntos, pero todo lo que se refiere a usted ¡me inspira tanto interés!... Yo no digo que el español cometa indelicadezas al repartir las ganancias del negocio; eso no. Robledo es hombre correcto, pero abusa un poco de la condición de tener más años. Debe emanciparse usted de esa tutela, o no hará el camino que le corresponde hacer por sí mismo, sin necesidad de tutores.

Ricardo había defendido la persona de su asociado desde las primeras insinuaciones; pero acabó por acoger, pensativo y ceñudo, sin una palabra de protesta, el último consejo de Elena.

Mientras los dos conversaban, balanceándose ligeramente con el paso lento de sus caballos, un jinete apareció y se ocultó repetidas veces en el fondo del paisaje, pasando de la orilla del río a las dunas de arena que las inundaciones habían dejado tierra adentro. Este jinete que se aproximaba o se alejaba en un galope caprichoso era Celinda Rojas.

Elena fue la primera en darse cuenta de sus evoluciones, y sonrió malignamente.

—Creo que alguien le busca —dijo a Ricardo.

Éste miró hacia donde ella señalaba, y al reconocer a la amazona, no pudo disimular cierta turbación.

—Es la señorita de Rojas —contestó, ruborizándose ligeramente—; una niña todavía, con la que tengo alguna amistad. Es como una hermana menor; mejor dicho, un compañero. No vaya usted a imaginarse...

La Torrebianca sonreía irónicamente, como si no creyese en sus protestas, y acabó por decir, con una frialdad que apenó al joven:

—Vaya usted a saludarla, para que no nos moleste más con su vigilancia, y venga luego a juntarse conmigo.

Después de estas palabras, dichas con el tono de una orden, hizo trotar a su caballo tierra adentro, por entre los ásperos matorrales, que se rompieron lanzando crujidos de leña seca. Inmediatamente, Celinda dejó de evolucionar a lo lejos, llegando a todo galope al encuentro de Ricardo. Cuando estuvo junto a él le amenazó con un dedo, pretendiendo imitar la expresión ceñuda de un maestro que riñe a su discípulo. Luego habló con una gravedad cómica:

—¿No le he dicho más de cien veces, míster Watson, que no quiero verle con esa... mujer? Paso ahora los días enteros corriendo el campo inútilmente, y cuando al fin consigo tropezarme con el señor, lo veo siempre en mala compañía.

Pero Watson era ahora otro hombre y no acogió con risas su fingido enfado. Muy al contrario, pareció ofenderse por el tono de broma con que hablaba ella, y repuso secamente.

—Puedo ir con quien quiera, señorita. Solo hay entre nosotros una buena amistad, a pesar de lo que algunos suponen equivocadamente. Ni usted es mi prometida, ni yo tengo obligación de privarme de mis relaciones para obedecer sus caprichos.

Celinda quedó absorta por la sorpresa y él se aprovechó de esto para saludarla con brusquedad, alejándose después en la misma dirección que había seguido Elena. La niña de Rojas, al convencerse de que el norteamericano huía verdaderamente, hizo un gesto de cólera, al mismo tiempo que lanzaba palabras suplicantes:

—¡No se vaya, gringuito!... Oiga, don Ricardo; no se ofenda... Mire que esto solo ha sido para reír, lo mismo que otras veces.

Como Watson fingía no oírla y continuaba su trote, acabó ella por echar mano al lazo que guardaba en el delantero de la silla, y lo deslió para arrojarlo sobre el fugitivo.

—¡Venga usted aquí, desobediente!

El lazo cayó sobre Ricardo con exacta precisión, aprisionándolo, pero cuando Celinda empezaba a tirar de él, sacó el ingeniero un pequeño cuchillo, cortando la cuerda. Tan rápido fue este acto, que la joven, preocupada únicamente en tirar de su lazo, casi cayó del caballo al faltarle de pronto el apoyo de la resistencia.

Watson se alejó, sacándose el fragmento de cuerda que envolvía aún sus hombros. Luego la arrojó, sin volver la vista atrás. Mientras tanto, la niña de Rojas seguía recogiendo su lazo, que se arrastraba blandamente por el suelo.

Al llegar a sus manos el final de la cuerda, contempló tristemente su extremo cortado. Las lágrimas enturbiaron su visión. Luego, la hija de la estancia palideció de cólera mirando hacia las dunas, detrás de las cuales había desaparecido el norteamericano.

—¡Que el demonio te lleve, gringo desagradecido! No quiero verte más... Ya no te echaré mi lazo, y si alguna vez deseas verme, serás tú el que tengas que echármelo a mí... ¡si es que sabes!

Y no pudiendo resistirse más tiempo a la crueldad de su decepción, la niña de Rojas hundió la cara entre las manos, para que aquella tierra arenisca y aquel río impetuoso y solitario que tantas veces la habían visto reír no la viesen ahora llorar.

XII

Llegó el día de la gran sorpresa preparada por Canterac. Los trabajadores, bajo la dirección de Moreno, colocaron los últimos árboles en la llanura inmediata al río.

Grupos de curiosos admiraban desde lejos este bosque improvisado. De Fuerte Sarmiento y hasta de la capital del territorio de Neuquen iban llegando gentes atraídas por la novedad de tal fiesta. Algunos obreros tendían de tronco a tronco guirnaldas de follaje y clavaban grupos de banderolas.

Friterini, elevado a la categoría de *maître d'hôtel*, había sacado de su maleta un frac algo apolillado, recuerdo de los tiempos en que prestaba servicio como camarero auxiliar en hoteles de Europa y de Buenos Aires. Preocupándose de la integridad de su pechera dura y su corbata blanca, daba órdenes a una tropa de mestizas del boliche que se habían convertido en servidoras y preparaban las mesas para la fiesta de la tarde.

Don Antonio «el Gallego» también se había transformado exteriormente. Iba vestido de negro, con una gruesa cadena de oro de bolsillo a bolsillo de su chaleco. Él era de los invitados, tenía derecho a figurar entre los vecinos más notables de la Presa representando al alto comercio; pero como la merienda había sido encargada a su establecimiento, creyó del caso trasladarse al lugar de la fiesta desde las primeras horas de la tarde, para convencerse de que todos los preparativos se desenvolvían con regularidad.

Entre los mirones situados al otro lado de una cerca de alambre se veían algunos gauchos, siendo uno de ellos el famoso Manos Duras. Después de la batalla ocurrida en el boliche, había vuelto tranquilamente al campamento para dar explicaciones. No negaba que algunos de los provocantes fuesen amigos suyos, pero todos eran mayores de edad y no iba a responder de sus actos, como si fuese su padre. Él estaba lejos del campamento al ocurrir el choque; ¿por qué intentaban mezclarlo en hechos de los que no tenía culpa alguna?...

El comisario hubo de conformarse con estas justificaciones; el dueño del boliche las aceptó igualmente, creyendo que era mejor tenerlo por amigo que por adversario, y allí estaba Manos Duras contemplando con una atención algo burlona los preparativos de la fiesta. Los otros gauchos, igualmente silenciosos, parecían reír interiormente de tales labores. Los *gringos* trasladaban los árboles del sitio donde los había hecho nacer Dios: ¡y todo por una mujer!...

Las gentes del pueblo eran más atrevidas en sus juicios, formulándolos a gritos. Algunas mujeres, las mejor vestidas, censuraban a la marquesa:

—¡La grandísima... tal! ¡Las cosas que los hombres hacen por ella!

Enumeraban los regalos del contratista Pirovani, tan regateador y duro para los trabajadores. Todos los días de tren le llegaban a la marquesa paquetes de Buenos Aires o Bahía Blanca, pagados por el italiano. Además, un carro con tonel no hacía otro trabajo que llevar agua del río a la casa. Aquella señorona necesitaba bañarse cada veinticuatro horas.

—Eso no es natural. Debe tener en la carne algo que no quiere irse —afirmaban sentenciosamente algunas mujeres.

Para todas ellas, obligadas a ir varias veces al día con un cántaro a cuestas de su vivienda al río, el carro del tonel representaba el más inaudito de los lujos. ¡Un baño diario en aquel país, donde el menor soplo de viento levantaba columnas de tierra suelta, tan enormes y violentas, que obligaban a encorvarse para resistir mejor su empuje!... Como muchas de estas mujeres llevaban aún en sus cabelleras y en los dobleces de sus ropas el polvo de semanas antes, las enfurecía tal derroche de agua, como una injusticia social.

Una, para consolarse, recordó malignamente al ingeniero Torrebianca.

—¡Y será capaz de venir esta tarde con los queridos de su mujer!... Parece imposible que un hombre sea tan... ciego. Deben marchar de acuerdo los dos.

Todos los que no estaban invitados a la fiesta y pretendían verla de lejos, apoyados en la alambrada, se consolaban de su preterición hablando contra la Torrebianca, sus amigos y su marido.

Pasó Celinda a caballo, entre los grupos, lentamente y mirando con hostilidad el parque improvisado. Luego, para no oír los escandalosos comentarios de aquellas mujeres, se alejó hacia el pueblo.

González, sin perder de vista la preparación de las mesas, hablaba a unos parroquianos de su establecimiento, mostrándoles el río. Era propicia la ocasión para repetir, con una gravedad doctoral, muchas cosas oídas a su compatriota Robledo.

Los indios habían dado a este río su nombre de Negro por los sufrimientos que les costaba remontarlo, a causa de su rápida corriente. Los descubridores españoles lo titularon río de los Sauces, por la gran cantidad de árboles de esta especie que cubría sus orillas. Habían disminuido mucho ahora, pero aún representaban el mayor obstáculo para su navegación, pues los troncos y raigones impulsados por la corriente batían como arietes a los barcos, quebrantándolos. Durante dos siglos había permanecido inexplorado, creyendo los descubridores españoles —a causa de los informes de los indígenas— en la posibilidad de navegar por él hasta Chile, lo que haría del río de los Sauces un canal entre el Atlántico y el Pacífico menos lejano que el estrecho de Magallanes.

Un misionero inglés intentaba su exploración para que su patria se apoderase de este paso, lo que la permitiría atacar cómodamente las colonias de España situadas al borde del Pacífico.

—Entonces fue cuando los españoles, que habían tenido tantas cosas en qué ocuparse, por ser dueños de la mayor parte de América, creyeron necesario explorar el río.

Era un alférez de la Armada, llamado Villarino, el que acometía esta empresa difícil y de escasa resonancia en el último tercio del siglo XVIII, cuando ya casi toda la tierra de América estaba descubierta y colonizada.

—Don Manuel —siguió diciendo el dueño del boliche— llama a Villarino el último representante del heroísmo descubridor de los españoles.

Con cuatro barcas pesadísimas e inadecuadas para tal viaje, había salido de Carmen de Patagones, en la costa atlántica, llevando por tripulación unos sesenta hombres. Este puñado de marineros se internaban en un país totalmente inexplorado, en el que vivían los indios más irreductibles y feroces. De las márgenes del río Negro partían las invasiones indígenas contra las tierras civilizadas del virreinato de la Plata: los *malones* de jinetes cobrizos ansiosos de robar ganados a los estancieros de Buenos Aires. Los cuatro barcos de uno o dos palos iban a navegar centenares de leguas entre orillas donde les esperaban en acecho los Aucas, tenidos por los indios más sanguinarios e indomables.

—Solo los que conocemos la corriente de este río podemos comprender lo que representó aquella expedición, curso arriba y con buques de vela.

Llevaban quince caballos para sirgar los barcos por la orilla en los pasos difíciles. Cuatro veces los huracanes rompieron las arboladuras de las embarcaciones. Con Villarino brilló por última vez, como dice don Manuel, la gloria de los conquistadores españoles. La expedición duró muchos meses, y como no tenía baquiano del país que la guiase, se extravió con frecuencia, metiéndose en ríos afluentes para retroceder después... Buscaban el mar que los indios aseguraban haber visto con sus ojos, y efectivamente, al final del Limay, continuación del río Negro, se desemboca en un mar que es simplemente el lago Nahuel Huapi... Lo cierto es que ahora nadie navega por este río mientras no lo limpien, y ninguno de los exploradores actuales, aún contando con las embarcaciones modernas, ha querido repetir el viaje del alférez Villarino hace siglo y medio.

Llevado por su entusiasmo patriótico, seguía González mencionando todo lo que había oído a Robledo, pero sus oyentes eran cada vez más escasos. Se alejaban, atraídos por los preparativos de la merienda, prefiriendo la contemplación de las mesas a la del antiguo río de los Sauces y a escuchar el relato de las hazañas del joven oficial de la marina española.

Iban aumentando considerablemente los grupos. Una banda de música, compuesta de unos cuantos italianos vecinos de Nenquen, empezó a rasgar el aire con las estridencias de sus instrumentos de metal. Inmediatamente se lanzaron a danzar algunas parejas. Don Antonio vio en esto una falta de respeto al organizador de la fiesta.

—No los dejes bailar mientras no llegue la marquesa —ordenó a Friterini—. La ceremonia es para ella, y de seguro que le parecerá muy mal al señor de Canterac que empiece antes de tiempo.

Pero músicos y bailarines no hicieron caso alguno de sus escrúpulos y continuó el baile.

Elena estaba mientras tanto en el salón de su casa, lujosamente vestida para asistir a la fiesta. Tenía el rostro oscurecido por un gesto de enfado.

«Esto solo me ocurre a mí —pensaba—. Llegar esta noticia precisamente hoy... ¡Y aún hay quien niega los caprichos de la fatalidad!»

Aquel día era de tren, y al empezar la tarde llegó el correo, recogido en Fuerte Sarmiento.

Torrebianca, con el rostro consternado, fue en busca de su mujer para mostrarle una carta.

—Lee lo que acabo de recibir. Es del notario de mi familia.

Esta carta, llegada de Italia, le daba cuenta de la muerte de su madre. «Desde que usted se marchó a América, la salud de la señora marquesa quedó tan profundamente quebrantada, que todos esperábamos tal desgracia de un momento a otro. Ha muerto pensando en usted. Su nombre fue lo último que balbuceó en su agonía. Adjunto le envío algunos datos sobre su herencia, que desgraciadamente no es...»

Suspendió Elena tal lectura para mirar a su marido con ojos interrogantes; pero éste tenía la cabeza inclinada, como anonadado por la noticia. Dudó ella en hablar, y como transcurría el tiempo sin que el otro saliese de su actitud silenciosa, dijo lentamente:

—Supongo que este suceso, que nada tiene de inesperado, pues tú mismo lo has presentido muchas veces, no va a privarnos de asistir a la fiesta.

Levantó Torrebianca el rostro para mirarla con ojos de asombro.

—¿Qué es lo que dices?... Piensa que es mi madre la que ha muerto.

Ella fingió cierta confusión, mientras decía bondadosamente:

—Siento mucho la muerte de la pobre señora. Era tu madre, y esto basta para que la llore... Pero piensa que en realidad no la vi nunca, y ella, por su parte, solo me conoció por mis retratos. Ten serenidad y un poco de lógica... Por esa desgracia, ocurrida al otro lado de la tierra, no vamos a privarnos de asistir a una fiesta que representa enormes gastos para el amigo que la ha organizado.

Se aproximó a su esposo, diciéndole con voz insinuante, al mismo tiempo que le acariciaba el rostro con una mano:

—Hay que saber vivir. Nadie conoce esta desgracia. Figúrate que la carta no ha llegado hoy y solo puedes recibirla en el correo de pasado mañana... Quedamos en eso; aún ignoras la noticia y me acompañas esta tarde. ¿Qué adelantas con acordarte ahora? Tiempo te queda para pensar en ese suceso triste.

El marqués hizo signos negativos. Luego se llevó una mano a los ojos, y apoyando sus codos en las rodillas gimió sordamente:

—Era mi madre... ¡Mi pobre mamá, que tanto me quería!

Hubo un largo silencio. Torrebianca, como si no quisiera mostrar su dolor en presencia de su mujer, se refugió en una habitación inmediata. Elena, ceñuda y malhumorada, le oyó gemir y pasearse al otro lado de la puerta.

Así transcurrió mucho tiempo. Ella miró el reloj: las tres. Había que decidirse. Hizo un gesto cruel y levantó los hombros. Luego fue hasta la puerta por donde había desaparecido su esposo:

—Quédate, Federico; no te ocupes de mí. Iré sola, e inventaré un pretexto para excusar tu ausencia. ¡Hasta luego, alma mía! Cree que si te dejo es únicamente por no molestar a nuestros amigos. ¡Ay, las exigencias sociales! ¡Qué tormento!...

Tomaba su voz inflexiones de piadoso cariño, al mismo tiempo que las comisuras de su boca se dilataban en un rictus de cólera.

Se puso el sombrero y salió. Desde lo alto de la escalinata pudo ver la calle enteramente solitaria.

Toda la gente del pueblo estaba en los alrededores del parque improvisado. Canterac y el contratista, cada uno por su parte, habían declarado festivo aquel día, imponiendo el descanso a sus obreros.

Frente a la casa había un carruajito de cuatro ruedas, cuidado por un mestizo. Éste dormía en el pescante, con un cigarro paraguayo entre sus labios gruesos y azules, mientras un enjambre de moscas zumbaba en torno al rostro sudoroso.

Elena pensó en sus admiradores, que estarían esperándola, impacientes. Se habían abstenido de venir a buscarla, porque el día anterior les manifestó su deseo de presentarse sin otro acompañamiento que el de su esposo. Una señora debe evitar que la maledicencia se cebe en sus actos.

Cuando se dirigía hacia el carruajito, dejando a sus espaldas la casa, oyó el ruido de un galope. Un jinete acababa de surgir de una callejuela inmediata. Era Flor de Río Negro.

Por una afinidad misteriosa que más bien era una repulsión, Elena adivinó su presencia antes de verla con sus ojos. Sin esperar a que el caballo hiciese alto, la intrépida amazona se deslizó de la silla. Luego fue aproximándose, con la torpeza del jinete que extraña el contacto del suelo:

—Señora, una palabra nada más.

Y se interpuso entre ella y la estribera del carruaje, cerrándola el paso.

A pesar de su arrogancia, Elena se sintió emocionada por los ojos hostiles de la muchacha. Fingió, sin embargo, altivez, y pareció preguntar con un gesto: «¿Es realmente a mí a quien busca?...».

Celinda la entendió, contestando con un movimiento afirmativo. La marquesa hizo otro ademán indicando que podía hablar, y la niña de Rojas dijo con expresión agresiva:

—¿No tiene usted bastante con todos esos hombres a los que trae locos?... ¿Todavía necesita robar los que pertenecen a otras mujeres?

La respuesta de Elena fue mirarla de pies a cabeza. Pretendía confundirla con sus gestos de superioridad.

—Joven, no la conozco —dijo—. Además, sospecho que existen entre nosotras grandes diferencias de categoría y educación, que nos impiden seguir hablando.

Intentó apartarla para que le dejase libre el paso; pero Celinda, irritada por su aire despectivo, levantó el rebenque que llevaba en la diestra.

—¡Ah, demonio con faldas!

Dirigió un golpe contra el rostro de Elena, pero ésta se puso en actitud defensiva, agarrando el brazo enemigo. Su cara quedó intensamente pálida, con los ojos agrandados por la sorpresa y un resplandor felino en las pupilas. Luego habló con una voz algo ronca:

—Muy bien, joven, no se moleste. Doy por recibido el golpe. Este regalo es de los que no se olvidan nunca, y corresponderé a él cuando lo considere oportuno.

Soltó el brazo de Celinda, y como ésta parecía haber desahogado ya toda su cólera, lo dejó caer, quedando inmóvil y como avergonzada de su agresión.

Aprovechó Elena este desaliento momentáneo para subir al cochecito, tocando en un hombro a su conductor. El mestizo había estado adormecido hasta entonces, con el cigarro en la boca, sin enterarse de lo que acababa de ocurrir junto a su vehículo.

Apenas salieron del pueblo, vio Elena a lo lejos el parque improvisado y la muchedumbre que rebullía en torno a él.

Un jinete pasó al trote en dirección contraria, regresando del lugar de la fiesta, y se quitó el sombrero para saludarla. Elena reconoció a Manos

Duras, sonriendo maquinalmente a su respetuoso saludo. Luego, sin darse exacta cuenta de lo que hacía, le llamó con una mano. El gaucho hizo dar vuelta a su cabalgadura y se aproximó al carruaje, marchando junto a sus ruedas.

—¿Cómo le va, señora marquesa?... ¿Por qué está tan pálida?

Elena hizo un esfuerzo para serenarse. Debía guardar aún en su rostro las huellas de la reciente emoción, y ella necesitaba llegar a la fiesta tranquila y sonriente, de modo que nadie adivinase el insulto que había recibido.

Como si quisiera terminar cuanto antes su conversación con Manos Duras, le preguntó con forzada alegría:

—Usted me dijo una vez que me aprecia mucho y está dispuesto a hacer lo que yo le mande, por terrible que sea.

Se llevó Manos Duras una mano al sombrero para saludar, y sonrió, mostrando sus dientes de lobo.

—Ordene lo que quiera, señora. ¿Desea que mate a alguien?

Y al mismo tiempo la miraba con ojos de deseo. Ella hizo un falso gesto de susto:

—Matar, no... ¡qué horror! ¿Por quién me toma?... El servicio que tal vez le pida será muy dulce para usted... Ya hablaremos.

Temiendo que el gaucho prolongase sus palabras de despedida, le indicó con un ademán enérgico que debía retirarse. Ya estaba cerca del sitio de la fiesta, y no era conveniente llegar sin su marido y con tal acompañamiento.

Manos Duras contuvo su caballo mientras se alejaba el carruaje, Durante algunos minutos siguió con los ojos a aquella mujer, la más extraordinaria que había encontrado en su vida; y al dejar de verla, su mirada de mastín sumiso volvió a recobrar una dureza agresiva.

Iban entrando los invitados en el parque artificial, bajo la curiosidad envidiosa del populacho, mantenido más allá de la alambrada por la vigilancia del comisario y sus cuatro hombres. Estos invitados eran comerciantes españoles e italianos establecidos en las poblaciones más cercanas y algunos venidos de la lejana isla de Choele-Choel, lugar hasta donde llegan los escasos barcos que pueden remontar el río Negro. También los capataces y mecánicos de las obras acudían con sus mujeres, que habían sacado a luz los vestidos de fiesta, usados únicamente cuando iban a Bahía Blanca o a Buenos Aires.

Robledo paseaba por las cortas avenidas de este parque admirando irónicamente la absurda creación de Canterac. Moreno le iba mostrando con cierto orgullo todas las particularidades de la obra dirigida por él.

—Lo mas notable es una especie de cenador, o mejor dicho, de santuario de verdura que hay al final de la arboleda. Seguramente que el capitán querrá llevar allí a la marquesa. Pero ella es lista y sabe escurrirse.

Guiñaba un ojo maliciosamente al hablar de los propósitos de Canterac, y a continuación se mostraba grave para afirmar la cordura de la marquesa, que «no era la mujer que se imaginaban muchos».

Se disponía a mostrar al español el famoso «santuario de verdura», cuando le abandonó repentinamente, mascullando excusas, para correr hacia la entrada del parque. Elena acababa de llegar. Lo mismo que Moreno, corrieron a su encuentro los otros solicitantes; pero ella, después de saludar a los tres, mostró su predilección por Watson, que también había salido a recibirla. Conversó con los demás, pero sin apartar de Ricardo sus ojos acariciadores. Robledo, que examinaba al grupo desde lejos, se enteró inmediatamente de esta predilección.

Contrariado por su descubrimiento, fue aproximándose para saludar a la Torrebianca. Luego invitó a Watson, con ademanes y palabras en voz baja, a que se fuese con él; pero el joven fingía no entenderle. Al fin, el ingeniero francés, que por ser el autor de la fiesta mostraba una superioridad absorbente, se interpuso entre Elena y los demás hombres, ofreciéndola el brazo para enseñarle todas las bellezas de su invención forestal. Robledo aprovechó esto para tocar a Ricardo en la espalda, invitándole a dar un paseo por la arboleda. Apenas quedaron solos, el español se expresó con un tono bondadoso, señalando a la mujer que se alejaba apoyada en un brazo de Canterac.

—Tenga usted cuidado, Ricardo. Creo que esa Circe también desea someterlo a sus encantamientos.

Watson, que siempre le había escuchado con deferencia, le miró ahora altivamente.

—Tengo bastantes años para marchar solo —contestó con sequedad—; y en cuanto a consejos, démelos cuando yo se los pida.

Y murmurando otras palabras ininteligibles, le volvió la espalda para ir en busca de Elena.

Quedó el español asombrado por la brusca respuesta de su socio. Después sintió indignación.

«¡Esa mujer! —pensó—. ¡Hasta va a quitarme el mejor de mis amigos!...»

Empezaba la parte más interesante de la fiesta para muchos de los invitados. Friterini dio voces, dirigiendo a las mestizas encargadas del servicio. Sobre las mesas, hechas con tablas y caballetes y que tenían por manteles sábanas recién lavadas, fueron apareciendo los manjares más ricos y extraordinarios del «Almacén del Gallego» y otros despachos de bebidas y alberguerías existentes en las colonias inmediatas al río Negro. Eran manjares de Europa y de la América del Norte, que tenían un sabor a largo encierro, a estaño y a hojalata: carnes de cerdo de Chicago, salchichas de Fráncfort, *foie gras* francés, sardinas de Galicia, pimientos de la Rioja, aceitunas de Sevilla, todo venido, a través del Océano, en botes metálicos o cubiletes de madera.

Lo más extraordinario eran las bebidas. Solo algunos *gringos* procedentes de los llamados «países latinos» buscaban las botellas de vino tinto. Los demás, especialmente los hijos del país, consideraban los líquidos de color de sangre como una bebida ordinaria, apreciando la claridad y el tono blanco de los vinos como signo de aristocracia. Resonaban continuamente los taponazos del champaña. Algunos bebían el vino espumoso como si fuese agua del río.

—Esto es caro en Europa —decía un ruso de pelo largo y grasiento—; pero aquí, ¡con la diferencia del cambio!...

Moreno, hombre de orden, consideraba con inquietud la sed creciente de los invitados. Al mismo tiempo hacía recomendaciones de parquedad y prudencia en el servicio al entusiasta Friterini con palabras deslizadas al paso y misteriosos ademanes.

«¡Con tal que alcancen los pesos de Canterac! —pensaba—. Empiezo a creer que no tendremos bastante para pagarlo todo.»

Mientras tanto, el ingeniero francés avanzaba entre los árboles con Elena o se detenía para mostrarle los ejemplares más corpulentos.

—Esto no es el parque de Versalles, bella marquesa —dijo imitando los ademanes galantes de otros siglos—, pero representa, a pesar de su modestia, el gran interés que tiene un hombre en serle agradable.

Pirovani, fingiéndose distraído, iba detrás de ellos a cierta distancia. Le era imposible ocultar el despecho que le producía esta fiesta ideada por su adversario. Reconocía que nunca hubiera sabido inventar él algo semejante, ¡Lo mucho que sirve haber estudiado!...

Según iba avanzando por el bosque artificial, procuraba empujar disimuladamente los árboles más próximos para hacerlos caer. Pero este mal deseo resultaba inútil. Todos se mantenían firmes. Aquel imbécil de Moreno había hecho bien las cosas al ayudar a Canterac.

Sintió frío en sus extremidades y que toda la sangre se le agolpaba al corazón viendo cómo se ocultaba la pareja en un tupido cenador de ramaje, al final de una avenida. Era el famoso «santuario» del oficinista.

—La reina puede sentarse en su trono —dijo Canterac.

Y mostró a Elena un banco rústico rematado por una especie de doselete hecho con guirnaldas de follaje y flores de papel.

Excitado el francés por la soledad, habló con gran vehemencia de su amor y de los grandes sacrificios que estaba dispuesto a hacer por Elena. Muchas veces había dicho lo mismo, pero ahora estaban solos y aquella fiesta parecía haber aumentado su agresividad pasional.

Ella, que se había sentado en el banco rústico, teniendo cerca al ingeniero, mostró cierta inquietud, aunque sin perder por esto su sonrisa tentadora. Canterac le cogió ambas manos e inmediatamente quiso besarla en la boca. Como la Torrebianca esperaba la agresión, se defendió a tiempo, haciendo esfuerzos por repelerle.

Se hallaban en esta lucha, cuando apareció el contratista en la entrada del cenador. Pero ninguno de los dos pudo verle. Canterac seguía ocupado en su tenaz propósito de besarla; y ella, olvidando sus remilgos de coqueta, lo repelía violentamente.

—Esto no es leal —dijo con voz jadeante—. Debo estar despeinada... Va usted a romper mi sombrero... ¡Estése quieto! Si insiste usted, le abandono.

Vióse al fin obligada a defenderse con tal brusquedad, que Pirovani creyó llegado el momento de intervenir, avanzando resueltamente dentro del cenador. El ingeniero, al verle, abandonó a Elena, poniéndose de pie, mientras la mujer reparaba el desorden de su peinado y sus ropas. Los dos hombres se miraron fijamente, y el italiano consideró necesario hablar.

—Muestra usted mucha prisa —dijo con ironía— en cobrarse los gastos de su fiesta.

Resultaba tan inaudito para Canterac que un simple contratista se atreviese a insultarle allí mismo, en el costoso parque inventado por él, que permaneció algunos momentos sin poder hablar. Luego, su cólera de hombre autoritario estalló con fría llamarada.

—¿Con qué derecho me habla usted?... Debí abstenerme de invitar a un emigrante sin educación, que ha hecho su dinero nadie sabe cómo.

Se enfureció Pirovani, pero con una cólera ardiente, al recibir tal insulto en presencia de Elena. Y como su violencia de sanguíneo necesitaba pasar a la acción, por toda respuesta se arrojó sobre el ingeniero, abofeteándole. Inmediatamente los dos hombres se agarraron, luchando a brazo partido, mientras la Torrebianca, perdida la serenidad, empezaba a dar voces de espanto.

Acudieron los invitados, siendo de los primeros en presentarse Robledo y Watson, cada cual por un lado distinto. El ingeniero y el contratista, estrechamente agarrados, rodaban por el suelo, derribando gran parte del «santuario de verdura».

Pirovani, más carnudo y vigoroso que Canterac, lo sofocaba con su peso. La cólera le hacía olvidar todo lo que sabía de español, y lanzaba blasfemias en italiano, aludiendo a la Virgen y a la mayor parte de los habitantes del cielo. Además, pedía a los que intentaban separarlos que le dejasen comerse tranquilamente los hígados de su rival. Había vuelto en unos segundos los años de su adolescencia, cuando se aporreaba con los compañeros de pobreza en alguna *trattoria* del puerto de Génova.

A fuerza de tirones y algún que otro puñetazo, varios hombres de buena voluntad consiguieron separar a sus dos jefes. Watson, despreciando a los combatientes, había corrido hacia la marquesa, colocándose delante de ella en actitud defensiva, como si le amenazase algún peligro.

Robledo miró a los dos adversarios. Contenido cada uno de ellos por un grupo, se insultaban de lejos, con los ojos inyectados de sangre y la lengua estropajosa. Ambos habían olvidado de repente el español, y cada uno barboteaba las peores palabras de su respectivo idioma.

Luego contempló a la marquesa de Torrebianca, que suspiraba como una niña, apoyándose en Watson.

«¡Solo nos faltaba semejante escándalo! —se dijo—. Temo que alguien va a morir por culpa de esta mujer.»

XIII

Acabaron su cena silenciosamente Watson y Robledo, preocupados por lo que había ocurrido horas antes en el parque inventado por Canterac.

Un obstáculo invencible parecía haberse levantado entre los dos. Watson tenía el rostro sombrío y evitaba mirar a Robledo. Éste, al poner de vez en cuando los ojos en su asociado, sonreía con una expresión amarga. Pensaba en Elena, dominadora y malvada, que tal vez había aconsejado a Ricardo contra él.

Se levantó el joven de la mesa, saludando con algunas palabras confusas, y tomó el sombrero para salir.

«Va a verla —se dijo el español—. Ya no vive tranquilo si no está a su lado.»

En la calle central encontró Watson muchos grupos discutiendo acaloradamente. Los rectángulos rojos que proyectaban sobre el suelo las puertas del boliche eran eclipsados con frecuencia por las sombras de los que entraban y salían. Adivinó que todos disputaban sobre lo ocurrido aquella tarde, tomando partido por el ingeniero o por el contratista.

Al llegar a la casa de Elena, salió a recibirle Sebastiana en lo alto de la escalinata. La mestiza también se mostraba preocupada por los sucesos de la tarde.

Miró a Ricardo con severidad, pensando sin duda en la niña de la estancia. ¡Ay, los hombres! Hasta este *gringo* que ella creía buenazo resultaba tan perverso como los otros.

Pasó adelante el joven, sin fijarse en tal mirada, y encontró en el salón a Elena que parecía esperarle.

Quiso ocupar una butaca, pero la marquesa se opuso.

—No; aquí, a mi lado. Así nadie podrá oírnos.

Y lo obligó a sentarse en el sofá, junto a ella.

Tenía el rostro pálido y la mirada dura, como si aún estuviese conmovida por recientes y desagradables impresiones. La pelea de Pirovani y Canterac había pasado a segundo término en su memoria. Le molestaba más, haciéndola estremecerse de cólera, la imagen de Celinda con el látigo levantado.

Pero olvidó su rencor al ver que Ricardo acudía puntualmente, atendiendo el ruego que ella le había hecho al anochecer para que pasase la velada en su casa. Al notar que Watson miraba con inquietud las puertas del salón, creyó oportuno tranquilizarlo.

—Nadie vendrá. Mi marido está en su cuarto, quebrantado por una mala noticia que ha recibido de Europa... Una desgracia de familia que esperábamos hace tiempo; algo que en realidad no me interesa mucho.

Luego cambió de gesto y de voz, para continuar hablando.

—¡Cuánto agradezco que haya usted venido!... Temblaba ante la idea de pasar sola estas horas de la noche. ¡Me aburro tanto aquí!... Por eso le supliqué hoy, cuando nos separamos, que no me abandonase...

Y al decir esto tomó una mano de Watson, contemplándole al mismo tiempo con ojos acariciadores.

El joven se sintió halagado en su vanidad masculina por esta mirada, pero surgió en su memoria inmediatamente el recuerdo de lo ocurrido aquella tarde.

—¿Por qué han reñido esos dos hombres?... ¿Fue por usted?...

Quedó ella indecisa; y al fin, entornando los ojos, contestó con cierto abandono:

—Tal vez; pero yo los desprecio a los dos. Para mí solo existe usted, Ricardo.

Puso sus manos en los hombros de él, y al hacer esto, pareció estirarse con felina ondulación, aproximando su rostro.

—Sospecho —murmuró— que vamos a ir tal vez más allá de los límites de una simpatía amistosa. ¡Me interesa usted tanto!...

Excitados por la soledad, sentían ambos en su interior la audacia de un deseo vehemente. Iban a correr en breves minutos un camino que a él, en su inexperiencia, le había parecido siempre que exigiría larguísimas jornadas. Elena pensó en la amazona juvenil que había querido golpearla. Su vanidad ultrajada y el deseo de vengarse le hicieron adoptar mentalmente cínicas resoluciones, celebrándolas con una risa oculta que pareció reflejarse en sus ojos.

«Ya que eres celosa —pensaba—, debes serlo con motivo. Yo te devolveré el latigazo.»

Además, al recordar cómo aquellos dos hombres se habían golpeado en su presencia, sin que esto le causase profunda emoción, creyó, con un ilogismo propio de su cerebro desordenado, que el medio más seguro para restablecer la paz entre ambos era que ella se entregase a un tercero, más digno de su interés.

Watson, por su parte, consideraba a esta mujer más hermosa y apetecible después que dos hombres habían intentado matarse a causa de ella. Una sensación de orgullo varonil, de vanidad sexual, se mezclaba con las emociones que iban despertando en su interior las palabras de la Torrebianca y el contacto de su cuerpo.

Al descansar ella las manos sobre sus hombros, había acabado por juntarlas, y poco a poco el joven se sintió aprisionado por unos brazos adorables. Algo se reanimó en su pensamiento, como una llama moribunda que resucita. Creyó ver el rostro noble y triste de su compañero Torrebianca, e inmediatamente quiso hacer un movimiento negativo y echarse atrás, repeliendo a Elena... No podía traicionar a un camarada. Era innoble proceder así, estando bajo el mismo techo que el otro y separado de él solamente por unos tabiques. Luego se vio a sí mismo y vio a Celinda, cuando marchaban los dos alegremente por el campo. Quiso mover otra vez su cabeza negativamente y parpadeó con una expresión angustiosa, pretendiendo defenderse y teniendo al mismo tiempo la certidumbre de que le sería imposible.

«¡Pobrecita Flor de Río Negro!», pensó.

Los brazos que rodeaban su cuello le oprimieron dulcemente y tiraron de su cabeza, inclinándola poco a poco hacia el rostro femenil que avanzaba unos labios ávidos y audaces. Las dos bocas acabaron por unirse, y Ricardo pensó que ese beso iba a ser interminable.

Experimentaba la sorpresa del que al entrar en un palacio maravilloso ve francas las puertas de un segundo salón todavía más admirable, y luego penetra en un tercero que le parece superior, perdiéndose en lontananza la sucesión de habitaciones deslumbradoras abiertas ante él. Cuando se imaginaba haber poseído por entero aquella boca, los labios se entreabrían con un bostezo de fiera, dejándole avanzar para revelarle inéditos contactos de estremecedora voluptuosidad. Creía ya agotadas todas las sensaciones ocultas entre aquellas dos valvas carnosas, suaves y húmedas, y nuevos escalofríos de placer bajaban verticalmente por el dorso de su cuerpo.

Pensó confusamente, en aquel momento, lo mismo que todos los personajes simples de la Presa que corrían enloquecidos detrás de la Torrebianca: «Esta es la verdadera mujer. Solo merecen admiración las hembras que han conocido la vida elegante».

Vagaron las manos de él sobre los relieves del cuerpo adorable, intentando libertarlos del encierro de las ropas...

De pronto se repelieron los dos con el empellón de la sorpresa, procurando al mismo tiempo reparar el desorden externo de sus personas. Al otro lado de la puerta, Sebastiana golpeaba la madera con los nudillos, pidiendo licencia para entrar. La mestiza era demasiado bien criada para abrir una puerta sin permiso; pero antes de solicitarlo, creía oportuno siempre mirar un poco por el ojo de la cerradura. Cuando asomó al fin la cabeza entre las dos hojas de madera, dijo bajando sus ojos maliciosos:

—Mi antiguo patrón don Pirovani quiere ver a la señora. Parece que trae prisa.

Ricardo se levantó para irse y Elena le rogó que se quedase, prometiendo despedir en un momento al intruso. Pero el joven se había serenado, dándose cuenta del peligro que acababa de correr, y quiso aprovechar esta ocasión para marcharse, antes de quedar otra vez a solas con ella. Casi tropezó en la puerta con el contratista, que entraba saludando desde lejos a la «señora marquesa». Estrechó su mano y desapareció inmediatamente.

Elena no quiso ocultar la cólera que le había producido esta visita inoportuna, y recibió al italiano con visible mal humor.

Se mantuvo de pie para hacerle comprender que su entrevista debía ser corta; pero el otro, distraído por sus preocupaciones, pidió permiso para sentarse, y antes de que ella respondiese ocupó un sillón. La Torrebianca se limitó a apoyar su cuerpo en el borde de una mesa.

—Mi marido está algo enfermo —dijo—, y necesito atenderle... No es cosa de cuidado: la emoción por una desgracia de familia. Pero hablemos de usted: ¿qué le trae aquí a estas horas?...

Tardó Pirovani en contestar, para que de este modo sus palabras resultasen más solemnes.

—El señor de Canterac cree que debamos batirnos a muerte después de lo de esta tarde.

Ella, que solo pensaba en Watson y estaba nerviosa por la presencia del hombre que lo había ahuyentado, hizo un leve gesto revelador de que la noticia no le interesaba. Luego procuró disimular su indiferencia, diciendo:

—No encuentro extraordinaria la proposición. Si yo fuese hombre, haría lo mismo que él.

Pirovani, que vacilaba hasta poco antes por creer disparatado el reto de Canterac, se levantó de su sillón con aire resuelto.

—Entonces —dijo—, si a usted le parece bien, no hay más que hablar. Me batiré con el francés y me batiré si es preciso con medio mundo, para que usted se convenza de que soy digno de su estimación.

Al hablar así había tomado una mano de Elena, pero esta mano le pareció tan blanda y muerta, que tuvo que soltarla, descorazonado. Ella hizo un gesto de cansancio mirando hacia el interior de la casa, donde estaba su marido. Este gesto indicó a Pirovani que debía marcharse, y el contratista se apresuró a obedecerla; pero mientras se dirigía hacia la puerta todavía la atormentó con palabras y gestos de enamorado que desea inspirar admiración por su heroísmo.

Cuando Elena se vio sola, llamó a gritos a Sebastiana. La mestiza tardó en presentarse. Había tenido que ir hasta la puerta de la calle, acompañando a su antiguo patrón.

—Vea si puede alcanzar al señor Watson —ordenó Elena apresuradamente—. No debe estar lejos; dígale que vuelva.

La mestiza sonrió, bajando sus ojos para decir con fingida simplicidad:

—No es fácil alcanzarlo. Salió disparado, como si huyese del demonio.

Al abandonar su antigua casa, se dirigió Pirovani a la de Robledo. Éste leía un libro apoyándolo en la lámpara de petróleo que ocupaba el centro de su mesa. Al ver entrar al contratista, le saludó con gestos y exclamaciones de reproche.

—Pero ¿qué ha sido eso?... Un hombre de su edad y de su carácter... ¡Ni que fuese usted un muchacho de quince años que se pelea por la novia!...

El italiano repelió con altivo ademán esta admonición, juzgándola tardía, y dijo solemnemente, como si le enorgulleciesen sus propias palabras:

—Me bato a muerte con el capitán Canterac, y vengo a buscarle para que usted y Moreno sean mis padrinos.

Prorrumpió Robledo en exclamaciones de escándalo, al mismo tiempo que levantaba las manos para hacer más patente su protesta.

—¿Usted cree que yo voy a mezclarme en sus disparates y a parecer tan falto de juicio como usted o como el otro?...

Y siguió hablando contra la absurda petición de Pirovani, pero éste movía la cabeza con tenacidad haciendo signos negativos. Estaba resuelto a todo después de haber oído a Elena.

—Yo soy un hombre de origen humilde —dijo—, un hombre que solo conoce el trabajo, y necesito demostrar que no le tengo miedo a ese señor acostumbrado al manejo de las armas.

Robledo se encogió de hombros al oír unas palabras que consideraba absurdas. Al fin se cansó de protestar en vano.

—Veo que es inútil querer infundirle un poco de sentido común... Bueno; accedo a representarle, pero con la condición de que será para arreglar el asunto lógicamente, evitando el duelo.

El contratista tomó una actitud caballeresca, como si acabase de recibir una ofensa.

—No; el duelo lo quiero a muerte. Yo no soy un cobarde ni he venido en busca de arreglos.

Luego expresó lo que verdaderamente pensaba.

—Aunque no he recibido una educación brillante, sé lo que hay que hacer en casos como el presente. Conozco, además, la opinión de personas muy altamente colocadas. Debo batirme, y me batiré.

Dijo esto con tal sinceridad, que Robledo pensó en Elena al oírle mencionar las «altas personas» que le habían aconsejado. Le miró con lástima, manifestando a continuación, de un modo brusco, que se negaba a apadrinarle.

Convencido Pirovani de que nada conseguiría, se despidió de él, dirigiéndose a la casa de Moreno.

Al día siguiente, en las primeras horas de la mañana, don Carlos Rojas recibió una visita. Estaba en la puerta del edificio principal de su estancia, cuando vio llegar a un jinete vestido como es de uso en las ciudades y sobre un caballejo que le hizo sonreír. Era el oficinista.

—¿Adónde va montado en ese mancarrón?... Eche pie a tierra. ¿No le parece que tomemos un mate, amigazo?...

Entraron los dos en aquella pieza que servía de salón y despacho a don Carlos, y mientras una criadita preparaba el mate, vio el oficinista por una puerta entreabierta a la hija de Rojas sentada en una butaca de mimbres, con aire pensativo y triste. Llevaba traje femenil, y al abandonar las ropas masculinas parecía haber perdido su audacia alegre de muchacho revoltoso.

La saludó Moreno desde el otro lado de la puerta, y ella contestó a su saludo melancólicamente.

—Ahí la tiene usted —dijo el padre—; parece otra. Cualquiera creería que está enferma. Son cosas de los pocos años.

Sonrió Celinda con indolencia, haciendo un signo negativo al oír la suposición de su enfermedad. Después abandonó aquella habitación, demasiado inmediata al despacho, para que los dos hombres pudieran hablar libremente.

Cuando hubieron tomado el primer mate, Rojas ofició un cigarro a Moreno para que «pitase», y encendiendo el suyo se preparó a escuchar.

—¿Qué le trae por estos pagos, tinterillo?... Porque usted no es hombre de a caballo, y cuando echa una galopada debe ser por algo.

El oficinista, al que apodaba «tinterillo» el estanciero, siguió fumando con la calma de un oriental que considera conveniente excitar la curiosidad de su interlocutor antes de emprender la conversación.

—Usted, don Carlos —dijo al fin—, fue en su juventud hombre de armas. Me han contado que cuando vivía en Buenos Aires tuvo varios duelos por asuntos de hembras.

Miró Rojas a un lado y a otro, por si la niña andaba cerca y podía oírle. Luego sonrió con la vanidad que sienten los hombres entrados en años al recordar las audacias y desafueros de su juventud, y dijo con una falsa modestia:

—¡Bah! ¡Quién se acuerda de eso! Muchachadas, ché; cosas que se usaban entonces.

Creyó necesario Moreno hacer una larga pausa, y añadió:

—El ingeniero Canterac y el contratista Pirovani se batirán mañana en duelo... Pero el duelo es a muerte.

Don Carlos mostró sinceramente su extrañeza.

—¿Pero aún están de moda esas cosas?... ¡Y aquí! ¡en pleno desierto!

Moreno hizo gestos afirmativos y quedó silencioso. Calló también el estanciero, mirándolo interrogativamente. ¿Y qué tenía que ver él con todo esto?... ¿Acaso había hecho el viaje por el simple placer de darle tal noticia?...

—Canterac —dijo el oficinista— tiene por padrinos al marqués de Torrebianca y al gringo Watson. Como los dos son ingenieros, no pueden negar un servicio tan importante a un camarada.

A Rojas le pareció esto muy natural. Pero ¿qué podía importarle a él que los padrinos fuesen unos o fuesen otros?

—Pirovani solo cuenta conmigo —siguió diciendo Moreno—, y yo vengo a buscarle, don Carlos, para que me saque del apuro como hombre de armas, y sea también padrino del italiano.

Protestó el estanciero con vehemencia.

—¡Déjese de macanas, ché!... ¿Por qué voy a mezclarme en esos entreveros de las gentes del campamento, cuando todos son amigos míos? Además, ya estoy viejo para meterme en tales cosas y no quiero hacer un papelón.

Insistió Moreno, y durante algunos minutos discutieron los dos hombres. Al fin don Carlos pareció ablandarse seducido por el misterio que creía entrever en este duelo inesperado. Valiéndose de su condición de padrino, tal vez averiguaría cosas muy graciosas e interesantes.

—Bueno, ché; será como usted quiere. ¡Qué no me hará hacer este tinterillo!

Luego sonrió picarescamente, golpeando al oficinista en una pierna, al mismo tiempo que le preguntaba bajando la voz:

—¿Y por qué quieren matarse? ¿Cuestión de mujeres?... De seguro que anda de por medio esa marquesa que a toditos los trae locos.

Tomó Moreno una actitud misteriosa, al mismo tiempo que se llevaba un dedo a los labios para imponerle silencio.

—Prudencia, don Carlos. Piense que el marqués tratará con nosotros como padrino, y por ser experto en esto de los duelos tal vez dirija el combate.

El estanciero empezó a reír, dando nuevos golpes en las piernas de su amigo. Fue tal su risa, que en ciertos momentos se llevó una mano a la garganta como si temiera ahogarse.

—Pero ¡qué lindo, ché!... Y es el marido el que va a dirigir el desafío... Y los otros dos se pelean por su mujer... Pero ¡qué gringos tan sabrosos! Me gustará ver eso... ¡Cosa bárbara!

Luego añadió, serenándose:

—Sí que acepto el ser padrino. Eso vale más que una comedia en Buenos Aires o una de esas historias del biógrafo que traen loca a mi niña.

A media tarde, luego de haber almorzado en la estancia de Rojas, volvió Moreno a la Presa y echó pie a tierra frente a la antigua casa de Pirovani.

Torrebianca se paseaba por la habitación que le servía de despacho. Iba vestido de luto y su aspecto era aún más triste y desalentado que en los días anteriores. Al pasearse se detenía algunas veces junto a su mesa, donde estaba abierta una caja de pistolas. Había pasado una parte de la tarde limpiando estas armas o contemplándolas pensativo, como si su vista evocase lejanos recuerdos. Cuando olvidaba las pistolas miraba una fotografía puesta sobre la misma mesa y que era la de su madre. Esta contemplación humedecía sus ojos.

Moreno, después de saludarle, se apresuró a decir que ya había encontrado compañero y venía autorizado plenamente por él para la discusión de los preparativos del combate. El marqués aprobó con un saludo ceremonioso y luego le fue mostrando sus pistolas.

—Las traje de Europa, y han servido varias veces en lances tan graves como el nuestro. Examínelas bien; no tenemos otras, y deben ser aceptadas por las dos partes.

El oficinista manifestó que tenía por inútil este examen, aceptando todo lo que hiciese el otro.

Siguió hablando el marqués con una dignidad caballeresca que impresionaba a Moreno.

«Este pobre señor —pensó— no conoce su verdadera situación. Y es un hombre bueno y pundonoroso: un caballero que ignora los actos de su mujer y el triste papel que va a representar.»

Mientras el argentino le miraba con simpática conmiseración, Torrebianca siguió hablando.

—Como ninguno de los dos quiere dar explicaciones, y las injurias son de indiscutible gravedad, el duelo lo concertaremos a muerte. ¿No opina usted así, señor?...

El oficinista, que se había puesto muy serio al darse cuenta de la importancia de esta conversación, aprobó silenciosamente con movimientos de cabeza.

—Mi representado —continuó el marqués— no se contenta con menos de tres tiros a veinte pasos, pudiendo apuntar durante cinco segundos.

Parpadeó Moreno para expresar el asombro que le producían tales condiciones, y quiso negarse a admitirlas; pero se acordó de una segunda conversación que había tenido con Pirovani aquella mañana, antes de ir a la estancia de Rojas.

Parecía transfigurado el italiano por un entusiasmo belicoso. Celebraba esta ocasión que le iba a permitir mostrarse ante la «señora marquesa» en la misma actitud de un héroe de novela.

«Acepto todas las condiciones —había dicho a Moreno— por terribles que sean. Quiero hacer ver que, aunque empecé como un simple trabajador, soy más valiente y más caballero que ese capitán.»

Acabó el oficinista por mover otra vez su cabeza afirmativamente.

—Esta noche —continuó el marqués— nos reuniremos los cuatro padrinos en casa de Watson para fijar por escrito las condiciones, y mañana a primera hora será el encuentro.

Manifestó el representante de Pirovani que don Carlos Rojas no podría asistir a tal reunión, por haber ido a Fuerte Sarmiento en busca de un médico que presenciase el duelo; pero él suscribiría todos los documentos necesarios en nombre de su amigo. Y los dos padrinos dieron por terminada su entrevista.

Al salir Moreno de la casa vio al comisario de policía junto a la escalinata, como si estuviera esperándole. Don Roque se expresó con indignación.

—Ustedes se figuran que pueden hacer lo que quieran, como si en esta tierra no hubiese autoridad, ni ley, ni nada, y aún mandasen en ella los indios. Yo soy el comisario de policía, ¿sabe, ché? y mi obligación es impedir que los demás hagan locuras. Dígame cuándo será eso del duelo... Necesito saberlo.

Moreno se resistió a hacer tal revelación, y el comisario, en vista de su rebeldía, fue dulcificando el tono de su voz.

—Dígamelo y no sea cachafaz. Piensen todos ustedes que no está bien que ocurran aquí tales cosas hallándome yo presente. Dígame cuándo será eso... para marcharme antes.

Le habló al oído el padrino, y él estrechó su mano agradeciendo la confidencia. Luego fue en busca de su caballo, que estaba cerca, y al poner el pie en el estribo, dijo en voz baja:

—Voy a pasar la noche en Fuerte Sarmiento, y no volveré hasta mañana por la tarde... Hagan lo que quieran. Yo lo ignoro todo.

XIV

Empezaban a retirarse los parroquianos más trasnochadores del boliche, cuando llegó Robledo ante la casa ocupada por Elena.

Subió con pasos quedos la escalinata, llamando discretamente a la puerta después de unos instantes de vacilación. La puerta se abrió al poco rato, asomando a ella Sebastiana, sorprendida por este llamamiento cuando iba a acostarse.

Llevaba la dura cabellera dividida en numerosas trenzas, cada una con un lacito en la punta, y procuraba taparse con la enorme redondez de sus brazos una parte del pecho cobrizo, no menos exuberante, puesto al descubierto por el desabrochado corpiño. Sus ojos iracundos y anunciadores del chaparrón de malas palabras con que pensaba acoger al importuno se dulcificaron viendo a Robledo, y antes de que éste hablase, dijo ella con amabilidad:

—La patrona está en su dormitorio y el marqués ha salido con su maldita caja de pistolas. Yo creía que estaba donde usted... Entre, don Robledo; voy a avisar a la señora.

El ingeniero sabía bien que Torrebianca estaba en su casa con los otros padrinos; pero necesitaba hablar a Elena urgentemente. A pesar de su deseo, retrocedió al ver que Sebastiana le abría toda la puerta invitándole a pasar adelante. Tuvo miedo de encontrarse a solas con la marquesa en el salón. Su entrevista debía ser breve. Además, podía llegar el marido y le sería difícil explicar su presencia allí, cuando momentos antes había hablado con él en su propia vivienda.

—Es poca cosa lo que quiero decir a tu patrona... Será mejor que se asome a la ventana de su dormitorio.

Cerró la mestiza la puerta, y Robledo avanzó por la galería exterior, pasando ante diversas ventanas. Al poco rato se abrió una de éstas y apareció en ella la marquesa con la cabellera suelta y una bata colocada negligentemente sobre sus hombros, dejando al descubierto gran parte de sus brazos y de su pecho.

Se había vestido precipitadamente, parecía asustada, y antes de que Robledo la saludase, preguntó con ansiedad:

—¿Le ha ocurrido alguna desgracia a Watson?... ¿Por qué viene usted a estas horas?...

Sonrió Robledo irónicamente antes de contestar.

—Watson está bien; y si vengo a tales horas, es para hablarle de otro.

Luego la miró con severidad, añadiendo lentamente:

—Al salir el Sol, dos hombres van a matarse. Esto es un horrible disparate que me quita el sueño, y he venido a decirle: «Elena, evite usted tal desgracia».

Convencida ya de que no se trataba de Watson, respondió con mal humor:

—¿Qué quiere usted que haga? Pueden batirse, si es su gusto... Para eso nacieron hombres.

Acogió Robledo con un gesto de asombro estas palabras crueles.

—Aunque soy mujer —continuó ella—, no me asustan esos combates. Federico se batió una vez por mí, cuando estábamos recién casados. Allá en mi país, varios hombres expusieron su vida por serme agradables, y jamás intervine para evitarlo.

Hizo una mueca de desprecio y añadió:

—¿Pretende usted que vaya a rogar a esos dos señores que no arriesguen sus preciosas vidas, para que después cada uno de ellos me exija algo a cambio de su obediencia?... Además, si intervengo en ese asunto, los dos van a creer, cada uno por su parte, que me inspiran gran interés, y ninguno de los dos me importa nada... Si se tratase de otro hombre, tal vez accedería a su ruego.

El español hizo un movimiento de cabeza al oír la palabra «otro», y vio por un instante la imagen de su asociado. Elena le miraba ahora con ojos compasivos.

—Duerma tranquilo, Robledo, como yo voy a dormir. Deje que esos dos vanidosos anuncien que se van a matar. Verá como no ocurre nada grave.

Intentó retirarse de la ventana por miedo a los «jejenes» y otros insectos sanguinarios que, atraídos por las apetitosas carnes, empezaron a zumbar en torno a sus hombros, obligándola a repelerlos con incesantes manotazos mientras hablaba.

—Si ve a Watson, dígale que le he estado esperando todo el día. Con esto del duelo es imposible hablarle... Hasta mañana, y pase usted una noche tranquila.

Cerró la ventana, fingiendo un miedo pueril a los mosquitos, y Robledo tuvo que retirarse desalentado.

A la misma hora el ingeniero Canterac escribía en su mesa de trabajo, terminando una larga carta con estas palabras:

«...y tal es mi última voluntad, que espero cumpliréis. ¡Adiós, esposa mía! ¡Adiós, hijos míos! Perdonadme.»

Dobló el pliego para meterlo en un sobre, y luego puso éste en el bolsillo interior de una levita colgada cerca de él.

«Si caigo mañana —pensó—, encontrarán esta carta sobre mi pecho. Encargaré a Watson, antes del duelo, que en caso de muerte la envíe a mi familia.»

Una hora después su adversario entraba en la casa de Moreno. El oficinista había vuelto, momentos antes, de su reunión con los padrinos de Canterac. Pirovani le habló lentamente, esforzándose por ocultar su emoción.

Acababa de dejar sobre la mesa de Moreno dos cartas, una de ellas muy abultada, con el sobre abierto, mostrando su interior repleto de papeles. Había estado escribiendo una parte de la noche en su alojamiento, para condensar en estas dos cartas todos sus asuntos. Señaló la más delgada y dijo:

—Ésta es para mi hija. Se la enviará usted, si es que muero.

El argentino quiso reír, como si dudase de la posibilidad de su muerte, acogiendo tales palabras con gestos alegres... Pero desistió de su fingido regocijo al ver que el contratista continuaba hablando con voz grave.

—En el sobre más abultado encontrará usted una autorización en regla para que pueda cobrar sin dificultades lo que me debe el gobierno, así como las sumas que tengo depositadas en los Bancos. A un hombre hábil como lo es usted, le será fácil enterarse, después de examinar estos papeles, del estado de mis negocios y del medio mejor de liquidarlos. También dejo un testamento en el que le nombro tutor de mi hija. Usted es el único que me inspira confianza. Aunque alguna vez se ha inclinado más del lado de mi adversario que del mío, eso no importa. Sé que es usted un joven «honesto», y le confío mi hija y mi fortuna: todo lo que poseo en la tierra.

Moreno se conmovió de tal modo por esta muestra de confianza, que hubo de llevarse una mano a los ojos. Luego se levantó para oprimir fuertemente la diestra del italiano y con palabras entrecortadas fue expresando su voluntad de cumplir fielmente todo lo que le encargase. Juraba dedicarse al cuidado de la hija y la fortuna de su amigo si éste moría al día siguiente.

—Pero usted no morirá —añadió golpeándose el pecho—. Me lo dice el corazón.

Poco después de salir el Sol, varios hombres fueron reuniéndose en una pradera de hierba rala vecina al río. Tenía por límite unos sauces viejos y con las raíces medio descubiertas, que se inclinaban moribundos sobre la corriente, como si de un momento a otro fueran a dejarse caer en ella.

El lugar era triste. Como la luz se extendía a esta hora horizontalmente, casi al ras del suelo, las sombras de las personas y los árboles se prolongaban con un estiramiento irreal.

Primeramente llegó Pirovani escoltado por Moreno y don Carlos, todos vestidos de negro, pero el contratista se distinguía de sus acompañantes por una levita nueva y solemne. La había recibido de Buenos Aires la semana anterior, a gusto de un sastre famoso, a quien encargó un vestuario completo igual a los que poseyesen los millonarios más elegantes de la ciudad.

Detrás de este grupo avanzó un viejo alto, enjuto de carnes, con la nariz violácea y granujienta de los alcohólicos y una caja de cirugía bajo el brazo. Era el médico que Rojas había ido a buscar la noche anterior en el pueblo más próximo.

Pasados unos minutos llegaron a la pradera Canterac, Torrebianca y Watson. El capitán y el marqués vestían largas levitas, menos flamantes que la de Pirovani, y corbatas negras: lo mismo que si asistiesen a un entierro. Watson llevaba simplemente un traje oscuro.

Luego de saludar Canterac ceremoniosamente desde lejos a su adversario y a los padrinos de éste, empezó a pasearse por la orilla del río. Fingía divertirse siguiendo con sus ojos el revuelo de los pájaros matinales o arrojando piedras a la corriente. El contratista, que deseaba no ser menos que él, imitándole en todo, se paseó también junto a los sauces, mirando al río. Y así continuaron ambos, yendo y viniendo cada uno por la parte de la orilla que se había asignado, como si fuesen dos autómatas.

Torrebianca, al que todos cedían el primer lugar por su experiencia en estos lances, empezó a disponer los preparativos del combate. Pidió a Watson dos bastones que éste llevaba a prevención, y clavó uno en el suelo. Luego miró hacia el Sol con una mano sobre los ojos, para darse cuenta exacta de qué lado venía la luz, y empezó a marchar, contando sus pasos.

—Veinte —dijo clavando en el suelo el segundo bastón.

Al reunirse otra vez con los padrinos sacó una moneda, y luego de escuchar a Moreno la arrojó en alto. Cuando cayó la pieza, el oficinista dijo a Rojas:

—Hemos ganado, don Carlos, y podemos elegir el sitio.

El marqués, que había traído bajo un brazo su célebre caja de pistolas, la dejó abierta sobre la hierba. Cargó las dos armas con minuciosa lentitud, sacando a luz de nuevo la misma moneda para que el azar decidiese por segunda vez. Al caer la rodaja de metal, se inclinó el oficinista para verla y dijo al estanciero:

—La suerte está con nosotros. También podemos tomar la pistola que más nos guste.

Después los padrinos de Pirovani fueron en busca de éste para colocarlo junto a uno de los bastones escogido por ellos. El marqués y Watson condujeron a su apadrinado al lugar que marcaba el segundo bastón.

Mientras tanto, el médico procedía con cierto azoramiento a sus preparativos. Era la primera vez que presenciaba un duelo. Había abierto su caja de cirugía, y con una rodilla en tierra empezó a desenvolver vendajes, abrir frascos y examinar el buen funcionamiento de sus aparatos.

Quedaron frente a frente los adversarios. Canterac estaba rígido, con rostro grave pero inexpresivo, lo mismo que un soldado que espera la voz de mando. Pirovani tenía los ojos ardientes, miraba con agresividad, parecía furioso. Cuando se acercó Moreno con una pistola para entregársela, le dijo en voz baja:

—Va usted a ver como lo mato. Me lo avisa el corazón.

Pero olvidó su optimismo homicida, para añadir con cierta angustia:

—Lo que yo deseo es que me expliquen bien el tiempo de que puedo disponer para apuntar. No quiero equivocarme, y que me tomen luego por un ordinario, incapaz de comprender estas cosas.

Conservaron sus pistolas los dos enemigos, con el cañón en alto. Moreno se cuidó de abrochar los botones de la levita de Pirovani que estaban sueltos. Luego le subió el cuello, para que no se viese el blanco de su camisa. Torrebianca examinó por su parte a Canterac. Estaba correctamente abrochado como un militar, pero su padrino le subió también el cuello de la levita. Los dos, antes de tomar su arma, se habían quitado el sombrero, entregándolo a uno de los padrinos.

Colocándose el marqués entre ambos, sacó un papel y empezó a leerlo con grave lentitud.

«...Segundo. El director del combate dará tres palmadas, y los combatientes podrán apuntar y hacer fuego a voluntad entre la primera y la tercera palmada.

»Tercero. Si alguno de los dos hace fuego después de la tercera palmada, será declarado felón y descalificado inmediatamente.»

Pirovani, con la pistola en alto, avanzaba la cabeza y entornaba los ojos para oír mejor, acogiendo con movimientos afirmativos cada palabra de Torrebianca. Canterac permanecía impasible, como un hombre que está escuchando algo que conoce sobradamente.

Siguió leyendo el marqués, y al fin guardó su papel, para hablar a los adversarios.

—Mi deber es dirigir a todos un llamamiento en pro de la concordia. ¿Es posible todavía una explicación entre caballeros?... ¿Quiere alguno de los dos presentar sus excusas al otro?...

Movió Pirovani con violencia su cabeza, haciendo signos negativos. El ingeniero permaneció inmóvil, sin que se alterase una línea de su rostro sombrío.

El marqués volvió a hablar, quitándose su sombrero con triste cortesía.

—Entonces, que empiece el lance y cada uno cumpla como caballero.

Retrocedió unos pasos, pero de espaldas, sin perder de vista a los combatientes. Luego levantó una mano, preguntando si estaban listos. Pirovani hizo un movimiento afirmativo. Su adversario continuaba mudo o inmóvil.

Separó el marqués sus manos para dar la primera palmada. Todo esto lo hizo con una lentitud que daba a sus movimientos cierta solemnidad trágica.

Los otros padrinos, colocados a alguna distancia de él, miraban con una emoción mal disimulada. El médico, que seguía arrodillado junto a su caja, levantó la cabeza con los ojos muy abiertos.

Torrebianca fue aproximando las manos y dijo lentamente:

—¡Fuego!... Una...

Los dos bajaron a un tiempo sus pistolas.

Pirovani, que solo tenía en aquel momento la preocupación de no hacer fuego después de la tercera palmada, se apresuró a tirar. Su enemigo guiñó ligeramente un ojo y contrajo levemente la mejilla del mismo lado, como si hubiese sentido el roce del proyectil. Pero recobró inmediatamente su impasible fosquedad y siguió apuntando.

Volvió el marqués a dar una palmada, diciendo lentamente: «Dos».

Al ver Pirovani que no había herido a su adversario y quedaba desarmado ante él, pasó por su rostro, como una nube veloz, la emoción del miedo; pero fue por un momento nada más. Luego, mirando a Canterac que le seguía apuntando, cruzó sus brazos, apoyó en el pecho la pistola inútil y presentó de frente todo su cuerpo, con loca jactancia, cual si desafiase a la muerte.

Moreno se agarró a un hombro de Rojas, obligado por su ansiedad a buscar un apoyo. El estanciero apretaba los labios.

—¡Pucha!... Lo va a matar —dijo entre dientes.

Dio otra palmada el director del combate. «Tres.» Un momento antes Canterac había hecho fuego.

Todos corrieron en una misma dirección, menos el capitán, que permaneció inmóvil, con el brazo caído y la pistola todavía humeante en su diestra.

El contratista estaba de bruces en el suelo como una masa inerte. Los que corrían hacia él vieron en primer término la cúspide de su cabeza, y saliendo de ella un hilo de sangre que serpenteaba entre la hierba. Inmediatamente esta cabeza quedó invisible, pues todos se agolparon en torno al cuerpo caído, inclinándose para escuchar al médico, que lo examinaba con una rodilla en tierra.

Momentos después alzó éste su rostro para decir con balbuceos de emoción:

—Nada queda que hacer... ¡Muerto!

Viendo que Canterac se aproximaba al grupo para saber lo ocurrido, Torrebianca salió a su encuentro, cerrándole el paso. El gesto triste del marqués, antes que sus palabras, revelaron al ingeniero la verdad.

Su padrino juzgó necesario llevárselo de allí, y le dijo imperiosamente que le siguiese. Al otro lado de las dunas aguardaba un carruaje, el mismo que había llevado a Elena la tarde de la fiesta.

Cuando este vehículo los dejó frente a la antigua casa del muerto, los dos quedaron con los pies vacilantes. Torrebianca no podía invitar a Canterac a que entrase en un edificio que era de Pirovani. El otro tampoco osaba dar un paso.

Estaban los dos inmóviles, sin saber qué decirse, cuando apareció Robledo. Debía estar rondando desde mucho antes por las inmediaciones de la casa para adquirir noticias. Al reconocer a Canterac le miró con una expresión interrogante.

—¿Y el otro?...

Inclinó la cabeza Canterac y el marqués hizo un gesto doloroso que reveló a Robledo todo lo ocurrido.

Permanecieron los tres en silencio. Luego el francés dijo en voz baja:

—Mi carrera perdida; mi familia abandonada... ¡Y lo más horrible es que no siento odio alguno al pensar en ese infeliz!... ¿Qué será de mí?

Robledo era el único de los tres capaz de una resolución enérgica en aquel momento.

—Lo primero es huir, Canterac. Este asunto hará mucho ruido, y no puede taparse como una riña de boliche. Pase los Andes cuanto antes; al otro lado está Chile, y allí puede usted esperar... En el mundo todo se arregla, bien o mal; pero todo se arregla.

El francés habló con desaliento. No tenía dinero; lo había gastado todo en aquella fiesta, que ahora le parecía un disparate. ¿Cómo vivir en Chile, donde no conocía a nadie?...

Le tomó un brazo el español para tirar de él afectuosamente, llevándoselo de allí.

—Lo primero es huir —dijo otra vez—. Yo le daré los medios de hacerlo. Vámonos.

Canterac se resistía a obedecerle, mirando al mismo tiempo a Torrebianca.

—Quisiera antes de irme —murmuró— decir adiós a la marquesa.

Fue tan suplicante el tono con que hizo esta petición, que provocó en Robledo una sonrisa de lástima. Luego le fue empujando con una superioridad paternal.

—No perdamos tiempo —dijo—. Preocúpese de usted nada más. La marquesa tiene otras cosas en que pensar.

Y se lo llevó a su casa.

Durante todo el día el suceso mantuvo en continuo bullicio a los habitantes del pueblo. Muchos lo aprovecharon como un motivo para abandonar el trabajo. En la calle central se formaron numerosos grupos de hombres y mujeres, hablando acaloradamente, al mismo tiempo que miraban con hostilidad la casa que había sido de Pirovani. Los nombres de Torrebianca y su mujer sonaban tanto como los de los adversarios que se habían batido.

Entre las gentes del pueblo pasaron algunos gauchos amigos de Manos Duras, como si el reciente suceso hubiese extinguido completamente la hostilidad que existía entre ellos y los habitantes de la Presa.

A media tarde atravesó la calle central el mismo Manos Duras, mirando con interés hacia la casa. Algunas mestizas le hablaron, manifestando su indignación contra aquella señorona que perturbaba a los hombres. Pero el famoso gaucho encogió sus hombros, sonriendo despectivamente, y siguió adelante.

En el boliche le esperaban tres amigos suyos que vivían la mayor parte del año al pie de los Andes y habían venido a pasar unos días en su rancho. Don Roque, en otras circunstancias, se hubiese alarmado al conocer esta visita. Tal vez preparaban algún robo importante de «hacienda» para llevar las reses al otro lado de la Cordillera y venderlas en Chile. Pero ahora los personajes importantes de la Presa daban más que hacer al comisario que los gauchos dedicados al abigeato.

Al entrar Manos Duras en el «Almacén del Gallego», vio que el público era más numeroso que las otras tardes de trabajo, hablándose en todos los corros de la muerte del contratista. Mientras bebía de pie junto al mostrador, fue oyendo los comentarios de los parroquianos.

—Esa hembra —gritaba uno— es la que ha tenido la culpa de todo. ¡Qué mala p...!

Manos Duras se acordó de la tarde en que había visto a la marquesa por primera vez. Este recuerdo hizo que mirase con ojos agresivos al que acababa de hablar, lo mismo que si le hubiese dirigido una injuria.

—Dos hombres se han peleado a muerte por esa señora; ¿y qué?... Yo también estoy dispuesto a pelar mi facón y a matarme con el primero que la insulte. A ver si hay un guapo que quiera pisarme el poncho.

Esta invitación a «pisarle el poncho» era un reto a estilo gaucho para el combate; pero después de un corto silencio los parroquianos empezaron a hablar de otra cosa.

Se asomó Torrebianca, al atardecer, a una de las ventanas de su casa, mirando con extrañeza los grupos reunidos en la calle. Su número había aumentado. El comisario de policía, que acababa de regresar de Fuerte Sarmiento, iba entre ellos, hablando a unos y a otros para que se retirasen. Al ver al marqués en la ventana le saludó quitándose el sombrero.

Hombres y mujeres quedaron mirando al esposo de Elena fijamente, con una curiosidad hostil, pero nadie osó una demostración contra él.

Torrebianca no pudo ocultar su sorpresa ante la mirada inquietante de tantos ojos fijos en su persona. Luego se dio cuenta de una impopularidad que juzgaba inexplicable, y acabó cerrando las vidrieras con triste altivez.

Pasados algunos minutos abrió Sebastiana la puerta de la casa, apoyándose en una baranda de la galería exterior. Había sentido la atracción de aquella afluencia de grupos, en los que reconoció a muchas amigas antiguas. Pero al verla las mujeres que estaban en la calle, empezaron a gesticular y a insultarla a gritos.

Ella, irritada por tan incomprensible acogida, acabó por responder en el mismo tono; pero abrumada al fin por la superioridad numérica de sus adversarias y viendo además que muchos hombres las ayudaban con sus risas y palabrotas, tuvo que retirarse. Al reflexionar luego en la cocina, fue columbrando la verdad. Todas las mujeres del pueblo, sin exceptuar las que eran comadres suyas, irían contra ella porque estaba al servicio de la marquesa.

A la misma hora del anochecer entró Watson en el pueblo. Después del terrible suceso de la mañana había tenido que preocuparse del cadáver de

Pirovani, acompañando a los padrinos de éste y al médico. Primeramente lo guardaron en un rancho ruinoso cercano al río. Luego resolvieron trasladarlo a Fuerte Sarmiento, ya que debía ser enterrado finalmente en el cementerio de dicho pueblo. Así evitaban las manifestaciones que podían surgir en la Presa si el cadáver era llevado allá.

Regresaba Watson de Fuerte Sarmiento y había dejado a sus espaldas las primeras casas del pueblo, cuando se encontró con Canterac.

Éste iba también a caballo, con sombrero y poncho iguales a los que usaban los jinetes del país, y llevando además un saco de ropa y de víveres en el delantero de la silla.

Al reconocerlo, el joven se detuvo para estrechar su mano. Adivinó que no le vería más, pues su aspecto era el de un viajero que se dispone a cruzar la desierta llanura patagónica.

Canterac, respondiendo a su pregunta, señaló el horizonte, en el que empezaban a brillar las primeras estrellas por la parte de los Andes invisibles. Luego le manifestó su propósito de pasar la noche en una estancia cerca de Fuerte Sarmiento, para continuar la marcha apenas apuntase el día.

—Adiós, Watson —dijo—. Habría sido un bien para todos nosotros que esa mujer no viniese nunca a esta tierra. Ahora veo las cosas bajo una nueva luz; pero ¡ay! ya es tarde.

Por unos momentos miró con indecisión a Ricardo, pero al fin dijo resueltamente:

—Oiga el consejo de un desgraciado, y no se ofenda porque se lo doy sin que usted me lo pida... No se separe nunca de Robledo: es un alma noble. Gracias a su bondad puedo marcharme... Todo lo que va conmigo le pertenece... Desconfíe de los que le hablen mal de él...

Sus ojos tristes miraron intencionadamente al joven mientras decía las últimas palabras. Antes de alejarse aún se atrevió a darle un nuevo consejo:

—Y no olvide por ninguna otra mujer a esa señorita que llaman Flor de Río Negro.

Le apretó la diestra, hizo un signo de adiós, y bajando la cabeza espoleó a su caballo, perdiéndose en la noche, que empezaba a nacer.

XV

Marchó Watson hacia el pueblo, sintiendo en su interior la comezón de una conciencia que empieza a perder su tranquilidad.

Recordaba con remordimiento aquel breve diálogo en el parque improvisado, durante el cual habló duramente a Robledo. «¡Y por esa mujer —pensaba— que lleva los hombres a la muerte, he maltratado al mejor de mis amigos!»

Luego, el rostro triste y lloroso de Celinda sucedía en su imaginación a la cara bondadosa de Robledo.

«¡Pobre Flor de Río Negro! —siguió diciéndose—. Debo ir mañana a implorar su perdón, si es que se digna escucharme.»

Entró en la Presa ensimismado, dejándose llevar por el instinto de su cabalgadura; pero de pronto notó que ésta quería detenerse, y al levantar su cabeza se dio cuenta de que estaba ante la casa de la Torrebianca.

El comisario de policía, ayudado por dos de sus hombres, empujaba con suavidad al último grupo de curiosos, llevándoselo por delante entre paternales exhortaciones.

Se alejó don Roque, e iba Ricardo a continuar su marcha, cuando notó que en la casa se entreabría una ventana, asomando a ella una mano de mujer, que le hacía señas para que se acercase. Watson permaneció insensible al llamamiento y la ventana se abrió completamente, apareciendo Elena vestida de negro, como si guardase luto, pero llevando estas ropas fúnebres con cierta coquetería.

Tuvo Ricardo que aproximarse a la casa, y se quitó el sombrero para responder a sus afectuosos ademanes.

—¡Tanto tiempo sin verle!... Entre enseguida.

Él hizo con la cabeza un signo negativo, mirándola con severa expresión.

—¿No me pregunta por quién voy de luto? —continuó ella—. Ha muerto la madre de mi esposo, una señora que yo amaba muchísimo. Estoy muy triste... ¡Cómo necesito en estos momentos la conversación de un buen amigo!...

Pretendía dar a sus palabras un tono doloroso y al mismo tiempo le invitaba a subir con ademanes de seducción. Pero Ricardo insistió en sus signos negativos y dijo al fin:

—Vendré a visitarla cuando viva en otra casa y esté presente su esposo. Ahora no puedo.

Y se alejó sin volver el rostro, mientras ella iba pasando de la sorpresa a la cólera, cerrando finalmente su ventana con violencia.

Cuando Watson, después de la cena, intentó disculparse con Robledo, pidiendo que le perdonase su rudeza, el español le hizo callar.

—No hablemos del pasado; tan amigos como antes: lo nuestro resulta un incidente sin importancia. Lo verdaderamente terrible es lo del pobre Pirovani y la situación en que se ve Canterac... Comprendo la impresión que han producido en usted sus palabras. ¡Pobre hombre! Únicamente quiso aceptar de mí lo más preciso para su viaje a través de la Cordillera. Dice que en Chile esperará mis noticias. Pienso buscarle algunas recomendaciones entre mis amigos de Buenos Aires... ¡Qué catástrofe! ¡Y todo por una mujer!

Robledo quedó pensativo, para afirmar después optimistamente:

—Yo no la creo mala por completo. Es una hembra impulsiva, con las pasiones sin educar, que siembra el mal ignorándolo muchas veces, pues toda su atención la pone en ella misma, creyéndose el centro de lo existente. Si fuese rica tal vez sería buena; pero no conoce la modestia y es incapaz de aceptar el sacrificio. ¡Desea tantas cosas y tiene tan pocas!...

Sonrió melancólicamente e hizo una pausa, para continuar diciendo:

—Por suerte, no todas las mujeres son iguales. Ella misma me dijo un día que, en nuestra época, la hembra que piensa un poco se considera infeliz y odia todo lo que la rodea si no posee un collar de perlas, que es como el uniforme de la mujer moderna... Hay un ser más temible, querido Ricardo, que la mujer que busca a todo trance el collar de perlas: es la que lo tuvo, lo perdió, y quiere volver a conquistarlo sea como sea.

El recuerdo de Gualicho, diablo enredador que perturbaba a los indios con sus tretas, obligándolos a montar a caballo para perseguirlo a lanzadas y golpes de boleadora, pasó por su memoria. De continuar Elena en el mundo viejo, hubiese sido una de tantas mujeres temibles que se ven refrenadas y neutralizadas por la vecindad de otras semejantes a ellas. Pero aquí, rodeada de hombres que la admiraban, y en un ambiente primitivo que la hacía resaltar como si fuese de esencia superior, había ejercido sin quererlo una influencia tan nefasta como la del demonio cobrizo temido en otros tiempos por los jinetes errantes de la Pampa.

Ella misma había sido víctima de este ambiente de soledad al enamorarse de Watson. Creía poder jugar con los hombres, despreciándoles. Así se lo había manifestado una noche a Robledo, mirando con lástima a sus solicitantes. Pero Ricardo era la juventud, la frescura varonil, el hombre adorado por el primer amor de una adolescente y que por esto mismo representa una tentación para la coqueta madura, ganosa de quitárselo a la otra mujer. Sentía la necesidad de convencerse a sí misma de que aún guardaba su antiguo poder de seducción, trastornando la existencia del joven ingeniero... Y ahora debía sufrir cruelmente en su vanidad, al verse despreciada por el único hombre que había llegado a interesarle en este desierto.

Robledo acabó por compadecer a la esposa de Torrebianca con una conmiseración algo despectiva.

—Cree haber nacido para vivir en lo más alto, y la desgracia se complace en hacerla caer... Nada tiene de extraño que sea mala, faltándole el consuelo de la modestia y la resignación.

Pareció asustarse el español al considerar lo que probablemente podía ocurrir en la Presa después del suceso de aquella mañana.

—El contratista muerto... el ingeniero director fugitivo... Habrá que suspender los trabajos... Van a retrasarse las obras del dique, y llegarán las crecidas sin que las tengamos terminadas. ¡Qué situación! Hay que ir a Buenos Aires en busca de remedio.

Y pasó gran parte de la noche sin poder dormir, desvelado por estas preocupaciones.

Watson montó a caballo la mañana siguiente, pero en vez de dirigirse al lugar donde se abrían los canales, se encaminó a la estancia de Rojas. Mientras el gobierno no enviase un nuevo director para la terminación del dique, los trabajos de la empresa ideada por Robledo resultarían inútiles y era prudente suspenderlos.

Al llegar cerca de la estancia quiso descender de su caballo para abrir una «tranquera», armazón de palos que servía de puerta, obstruyendo el camino; pero vio junto a ella un pequeño mestizo, de diez años, gordinflón, con ojos aterciopelados de antílope y una tez lustrosa de color chocolate claro, que le contemplaba sonriente, metiéndose un dedo en la nariz.

—Esta mañana —dijo— salió disparado el patrón... Anoche nos robaron una vaca.

Pero Ricardo le preguntó algo que consideraba más interesante.

—¿Dónde está tu patroncita, Cachafaz?

El llamado *Cachafaz*, a causa de sus diabluras, sacó el índice que tenía en la nariz para señalar a lo lejos.

—Ahorita mismo acaba de irse. La encontrará ahí cerquita no más.

Y con el dedo fue señalando toda la línea del horizonte.

Comprendió Watson que para el amigo Cachafaz, hijo del desierto, «ahorita mismo» significaba una hora, dos o tal vez tres, y «ahí cerquita» algo así como un par de leguas. Pero necesitaba ver a Celinda, estaba resuelto a buscarla, y empezó a galopar por el campo, confiándose a su buena suerte.

Lo que el pequeño mestizo no quiso decir era que la patroncita estaba enferma, según opinión de su madre, india vieja que había venido a reemplazar a Sebastiana como primera criada de la estancia, pero sin tener su buen humor ni su garbo para el trabajo. Iba a todas horas con un cigarro paraguayo en un extremo de sus labios azulencos y chorreantes de nicotina, y cuando don Carlos no estaba presente, empleaba para tomar mate su misma calabacita de finas labores y su bombilla de plata.

Las gentes de la estancia miraban con un respeto supersticioso a la madre de Cachafaz, por creerla bruja y en oculto trato con los espíritus que aúllan y giran dentro de las columnas de arena, altas como torres, levantadas por el huracán en la altiplanicie. Al ver la melancolía de Celinda y sorprenderla otras veces llorando, la india movía su cabeza, como si esto confirmase sus opiniones.

—Usted lo que tiene, niña, es que está enferma, y yo sé de qué enfermedad.

Un abuelo suyo había sido gran hechicero cuando los indios acampaban aún sobre esta tierra como dueños únicos. Los jefes de las tribus le hacían llamar al sentirse enfermos. Su padre heredó este tesoro de ciencia, pero por desgracia, solo le había transmitido a ella una ínfima parte.

—A usted los que le hacen daño son los ayacuyás, y hay que curarla de sus flechas.

Ella conocía perfectamente a los «ayacuyás», duendes indios tan minúsculos, que una docena de ellos caben sobre una uña, armados con arcos y flechas, y a cuyas heridas hay que atribuir la mayor parte de las enfermedades.

No los había visto nunca, por ser una mísera ignorante; pero su abuelo y su padre, grandes «machis», o sea curanderos mágicos, tenían frecuente trato con estos demonios pequeñísimos. Solo los sabios indígenas podían conocerlos. Algunos médicos *gringos* pretendían haberlos visto igualmente, dándoles en su lengua el apodo de «microbios», pero ¡qué sabían ellos!...

Cuando se les habían acabado las flechas para herir a los humanos, los atacaban con sus dientes y sus uñas. Lo importante era saber extraer, sajando o chupando las carnes del enfermo, las astillitas de flecha o las uñitas y dientecillos que los diablos invisibles dejaban en el cuerpo.

—Yo le buscaré un machi que la ponga buena, niña, sacándole esa tristeza que le han dado los ayacuyás. ¡Pero que no lo sepa el patrón!...

Celinda sonreía de los remedios propuestos por la madre de Cachafaz, y cuando se cansaba de permanecer encerrada en la estancia iba en busca de su caballo para correr el campo sin objeto. Ya no se vestía de muchacho. Parecía abominar de este traje, a causa de los recuerdos que despertaba en ella. Prefería montar con faldas y olvidaba el lazo, que era antes su mayor diversión.

Llevaba esta mañana más de una hora de galope por las tierras de su padre, cuando vio sobre una altura a un jinete, inmóvil y empequeñecido por la distancia, semejante a un soldadito de plomo.

Se detuvo al notar que este jinete minúsculo, como si la hubiese reconocido, se echaba cuesta abajo, galopando hacia ella. Dejó de verlo algún tiempo y luego reapareció, considerablemente agrandado, en el borde de una hondonada próxima. Al convencerse de que era Watson, el primer impulso de ella fue huir. Después se arrepintió de esta fuga, por considerarla una cobardía, quedando inmóvil, en actitud desdeñosa.

Llegó Ricardo y se quitó el sombrero, bajando los ojos humildemente. Quería hablar, pero no encontraba las palabras. Además, ella no le dio tiempo para expresarse.

—¿Qué busca usted? —dijo con dureza—. ¿Es que le ha despedido su gringa? Aquí no se admiten puchos de otra.

E hizo dar vuelta a su caballo para marcharse. Ricardo pretendió enternecerla con su voz suplicante:

—¡Celinda! Vengo a manifestar mi arrepentimiento... Vengo en busca de mi Flor de Río Negro.

Ella pareció conmoverse al notar la humildad infantil con que el mocetón decía estas palabras, pero inmediatamente recobró su dureza.

—¡Perdone por Dios, hermano, y siga viaje!... Hoy no puedo hacer limosnas.

Empezó a alejarse, pero todavía se detuvo para añadir con una crueldad de niña mimada:

—No me gustan los hombres que piden perdón. Además, juré que solo volvería a verle si me echaba el lazo... Pero no podrá echármelo nunca. Usted no es mas que un gringo chapetón, y además de torpe desagradecido.

Y metiendo espuelas a su caballo salió a todo galope, no sin hacer antes a Ricardo un gesto de desprecio. Quedó éste avergonzado por la cruel despedida de la amazona y sin deseos de seguirla. Después su vanidad se alborotó, y quiso alcanzarla para que reconociese que no era un «chapetón», un torpe, como ella creía.

Los dos empezaron a evolucionar por las tierras de la estancia, persiguiéndose a través de alturas y hondonadas. De vez en cuando, Celinda, que llevaba siempre una gran ventaja sobre su perseguidor, detenía la velocidad de su caballo como si quisiera dejarse vencer por Watson; pero al verle cerca volvía a salir a todo galope, insultándolo con las mismas palabras que inventaron los gauchos en otros tiempos para burlarse de la torpeza de los europeos en los usos del país y de su inferioridad como jinetes.

—¡Gringo chapetón!... ¡Maturrango que no sabe tenerse sobre el caballo!

Conservaba Ricardo en el delantero de su silla un lazo de cuerda que le había regalado Flor de Río Negro. Mientras galopaba lo desenrolló, para arrojarlo sobre ella cada vez que estaba próxima. El lazo caía siempre en el vacío, lejos de Celinda, y ésta celebraba con irónicas carcajadas la torpeza del ingeniero; pero su risa fue transformándose y cada vez se hizo más alegre, como si no expresase ya desprecio por su falta de habilidad, sino regocijo. Watson reía también, presintiendo que una risa común acabaría por unirlos con más rapidez que su lazo inútil.

En estas evoluciones se fueron aproximando a la estancia. Celinda hizo que su caballo saltase una barrera de troncos, y desapareció. Watson no pudo obligar al suyo a que diese otro salto igual, e hizo un largo rodeo para entrar por una tranquera abierta.

Así llegó hasta el edificio de la estancia con calculada lentitud, deseando que saliese alguien a quien hablar. Celinda permanecía invisible, y él no osaba presentarse en la puerta de la casa, por miedo a que la hija de Rojas le recibiese hostilmente.

Otra vez el pequeño Cachafaz apareció junto a las patas de su caballo, con una oportunidad providencial.

—Dile a la señorita Celinda si puedo entrar a saludarla.

Se alejó el duende mestizo rascándose por debajo de la suelta camisa el grueso botón de su panza achocolatada. Poco después volvió a aparecer, y con su vocecita cantarina y melosa de indio anunció a Watson:

—Mi patroncita dice que se vaya, y que no quiere verle más, porque es usted... porque es usted muy feo.

Quedó riendo Cachafaz de sus propias palabras, mientras Watson miraba con tristeza hacia la casa. Luego hizo dar vuelta a su cabalgadura y se alejó relativamente consolado, por una resolución que acababa de adoptar.

«Volveré mañana... —se dijo—. Volveré todos los días, hasta que me perdone.»

Aquella tarde la pasó Elena sola en su salón. Varias veces tomó un libro, pero sus ojos se deslizaban sobre las páginas sin comprender el sentido de una sola línea.

Permaneció largo rato pensativa en el sofá, fumando cigarrillos. Luego fue a situarse junto a una ventana, mirando a través de sus vidrios la calle central, de modo que no la viesen desde fuera.

En realidad solo podía ser vista por dos de los cuatro policías de la Presa que había colocado don Roque cerca de la casa, para evitar que se reuniesen grupos, como el día anterior. La gente parecía haber olvidado por el momento la antigua vivienda de Pirovani. Nadie se detenía ante ella y resultaba inútil la precaución del comisario. Además, muchos de los trabajadores del dique habían ido a Fuerte Sarmiento para asistir al entierro del contratista. Los otros estaban en el «Almacén del Gallego» o formaban corros en las afueras del pueblo, discutiendo acaloradamente sobre la posibilidad de que se suspendiesen en breve los trabajos, quedando todos sin ocupación.

Algunos, más optimistas, creían que en el primer tren iba a llegar un nuevo ingeniero director, como si al gobierno de Buenos Aires le fuese imposible vivir si no reanudaba los trabajos inmediatamente. El Gallego y otros españoles hacían apuestas sosteniendo que su compatriota don Manuel Robledo, al que respetaban como una gloria nacional, sería el designado para la nueva dirección.

Ciertos peones viejos que habían rodado por todas las obras públicas del país levantaban los hombros con una expresión fatalista.

—La carreta se ha atascado, y veréis el tiempo que pasa antes que vuelva a rodar.

Mientras Elena, de pie junto a los vidrios, contemplaba la calle solitaria, iba repasando mentalmente todas las dificultades de su actual situación. Pirovani muerto; el otro huido; la casa que ella ocupaba no sabiendo aún de quién iba a ser... Además pensó en lo que estaría diciendo Robledo y en la hostilidad repentina de aquel Watson, única persona cuya presencia parecía esparcir cierto interés sentimental sobre la vida monótona que llevaba allí. Tal vez a aquella misma hora Ricardo iba en busca de la muchachuela que había intentado golpearla con su látigo...

Nunca, en el curso de su complicada historia, que ella sola conocía exactamente, se había encontrado en peor situación. Hasta aquella muchedumbre heterogénea —en la que había muchos con un pasado europeo repleto de delitos— se atrevía a dirigirle reproches, obligando a la autoridad de la Presa a guardarla con aquellos dos hombres apoyados en sus sables que veía desde su ventana. ¡Y ella había atravesado el Océano y venido a instalarse en una tierra casi salvaje, para encontrarse finalmente en tal situación!...

Siempre había conseguido un remedio en los mayores apuros de su vida; siempre lograba salir de los conflictos bien o mal; pero ahora no podía acertar con la solución necesaria... ¿Irse de allí? ¿Cómo lograrlo? Eran pobres lo mismo que al llegar; más aún, pues Robledo no iba a pagarles igualmente su viaje de regreso. ¿Adónde dirigirse, si su esposo había huido de París y allá le esperaba la Justicia?

Pensó con miedo en la prolongación de su vida en la Presa. Había resultado tolerable hasta el presente por las larguezas de Pirovani y la rivalidad de éste con los otros. Mas ¡ay! el italiano había muerto, y ella tendría que abandonar esta casa que era como un palacio dominador de todo el pueblo. Nadie vendría en adelante a desearla y admirarla, esforzándose por hacer agradable su vida. Únicamente quedaba Robledo: un enemigo... Quedaba también Watson, que podía haber representado para ella una solución; pero ¡este hombre había cambiado tanto!...

Cruzó por su pensamiento una idea que la había halagado en los últimos días, cuando el joven la acompañaba en sus paseos. Ella podía abandonar a Torrebianca, que era un náufrago incapaz de salir a la orilla, e irse con Watson por el mundo. Un hombre enérgico y algo inocente como este joven, aconsejado por una mujer experta, podía acabar triunfando en cualquier país. En su vida anterior tenía Elena episodios más arriesgados... Pero inmediatamente sentía la fiebre del odio al convencerse de que era imposible esta solución.

Ricardo había huido de ella para siempre. Ya no podía dudar de este alejamiento, después de haberle hablado desde su ventana la tarde anterior. Tal vez le sería fácil su reconquista viéndolo a solas; pero el otro, como si presintiese el peligro, había dicho que solo volvería a visitarla en otra casa y en presencia de su esposo. La voz con que afirmó esto y su mirada revelaban una voluntad inconmovible.

Como Elena no podía sospechar el cambio de ideas que se había realizado en Canterac después del duelo, ni tampoco la breve conversación de éste con Watson al marcharse, atribuía dicho trastorno en la actitud del joven a la influencia de Celinda.

«Me lo ha tomado otra vez —pensó—. Esa muchachuela rústica me cierra el único camino que podía seguir. ¡Ay! ¡cómo la odio!»

Durante sus reflexiones se sintió agitada por diversos y encontrados pensamientos, como si se hubiese partido interiormente en dos personalidades distintas. La imagen de Watson la confortaba todavía en estos momentos angustiosos. Era el hombre joven, el dominador, que surge en el ocaso de toda mujer acostumbrada a jugar cruel y fríamente con los deseos de los hombres. Ella, que los había buscado en otros tiempos por ambición o por codicia, necesitaba ahora a Watson. No lo deseaba solamente porque era capaz de hacerla salir de su crítica situación, sino por él mismo; porque era la juventud, la fuerza y la ingenuidad, todo lo que puede dar apoyo a una vida fatigada. Sentía además el dolor de los celos; unos celos de mujer vanidosa y algo madura que se ve arrebatar la última esperanza de felicidad por una adversaria que casi puede ser su hija.

A la par que sufría este tormento debía preocuparse de su trágica situación, creada por la rivalidad amorosa de dos hombres que la habían deseado, y defenderse también del odio de todo un pueblo.

«¿Qué hacer? —siguió pensando—. ¡Ay! ¿En dónde me he metido?»

Unos golpecitos en la puerta del salón la hicieron abandonar sus pensamientos. Entró Sebastiana con expresión tímida e indecisa, manoseando una punta de su delantal. Al mismo tiempo sonreía mirando a la señora, como si buscase palabras para dar forma al deseo que la había traído hasta allí.

Elena la animó a que hablase, y entonces la mestiza dijo resueltamente:

—Yo estaba al servicio del finado don Pirovani, y como ya es difunto... por lo que todos sabemos, debo irme.

Manifestó la señora su extrañeza ante tal decisión. Podía quedarse; ella estaba contenta de sus servicios. La muerte del italiano no era motivo suficiente para que se marchase. En alguna parte debía servir, y Elena prefería que fuese en su casa. Pero la mestiza insistió, moviendo la cabeza negativamente:

—Debo irme. Si me quedo, tengo amigas aquí que me sacarán los ojos. ¡Muchas gracias! Quiero estar bien con los míos... y ¿por qué no decirlo? la señora cuenta con pocas simpatías en el pueblo.

Después de tales palabras no juzgó prudente Elena seguir la conversación, limitándose a mostrar una triste conformidad.

—¡Si a usted le da miedo seguir aquí!...

Esta tristeza conmovió a Sebastiana.

—Yo con gusto me quedaría; la señora me es simpática y no me ha hecho nunca daño... Pero la gente es como es, y yo ¡pobre de mí! no voy a pelearme con todas las mujeres de la Presa. Si puedo servir en otra cosa a la señora, mándeme...

Se retiró al fin, luego de insistir en sus deseos de ser útil a Elena y en la tristeza que le causaba abandonar su servicio. Cerca de la puerta se detuvo para contestar a la marquesa, que le preguntó por su marido.

—No sé. Salió esta mañana y aún no ha vuelto. Tal vez ha ido a Fuerte Sarmiento con don Moreno para el entierro de mi pobrecito patrón.

Al quedar sola, Elena empezó a preocuparse de su esposo, personaje olvidado que parecía resurgir con nueva importancia. Estaba acostumbrada a considerarlo como un ser falto de voluntad, pronto a aceptar todas sus ideas y creyendo lo que ella quisiera hacerle creer. Pero el último episodio de su vida resultaba extremadamente violento. En una gran capital hubiera tenido menos resonancia, ¡mas aquí, en un pueblo de vida monótona, donde rara vez ocurría algo extraordinario, y en presencia de una muchedumbre aventurera predispuesta a insultar a las personas de clase superior!...

Sintió cada vez mayor inquietud al pensar en la posibilidad de que Torrebianca descubriese el verdadero motivo del odio de aquellos dos hombres cuyo duelo a muerte había concertado. Fue repasando en su memoria todo lo ocurrido entre ella y su esposo desde el día anterior. Federico, al volver a casa, le había contado el triste fin del combate, pero con ciertas precauciones, como si temiese la emoción que podía causarle esta noticia. Luego, al atardecer, parecía otro hombre. Rehuyó hablar, contestándola siempre con monosílabos, y por dos veces sorprendió su mirada fija en ella con una expresión que nunca había conocido. Después de cerrar su ventana Torrebianca, molestado por la curiosidad de la muchedumbre, se había ocultado en su dormitorio para no salir hasta la mañana siguiente muy temprano, antes de que Elena despertase. El día tocaba a su fin y Federico aún no había vuelto. ¿Qué debía pensar ella de todo esto?...

Pero su inquietud no tardó en desvanecerse. Estaba tan acostumbrada al dominio absoluto de su marido, que acabó por considerar sin fundamento sus sospechas y temores. Además, aunque tales inquietudes resultasen ciertas, ella conseguiría apaciguarlo y convencerlo, como lo había hecho muchas veces.

La vista de un transeúnte que pasaba lentamente ante la casa mirando a las ventanas sirvió para hacerla olvidar a su esposo. Era Manos Duras. Una hora antes, cuando estaba ella, lo mismo que en el presente momento, de pie junto a los vidrios, había creído ver por dos veces al gaucho asomándose a la esquina de una callejuela próxima. El rústico jinete iba a pie, vagando por el pueblo, como un trabajador en día de descanso. Al columbrar a la marquesa detrás de los visillos la saludó quitándose el sombrero y enseñando su dentadura de lobo.

Era el primer saludo sonriente que recibía Elena después de la muerte de Pirovani. Adivinó en este hombre al único admirador que le quedaba, y esto le pareció tan cómico que casi la hizo reír. En adelante solo podría contar con el enamoramiento de un gaucho medio bandido.

Quedó pensativa, con la frente apoyada en los cristales, mirando la avenida solitaria. Manos Duras había desaparecido en la callejuela inmediata, y hasta los dos policías, juzgando inútil su vigilancia, se iban alejando hacia el boliche.

Otra vez sonó la puerta del salón bajo los discretos llamamientos de Sebastiana. Ahora entró más resueltamente, pero hablando en voz baja y sonriendo con una expresión confidencial.

—¿Ha venido el señor? —preguntó Elena.

—No; es otra cosa... Estaba yo en el corral, hace un momento, cuando ese gaucho que llaman Manos Duras apareció en la puerta trasera y dijo...

Hizo esfuerzos de memoria para repetir las mismas palabras del hombre. Le había encargado que manifestase a la señora marquesa cómo él estaba allí, a sus órdenes, para lo que quisiera mandar. En los malos momentos se conoce a los amigos; y ahora que tantos en el pueblo y fuera de él hablaban contra la señora por pura envidia, Manos Duras tenía el gusto de repetir que era él de siempre.

—Decidle vos a tu patrona que no me doy la vuelta como muchos otros, y que ella siempre será la misma para mí, porque yo soy de los de «me rompo pero no me dueblo»... Eso me ha dicho Manos Duras para que yo se lo diga a la señora.

Elena acogió estas palabras con una sonrisa. ¡Pobre hombre! ¡Y aún decían que era un bandido!... Para ella resultaba en aquellos momentos el varón más interesante del país, el único caballero que se atrevía a hacer frente al populacho ofreciéndola su apoyo.

Cuando la mestiza se marchó, aún se mantuvo Elena junto a la ventana viendo a los transeúntes, cada vez más numerosos, según avanzaba el ocaso. Se apartó de los vidrios al pasar algunos grupos de trabajadores a caballo u ocupando carruajes alquilados en Fuerte Sarmiento. Volvían indudablemente del entierro del contratista. Todos, antes de alejarse, miraban de reojo la casa.

Cerca del anochecer vio pasar a un jinete solo, que bajaba la cabeza obstinadamente. Era Ricardo Watson. Se dio cuenta, por su traje cubierto de polvo y por el aspecto de su cabalgadura, que no venía del entierro como los otros. Debía haber pasado el día en el campo; indudablemente, en la estancia de Rojas o vagando por las inmediaciones del río en compañía de aquella muchacha del látigo. «¡Y yo aquí —pensó—, encerrada como una fiera, huyendo de los insultos de un populacho injusto!... ¡Y luego se asombran de que una mujer sea mala!»

Permaneció inmóvil, con los ojos entornados, mientras las sombras del crepúsculo, surgiendo de los rincones, venían a confundir sus lobregueces en el centro de la habitación. Solo una débil claridad exterior daba cierta fluorescencia azul a los vidrios, destacándose sobre ellos la silueta inmóvil de Elena.

Cerrada ya la noche, cuando dio un grito para que acudiese Sebastiana, ésta contestó adivinando sus deseos:

—¡Allá voy con la lámpara!...

Y apareció llevando un gran quinqué, que puso sobre la mesa, en mitad del salón.

Iba a retirarse, creyendo que lo había hecho todo, cuando la detuvo la señora.

—¿Usted sabe dónde podrá estar en este momento ese Manos Duras de que me habló antes?

La mestiza, siempre predispuesta a la charla desarrolló un largo preámbulo antes de dar una contestación precisa. Manos Duras iba ahora a todas partes con unos amigos suyos de la Cordillera que estaban alojados en su rancho: gente mala y poco temerosa de Dios. ¡A saber lo que traerían entre manos!... También le había indicado, en su diálogo a la puerta del corral, que tal vez hiciese pronto un largo viaje, y esta era la razón de haber venido a molestar a la señora por si quería mandarle algo.

—Yo creo —terminó— que si no se ha vuelto a su rancho lo pillaré a esta hora donde el Gallego.

—Vaya a buscarle —dijo Elena— y avísele de mi parte que a la diez en punto esté frente a la casa... Nada más. Pero dígaselo con habilidad; que nadie se entere.

Sebastiana, que había acogido las primeras palabras como si las escuchase mal, por parecerle inauditas, al oír que le recomendaban ser discreta, olvidó su asombro para afirmar vehementemente que la patrona podía estar tranquila en cuanto a la prudencia con que ella acostumbraba a cumplir los encargos.

Salió de la casa, marchando a toda prisa hacia el boliche. Si no encontraba allí al gaucho, era que se habría ido del pueblo.

Ante la puerta del establecimiento se detuvo para mirar a su interior. Por ser ya la hora de la cena, el público había menguado. Los más de los parroquianos estaban en sus viviendas, sentados a la mesa, y solamente una hora después volverían a agolparse junto al mostrador. Un gaucho viejo tocaba la guitarra mirando la panza de un cocodrilo de los que pendían del techo. Los tres huéspedes de Manos Duras escuchaban atentamente. Éste, sentado en un cráneo de caballo y con la espalda apoyada en la pared, fumaba pensativo. Como el dueño del boliche estaba ausente, Friterini, detrás del mostrador, imitaba el aire del patrón, mientras leía con arrobamiento un periódico italiano, viejo y sucio.

Levantó Manos Duras sus ojos, avisado por una tos discreta, y vio en la puerta a la mestiza, que le hacía señas para que saliese. A espaldas del boliche le dio Sebastiana el recado con voz misteriosa, llevándose un dedo a los labios varias veces en el curso de su mensaje. Además guiñó un ojo para que el gaucho «no la tuviese por zonza», dando a entender que sospechaba en qué pararía su aviso.

Cuando la mestiza se hubo marchado, Manos Duras tardó en volver al boliche. Prefería estar solo y en la oscuridad, por parecerle que así podía saborear mejor su satisfacción. Entraba en su regocijo una gran parte de asombro. ¿Cómo podía él imaginarse aquella tarde, al vagar ante la vivienda de la señorona, que ésta le enviaría un recado para que fuese a verla a solas en la misma noche?...

Al hacer su ofrecimiento a Sebastiana en el corral de la casa, había obedecido a los impulsos de una caballerosidad a su manera. Deseaba aparecer ante la marquesa como un individuo distinto a los demás habitantes del pueblo y había ofrecido su protección sin esperanza de que ella la aceptase... Y unas horas después le buscaba. ¿Qué desearía pedirle?...

Luego desechó las dudas que empezaban a enturbiar su gozo, sintiéndose fortalecido por un orgullo varonil. Él, aunque fuese un pobre rústico, era un hombre como los demás, mejor que los demás, pues todos le tenían miedo... ¡y estas *gringas* venidas del otro mundo resultaban a veces tan caprichosas!... Acabó por sonreír vanidosamente.

«Lo que yo pienso —se dijo—: ¡todas son unas!... ¡Todas iguales!»

Y volvió al boliche para sentarse entre sus amigos, en espera de la hora.

Robledo y Watson acababan en aquel momento de cenar, y oyeron que alguien llamaba a la puerta de su vivienda.

Se sorprendió un poco el español al ver entrar a Torrebianca vestido con un traje negro de ciudad y una corbata de luto, pero todo cubierto de polvo, de tal modo que sus ropas parecían grises y su cabeza y sus bigotes completamente blancos.

—Vengo de Fuerte Sarmiento, de enterrar al pobre Pirovani... Me ha traído Moreno en su coche.

Le invitó Robledo a sentarse a la mesa.

—Puedes cenar aquí, si no quieres ir enseguida a tu casa.

Torrebianca hizo un movimiento negativo.

—No pienso volver a mi casa.

Dijo esto con tal energía, que Robledo quedó mirándole fijamente. Mostraba una excitación que hacía temblar sus manos y atropellaba el curso de sus palabras.

—He comido algo con Moreno antes de salir de allá... Pero comeré otra vez... ¡Ay, la muerte! ¡Pobre Pirovani!... También beberé un poco.

A pesar de que hablaba de su hambre, apenas tocó los distintos platos que le fue ofreciendo la criada de la casa. En cambio bebió mucho vino, pero de un modo maquinal, sin saber ciertamente lo que bebía.

El español había creído percibir, desde la entrada de su amigo, cierto olor de ginebra. Indudablemente él y Moreno habían tomado algunas copas de este licor antes de emprender su regreso. Tal vez esto era el motivo de su excitación, por no estar acostumbrado a las bebidas alcohólicas.

Watson, que había terminado de cenar, se fijó en la tenacidad con que le miraba Torrebianca. Parecía indicarle con los ojos que su presencia era inoportuna.

—¿Moreno se ha quedado en su casa? —preguntó.

Y se fue, pretextando la conveniencia de hablar con el oficinista para saber lo que pensaba escribir al gobierno sobre la necesidad de reanudar las obras.

Cuando Robledo y Torrebianca quedaron solos, éste pareció otro hombre. Se fue desvaneciendo su excitación, bajó los ojos, y el español creyó que se empequeñecía en su asiento, como algo blando que se desplomaba, falto de sostén interior. Toda la falsa energía del alcohol había desaparecido de golpe, y Torrebianca estaba allí, ante su vista, con un aspecto que hacía recordar el de una envoltura de goma súbitamente deshinchada.

—Necesito que me oigas —dijo levantando hacia su amigo unos ojos humildes e implorantes—. Tú eres lo único que me queda en el mundo, la sola persona que me quiere... y por lo mismo me debes la verdad. Hoy, mientras enterraban al infeliz Pirovani, no pensaba en otra cosa. «Es preciso que vea a Robledo. Él me dirá lo que debo creer de todo esto...» Pero aún no te he dicho que «todo esto» es lo que noto en torno de mí desde ayer, las miradas de la gente, los gestos de antipatía, las palabrotas que creo adivinar y que después me resisto a haber adivinado... ¡Ay! ¡Es tan horrible todo eso!

Cada vez más desalentado y humilde, apoyó Torrebianca su frente en las manos. Robledo quiso decir algunas palabras para infundirle energía, pero él le interrumpió.

—Luego hablarás. Es preciso que oigas primeramente cosas que no sabes o que yo te conté y has olvidado. Pero antes necesito hacerte una pregunta. ¿Tú crees que mi mujer me engaña?...

Quedó el español sorprendido por tales palabras y transcurrieron algunos segundos sin que pretendiese responder a ellas. Su amigo pareció sentir de pronto un gran temor a que el otro contestase, y para evitarlo empezó a relatar su propia historia desde que conoció a Elena.

Una parte la había oído ya Robledo en París: cómo se encontraron él y ella en Londres, la nobleza de su familia allá en Rusia, la alta posición de su marido en la corte de los zares. Pero ahora el tono del narrador era otro, y Torrebianca parecía dudar de aquel pasado que siempre había admitido de buena fe, exhibiéndolo con orgullo.

Además, entre las líneas generales de esta historia Federico iba revelando a su amigo nuevos episodios. Parecía ver con mayor relieve las cosas pasadas, fijándose en detalles hasta entonces inadvertidos. Siempre había frecuentado su casa un amigo íntimo, un amigo favorito, al que trataba su mujer con gran confianza, asegurando que lo conocía de los tiempos en que era soltera y vivía con su noble familia. El marqués se había batido dos veces por su esposa, viéndola calumniada repentinamente por hombres que hasta poco antes frecuentaban sus salones. Aún se acordaba con remordimiento de cierto amigo suyo al que hirió gravemente en uno de tales lances.

—Te he contado —siguió diciendo— toda mi historia con esa mujer, todo lo que sé con certeza de su vida. Lo demás es ella quien lo dice, e ignoro si debo creerlo... Hasta dudo ahora de su nacionalidad y de su nombre. Yo le di francamente todo mi pasado, y ella tal vez no me ha devuelto mas que mentiras.

Miró otra vez a Robledo con angustia, esperando que éste le infundiese alguna fe en la incierta historia de su mujer. Parecía un náufrago buscando algo sólido donde agarrarse. Pero Robledo bajó la cabeza haciendo un gesto ambiguo.

—Desde hace unas horas —continuó Torrebianca— parece que veo las cosas con otros ojos. ¡Ay, las miradas crueles de esas pobres gentes cuando abrí ayer mi ventana!... Y hoy, durante el entierro, ¡qué tormento!... Yo que nunca temí a nadie, no he podido afrontar los ojos hostiles o burlones de muchos trabajadores... El pobre Moreno me llevó aparte varias veces o hablaba alto para que yo no pudiese oír los comentarios que sonaban a mis espaldas. Él no sabe que me di cuenta de todo lo que hizo por evitarme molestias... Me he sentido tan acobardado, que además de pensar en ti pensé en mi pobre madre, como si aún fuese un niño. ¡Ella que se privó de todo para que su hijo conservase el honor de sus ascendientes!... Y su hijo ha acabado por ser la irrisión de un campamento de emigrantes en un rincón incivilizado de la tierra... ¡Qué vergüenza!

Se tapó los ojos con las manos, como si pretendiese defenderlos de crueles visiones, y así se mantuvo algún tiempo. Luego levantó el rostro, para añadir con una ansiedad interrogante:

—Tú que eres mi único amigo y conociste de cerca mi vida en París, ¿crees que Fontenoy era el amante de mi mujer?...

El español hizo otro gesto ambiguo, no sabiendo qué contestar. Torrebianca, con una voz cada vez más angustiada, formuló otra pregunta:

—Y esos dos hombres, ¿crees que fueron a batirse ayer por Elena?

Ahora ni siquiera hizo Robledo el gesto vago de antes y se limitó a bajar los ojos. Este silencio lo interpretó el marqués como una respuesta afirmativa, y dijo con desesperación, ocultando otra vez su cara entre las manos:

—¡Y fui yo, el marido, quien dirigió el combate para que se matasen!...

Hubo un largo silencio. Mantuvo el marqués oculto el rostro entre sus manos, mientras Robledo le contemplaba con ojos de conmiseración. De pronto se irguió, y dijo con lentitud, restregándose los párpados:

—No puedo seguir aquí. Me da vergüenza arrostrar la mirada de las gentes... Tampoco debo marcharme con ella. Ya no me podría dominar con nuevas mentiras. La miraré de frente, y al ver la falsedad de sus ojos y de su sonrisa, la mataré... tengo la certeza de que la mataré.

Su amigo creyó llegado el momento de aconsejarle.

—No te acuerdes más de esa mujer, y por el momento procura descansar. Mañana buscaremos el medio más oportuno para que te libres de ella. Empieza por quedarte aquí esta noche. Yo pensaré lo que podemos hacer. Ella se irá; no sé cómo llegaré a conseguirlo, pero se irá, y tú quedarás conmigo.

Pasó una mano por la espalda de Torrebianca, acariciándole con expresión paternal, mientras el marqués conservaba oculto el rostro.

Aborrecía ahora a su esposa, pero al mismo tiempo experimentaba un inexplicable malestar pensando que iba a separarse de ella para siempre.

XVI

Agitada por su curiosidad femenil, esperó la mestiza con impaciencia la hora de la cita.

Estaba en la cocina de la casa, situada en el corral, bajo un cobertizo. Sobre una mesa tenía un reloj despertador, y varias veces aproximó a él su quinqué para saber la hora. Poco antes de las diez se quitó los zapatos, atravesando descalza el corral, para seguir a continuación una de las galerías exteriores.

Así llegó, con paso silencioso, al ángulo del edificio más inmediato a la ventana del dormitorio de Elena. Luego se sentó en el suelo de tablas, encogiéndose para escuchar sin ser vista.

Distinguió al poco rato en la oscuridad a Manos Duras, que iba aproximándose a la casa. Vio cómo se quitaba las espuelas, guardándolas en el cinto, y subía cautelosamente los peldaños de la escalinata. Se abrió poco después la ventana del dormitorio de la señora, y apareció ésta, haciendo signos al recién llegado para que hablase en voz baja.

Sebastiana se esforzó por oír, pero la ventana estaba tan lejos, que solo reconcentrando su atención pudo alcanzar fragmentariamente algunas palabras. Estas palabras eran dichas con voces tan tenues, que no pudo tener una certeza absoluta de su exactitud. Le pareció oír «Celinda» y «Flor de Río Negro». Poco después creyó que era esto un error de sus sentidos.

«¿Qué tiene que ver —se dijo— mi antigua patroncita con los enredos de esta gente?»

Avanzando su cabeza fuera de la esquina, alcanzaba a ver a Manos Duras y a la señora. El gaucho oía a ésta con movimientos de aprobación. Otras veces era él quien hablaba, pero brevemente, apoyando sus palabras con gestos afirmativos. Hubo un momento en que pretendió coger las manos de ella, pero Elena se echó atrás con una retracción que denotaba al mismo tiempo repugnancia y altivez. Inmediatamente pareció arrepentirse, y dijo en voz más alta, con tono de promesa:

—De eso hablaremos mañana u otro día, cuando haya hecho usted mi encargo. Ya sabe lo que hemos convenido.

Y se despidió de él con cierta coquetería, aunque procurando mantenerse a gran distancia de sus manos.

El gaucho, al ver cerrada la ventana, bajó los escalones, y una vez en la calle, se detuvo.

Sebastiana, que se había incorporado para verle mejor, creyó que murmuraba con expresión alegre:

—En vez de una, van a ser dos.

Pero tampoco estaba segura de haber oído esto exactamente, y al fin se retiró a la casucha del corral, donde tenía su camastro, algo decepcionada por el insignificante resultado de su acecho.

Lo único que persistió en ella, quitándole el sueño, fue la duda de si verdaderamente aquellas dos personas habían nombrado en su conversación a la señorita de Rojas. Y volvió a preguntarse muchas veces: «¿Qué tendrán esas gentes que decir de mi niña?...».

Robledo pasó igualmente una noche agitada. Había instalado a Torrebianca en la misma habitación que ocupó éste con su mujer cuando llegaron a la Presa. Fatigado por sus emociones, el marqués había accedido al fin a quedarse en la casa de su amigo.

Dos veces durante la noche despertó el español, avanzando su oído para escuchar mejor. Llegaban hasta él gemidos y palabras balbucientes desde la habitación próxima, ocupada por Torrebianca.

—Federico, ¿deseas algo?...

Su amigo Federico le contestaba con voz débil y humilde, procurando a continuación mantenerse silencioso.

Despertó Robledo por tercera vez, pero ahora la luz del día marcaba con líneas de claridad las rendijas de su ventana. Un ruido había cortado su sueño, obligándole a echarse de la cama con sobresalto.

Al salir a la sala común, que servía al mismo tiempo de comedor, vio en ella a Watson inclinado sobre una silla y acabando de calzarse las espuelas. La caída de esta silla, ocurrida poco antes, era lo que había despertado a Robledo. Éste, al ver a su socio, dijo alegremente:

—¡Cómo madruga usted!... Y eso que anoche le oí entrar muy tarde.

Watson parecía triste, y se limitó a contestar:

—Como hoy no trabajamos, voy a dar unos galopes por el campo.

Al marcharse el joven acabó Robledo de vestirse, paseando después por el comedor. Cuando en sus evoluciones pasaba ante la puerta de la pieza ocupada por Torrebianca, sentía la tentación de entrar. Deseaba ver a su amigo. Un vago presentimiento le infundía cierta inquietud.

«Vamos a enterarnos de cómo ha pasado la noche», se dijo.

Abrió la puerta, miró al interior de la habitación, e hizo un gesto de asombro. No había nadie en ella; la cama, con sus ropas en desorden, estaba vacía. El español quedó pensativo. Primeramente se imaginó que Federico, no pudiendo dormir en toda la noche, habría salido a dar un paseo al apuntar el alba.

Instintivamente empezó a mirar en torno de él, examinando la habitación. Vio sobre la mesa varios papeles, todos con una línea o dos de letra de Torrebianca. Eran cartas empezadas por éste y que había juzgado inútil continuar.

Leyó uno de los papeles: «Agradezco tus esfuerzos, pero no puedo más...». Lo escrito en otro decía así: «La única mujer que me amo verdaderamente fue mi madre, y ha muerto. ¡Si yo tuviese la seguridad de volver a encontrarla!...».

Robledo siguió examinando los demás papeles. Solo contenían renglones borrados o palabras ininteligibles. Torrebianca había querido escribir, desistiendo al fin de tal esfuerzo. Se imaginó ver a su amigo, en las altas horas de la noche, arrojando la pluma —que él acababa de descubrir caída en el suelo— y diciendo con la indiferencia del que se considera ya por encima de las preocupaciones terrenales: «¡Para qué!...».

Permaneció absorto, con estos papeles en una mano. Después le reanimó un pensamiento optimista. Tal vez su amigo estaba vagando por las inmediaciones del pueblo. Aquellos escritos sin terminar mostraban su falta de voluntad.

Examinó el suelo fuera de su casa, e hizo un gesto de satisfacción al distinguir entre las huellas recientes del caballo de Watson el contorno de un pie humano, que debía ser de su camarada. Él había aprendido de los rastreadores del país que estudian las huellas perdidas en el desierto.

Las señales de los pies de Torrebianca le hicieron seguir una callejuela abierta entre su casa y la inmediata, que venía a dar en el campo. Pero una vez fuera del pueblo perdió el rastro, por ser numerosas las pisadas de los que habían salido al amanecer.

Instintivamente marchó hacia el río, siguiendo su ribera curso arriba. Miraba las aguas deslizarse uniformemente, sin que el menor objeto alterase su superficie. Al fin se cansó de este examen sin más guía ni justificación que un presentimiento.

«Este Federico —se dijo— me ha perturbado con sus desgracias. ¿Por qué pienso cosas absurdas?... Volvamos a casa. Me avisa el corazón que lo voy a encontrar cuando llegue. Habrá estado paseando por el otro lado del pueblo.»

Y regresó a la Presa, sintiendo sin embargo una ansiedad que le hacía marchar apresuradamente.

A la misma hora, cerca de la estancia de Rojas, estaba Manos Duras con sus tres camaradas de la Cordillera hablando al amparo de unos matorrales.

Habían desmontado y tenían sus caballos de las riendas. Uno de los hombres iba vestido de modo diferente a sus camaradas, y más que jinete del campo parecía un trabajador de la Presa. Manos Duras le daba explicaciones, que el otro iba aceptando en silencio, aprobándolas con leves parpadeos. Este hombre montó a caballo, y Manos Duras y sus dos compañeros le siguieron con los ojos hasta que desapareció entre los grupos de áspera vegetación.

—El viejito va a ver lo que le cuesta amenazarme —dijo el gaucho con una sonrisa rencorosa.

Uno de los cordilleranos, apodado *Piola*, que por su edad y sus ademanes autoritarios parecía ejercer cierta influencia sobre sus dos acompañantes, movió la cabeza como si dudase de tales palabras. El plan de Manos Duras le parecía excelente, pero no encontraba aceptable que se quedase en el país un día o dos luego de dar el golpe. Era mejor emprender todos juntos e inmediatamente la retirada hacia la Cordillera.

—Déjeme, compadre; yo me entiendo —contestó el gaucho—. Necesito antes de irme cobrar algo que me han prometido. Tal vez sea esta misma noche, y mañana me junto con ustedes.

Contaba con su caballo, del que hizo grandes elogios, y que le permitiría obtener una gran ventaja sobre sus camaradas, alcanzándolos en el camino. Él podía correr con más ligereza al ir solo, y sus amigos marcharían embarazados por el bagaje.

Mientras tanto, su enviado galopaba hacia la estancia de Rojas. Al llegar a una tranquera la abrió, continuando su marcha por los campos de don Carlos.

Cerca del edificio principal salió a su encuentro Cachafaz, avisado por los ladridos de unos perros que daban saltos ante las patas del caballo, pretendiendo morderle. Los espantó el pequeño con sus gritos, escuchando después con la gravedad de una persona mayor lo que le dijo el emisario.

Fue tanta su alegría al recibir el recado, que olvidando al jinete corrió hacia la estancia.

Don Carlos estaba en su comedor tomando el décimo mate de la mañana. Celinda, con vestido femenino, ocupaba un sillón de junco y parecía entregada a melancólicos pensamientos. El mestizo entró gritando:

—Patrón, el comisario dice que vaya ahorita mismo al pueblo. Han tomado preso al que robó nuestra vaca.

Regocijado el estanciero por la noticia siguió a Cachafaz, sin soltar por esto la calabacita del mate, chupando, mientras marchaba, la bombilla de plata. Quería que el «chasque» o emisario llegado a todo correr de su caballo le diese más explicaciones sobre este aviso.

Al salir de su casa quedó perplejo viendo que el jinete había desaparecido. Corrió Cachafaz la tierra inmediata, así como los corrales, dando gritos, sin poder descubrir al «chasque». Finalmente, Rojas se encogió de hombros, y contento por la noticia, quiso explicarse esta desaparición. Don Roque, para darle el aviso con más prontitud, se lo había enviado con algún viandante que tenía que hacer un largo rodeo en su marcha y deseaba no perder tiempo. Él tampoco debía perderlo, y como juzgaba conveniente ir a la Presa para hablar con el comisario, montó a caballo, prometiendo a Celinda estar de vuelta antes de la comida de mediodía.

Manos Duras y sus tres amigos, tendidos en el suelo, le vieron pasar a lo lejos con dirección al pueblo. Teniendo sus caras junto a las raíces de los matorrales, hablaron y rieron con frío cinismo.

—Va en busca de la vaca que nos comimos ayer —dijo Piola.

Y Manos Duras añadió, acompañando sus palabras con un mueca impúdica:

—Veremos qué dice cuando nos hayamos llevado su vaquillona...

Ricardo Watson, que corría el campo, deseoso de aproximarse a la estancia y temiendo al mismo tiempo irritar a Celinda con su presencia, vio también pasar a lo lejos al señor Rojas con dirección a la Presa.

Esto pareció infundirle ánimo. Celinda quedaba sola en su casa, y él podía visitarla con cualquier pretexto. Pero a continuación sintió miedo. No osaba acercarse a la estancia, temiendo que fuese Cachafaz el único que saliese a recibirle. Era mejor vagar por el campo. Tal vez la hija de Rojas, aburrida de su soledad, se decidiese a montar a caballo.

Estaba dispuesto a esperar hasta que el Sol se ocultase. Llevaba a precaución, en una bolsa de su montura, algunos comestibles. Además, como todos los enamorados, olvidaba que los hombres nacen con la enfermedad mortal del hambre y únicamente pueden seguir viviendo si se curan de ella dos veces al día. Otras cosas le preocupaban en aquel momento, más importantes para él.

Mientras tanto, su amigo Robledo vagaba cabizbajo por la calle central de la Presa. Venía de su casa y no estaba en ella Torrebianca. La criada le había esperado en vano con el desayuno pronto. ¿Dónde encontrar a este hombre?...

En mitad de la calle oyó voces amigas y levantó su rostro. El estanciero Rojas hablaba vehementemente al comisario del pueblo, que le respondía con gestos de extrañeza. Atraído por el saludo de los dos, Robledo se aproximó.

—Un chasque —dijo don Carlos— ha venido a mi estancia para avisarme que el comisario había encontrado la vaca que me robaron... Y don Roque no ha enviado a nadie, ni sabe una palabra. ¿Ha visto usted qué historia tan sin gracia? ¿Quién será el hijo de... tal que ha querido darme esta broma?

Robledo escuchó algunos momentos, fingiendo interés por el asunto, y continuó su marcha. Únicamente le preocupaba el paradero de su amigo Torrebianca, creyendo reconocerlo en todos los hombres que veía a lo lejos.

«Es lástima que Ricardo saliese tan temprano —pensó—. Él me hubiera ayudado en esta busca.»

Watson, indeciso entre su timidez y el deseo de ver a Celinda, se había ido aproximando a la estancia; pero al llegar a cualquiera de las tranqueras que cerraban la cerca de alambres permanecía indeciso. ¿Cómo explicar su presencia dentro de la propiedad de Rojas, cuando Flor de Río Negro le había ordenado rencorosamente que no volviese más?

La vista de una tranquera abierta le infundió ánimo.

«Diga ella lo que diga, ¡adelante! —pensó—. Necesito verla, aunque sea para recibir insultos.»

Y fue avanzando con lentitud por los caminos de la estancia.

De pronto su caballo se mostró inquieto, avivando el paso y deteniéndose a continuación, como si pretendiera encabritarse.

Vio el joven los cuerpos de dos mastines muertos sin duda recientemente, pues tenían sus cabezas destrozadas sobre un charco de sangre. Siguió avanzando, y a pocos pasos de la casa encontró a un hombre tendido en mitad del camino.

También estaba muerto. Era un peón de Rojas, un mestizo al que creía haber visto algunas veces, a pesar de que su rostro estaba ahora destrozado a balazos. Una de sus órbitas había quedado vacía, colgando de este orificio del cráneo algunas piltrafas de la masa cerebral. En torno a él, la tierra bebía sangre ávidamente, cubriéndose de moscas.

Se echó abajo del caballo, y con el revólver en la diestra avanzó hacia la casa. Al asomarse a su puerta y ver que no había nadie en la gran pieza que servía de sala y comedor, empezó a dar gritos.

Un sillón de junco, que era el preferido por Celinda, estaba volcado en el suelo. Se fijó también en el tapete de la gran mesa, que parecía haber sufrido un rudo tirón y estaba igualmente en el suelo, con todos los papeles y los objetos que descansaban sobre él ordinariamente revueltos o rotos.

Fueron tales sus gritos y repitió tanto su nombre para inspirar confianza, que al fin sonaron pasos en el interior del edificio y asomó a una puertecita el rostro arrugado y cobrizo de la madre de Cachafaz. Otras criadas y peones de la estancia, todos mestizos, fueron surgiendo de sus escondites, balbuceando respuestas ininteligibles o persistiendo en un silencio de terror.

Salió Watson de la casa a tiempo para ver cómo el pequeño Cachafaz venía de los corrales, mirando inquieto a un lado y a otro. De pronto, todos a la vez quisieron relatar al ingeniero lo ocurrido, pero el pequeño se les adelantó con cierta autoridad.

Él estaba junto a la patroncita y lo había visto todo. Tres hombres llegaron a todo galope. Cachafaz había salido de la casa atraído por los ladridos de los mastines y oyó los tiros que les daban muerte. Luego vio a un peón que corría hacia los jinetes, sin duda para preguntarles por qué invadían de este modo la estancia. Los tres dispararon sus revólveres contra él y rodó por el suelo.

—Yo me metí corriendo en la casa —continuó el pequeño—. La patroncita fue a salir para ver qué pasaba, pero llegaron los tres hombres malos y le echaron un poncho por la cabeza. Me escondí debajo de una mesa; luego me asomé, y vi cómo montaban y se llevaban a la patroncita, que hacía con sus brazos así... así, debajo del poncho. Y no sé más.

Los otros deseaban contar igualmente sus impresiones, aunque en realidad no habían visto gran cosa, pues se escondieron al caer muerto el peón, permaneciendo ocultos hasta la llegada de Watson. Éste, mientras se defendía de tantas personas que le hablaban a la vez, pensó con remordimiento en aquella indecisión que le había hecho vagar junto a las alambradas de la estancia. ¡No haber entrado media hora antes, para estar al lado de Celinda y defenderla!...

Adivinó en los ojos de antílope de Cachafaz que callaba otras cosas y quería decírselas a él, pero a solas. Sonreía el pequeño con desprecio al escuchar cómo los otros daban señas contradictorias describiendo a los asaltantes. Todos creían conocerlos y cada uno los había visto de distinto modo. Watson lo llevó aparte, y empinándose Cachafaz sobre la punta de sus pies, le dijo en voz baja:

—Es Manos Duras el que ha robado a la patroncita. Yo sé dónde la tiene.

Acosado por las preguntas de Ricardo, fue explicándose. Ninguno de los tres hombres que se llevaron a Celinda era Manos Duras. Pero el pequeño, al abandonar su escondrijo, se había deslizado hasta un corral inmediato, trepando a lo más alto de una pirámide de alfalfa seca, guardada para la alimentación de las vacas en invierno. Su cúspide era un lugar de observación, desde el cual podía abarcarse enorme espacio de terreno. Oculto en esta atalaya había visto cómo los tres jinetes se juntaban a gran distancia con otro que parecía aguardarles, y era indudablemente Manos Duras. Luego, los cuatro galopaban en la misma dirección, llevando uno de ellos a la prisionera sobre el delantero de su silla.

También había visto desde la colina de alfalfa cómo llegaba Watson, pero tal era su recelo, que no quiso bajar hasta convencerse de su identidad.

Estas noticias conmovieron a Ricardo tan profundamente, que tardó algún tiempo en poder coordinar sus ideas. Lo primero que pensó fue en la urgencia de buscar a Celinda para libertarla, sin considerar la enorme desproporción de fuerzas entre él y aquellos bandidos. Disponía de un auxiliar, el pequeño Cachafaz, conocedor del sitio donde guardaban oculta a la joven. Esto era lo importante. Recobrarla a mano armada corría de su cuenta. Y con la arrogancia absurda de los enamorados que no reconocen la valía exacta de los obstáculos, montó a caballo e hizo una seña al pequeño para que le acompañase.

De un salto se encaramó Cachafaz en la grupa, agarrándose a las ropas de Watson, y éste metió espuelas a la cabalgadura, haciéndola salir al galope.

Creyendo adivinar Ricardo lo que pensaba el pequeño, así que hubo pasado la alambrada de la estancia se dirigió hacia el rancho de Manos Duras, que muchas veces había visto de lejos.

—Lleva mal rumbo, patroncito —dijo Cachafaz. Y señalando lo más alto de la cortadura que daba sobre el río por la parte de la Pampa, añadió:

—Vamos para allá, al rancho de la India Muerta.

Este rancho en ruinas, llamado de «la India Muerta», era célebre en la comarca, y sin embargo, muy pocos lo habían visitado, pues únicamente servía de refugio a vagabundos deseosos de continuar su marcha sin ser vistos por las gentes del país.

—Allí los encontraremos... —volvió a decir— si es que no han seguido viaje.

Una sorpresa no menos desagradable que la de Watson cuando llegó a la estancia de Rojas fue la que experimentó Robledo casi a la misma hora, al regresar a su vivienda, cansado de la inútil busca de su amigo.

Vio sentada en el umbral de su puerta a Sebastiana, que parecía aguardarle, a juzgar por el gesto de satisfacción con que le acogió. Él, por su parte, no tuvo menos contento al encontrarla, imaginándose que la enviaba Federico para darle explicaciones sobre su huida. Tal vez este hombre débil había vuelto al lado de su mujer creyendo una vez más en sus mentirosas explicaciones.

—¿La envía su patrón?... ¿Trae alguna carta de él?

Sebastiana acogió estas preguntas con una extrañeza que hizo dilatarse sus ojos oblicuos.

—¿Qué patrón?... ¿El marqués?... No sé nada de él. Yo creía que estaba aquí. Vengo por otra cosa.

Se había incorporado, suspirando fatigosamente al colocar su corpulencia en sentido vertical, y dijo bajando el tono de su voz:

—No he podido dormir en toda la noche, y aquí estoy, don Manuel, aguardándole para que me conteste una preguntita.

Acogió el ingeniero con una paciencia algo irónica esta consulta; pero apenas la mestiza empezó a hablar, su rostro se transformó, prestando una atención reconcentrada a todas sus palabras.

Cuando hubo terminado el relato de lo visto y oído por ella en la noche anterior, siguió diciendo:

—¿Por qué esa señorona y Manos Duras hablaron de mi antigua patroncita?... ¿Qué tiene que ver con ellos mi paloma inocente?... Como yo soy una zonza, que no puede entender muchas cosas, me he dicho: «Voy a ver a don Robledo, el ingeniero, que lo sabe todo. Él me dirá...».

Pero Robledo no la escuchaba. Parecía abstraído, y de pronto hizo un gesto de asombro y de inquietud, como si acabase de descubrir una temible verdad. Volvió la espalda a Sebastiana y anduvo velozmente hacia el sitio de donde había venido.

Quedó asombrada la mestiza viendo correr al ingeniero, cada vez más apresuradamente, como si sus palabras le hiciesen temer que podía llegar tarde. Robledo, desde lejos, empezó a hacer signos y a dar voces avisando a don Carlos y al comisario, que aún seguían su conversación en el mismo lugar. Los dos se miraron asombrados al oírle decir con voz jadeante:

—¡A caballo! Lo del aviso de la vaca fue una astucia de Manos Duras para que usted abandonase su estancia. Me temo que algo malo puede ocurrir a Celinda, y debemos ir allá cuanto antes. ¡Con tal que no lleguemos tarde!...

Estas palabras y otras del ingeniero esparcieron la alarma después de los primeros momentos de estupefacción.

Don Roque fue corriendo a su casa para armarse y montar a caballo. Sus cuatro hombres, avisados por él, hicieron todo lo posible para seguirle, pero solo tres lograron encontrar montura lista y armas de fuego prestadas por algunos vecinos, abandonando sus sables inútiles.

Mientras Robledo, vuelto a su vivienda, daba prisa al servidor español para que le preparase su caballo y se ceñía el revólver con una canana llena de cartuchos, envió aviso a los capataces de sus obras que vivían cerca y tenían armas. Además, pidió al dueño del boliche un magnífico rifle americano que guardaba oculto debajo de su mostrador.

Otra preocupación de Robledo en aquel momento era impedir que se escapase don Carlos Rojas. Le había obligado a venir con él hasta su casa, aconsejándole prudencia.

—Porque usted llegue allá media hora antes no va a evitar lo que haya ocurrido. En cambio, si va solo puede verse a merced de esos bandoleros. Un poco de paciencia y saldremos todos juntos.

El estanciero recibía sus consejos con gruñidos impacientes, temblando al mismo tiempo de cólera y de inquietud. Se apartó Robledo unos instantes de la puerta de su casa para ir al encuentro de algunos hombres convocados por él y explicarles lo que debían hacer. Se presentó también el dueño del boliche con el rifle americano, entregándolo solemnemente a su compatriota como si le confiase toda su familia.

Aprovechó don Carlos este alejamiento momentáneo de Robledo, y saltando sobre su caballo lo hizo salir a todo galope, sin prestar atención a los gritos que acompañaron su fuga.

Después de este acto del impaciente Rojas, se fue organizando la expedición, compuesta de una docena de jinetes, todos con carabinas, y al frente de los cuales se colocaron el ingeniero y el comisario.

La noticia había circulado por el pueblo y acudieron grupos de mujeres y chiquillos para ver la salida de la tropa montada. Cuando el pelotón de jinetes fue pasando ante la casa que había sido de Pirovani, Robledo miró sus ventanas con cierta inquietud.

«¡Si iremos —se dijo— al encuentro de otra desgracia proporcionada por esa mujer!»

En aquel momento Watson abandonaba su caballo y seguido de Cachafaz empezó a arrastrarse entre ásperos matorrales. El mesticillo le había conducido a una altura arenosa, en el borde de la altiplanicie, desde la cual podían verse casi verticalmente las ruinas del rancho de la India Muerta.

Él conocía de fama este sitio. Veinte años antes estaba habitado por gentes que hacían pastar sus ovejas en los campos inmediatos. Pero el capricho de los huracanes los había cubierto de pronto con una gruesa capa de arena. Además, el pozo del rancho, que proporcionaba un agua relativamente dulce, no ofrecía ya mas que sal líquida. Los hombres habían huido, arruinándose con rapidez las construcciones de adobes. Únicamente los vagabundos buscaban el abrigo de sus techos rotos.

Watson sintió cierto asombro al poder avanzar a gatas entre el ramaje de la colina arenosa sin que el ladrido de ningún perro avisase su presencia. Esto le hizo temer que Cachafaz se hubiera equivocado en sus deducciones y el rancho estuviese desierto. Pero el pequeño mestizo, que avanzaba delante de él, se detuvo entre dos matorrales y luego volvió el rostro, haciendo un gesto para que se aproximase.

Metió su cabeza igualmente entre las ramas, y pudo ver, veinte metros más abajo, una explanada arenosa, en el centro de la cual estaban las ruinas del rancho. Dos caballos iban de un lado a otro con paso tardo, buscando las hierbas ralas para mascarlas, y un hombre estaba sentado en el suelo teniendo un rifle sobre las rodillas.

Cachafaz le habló al oído tenuemente.

—Es uno de los que se llevaron a la patroncita.

Por más que miró Watson estirando su cuello, no pudo ver a otra persona. Retrocedió a rastras, abandonando su observatorio, y al llegar al pie de la colina sacó de un bolsillo un lápiz y una carta olvidada, de la que arrancó una hoja. Cachafaz le miró mientras escribía, con sus ojos de animalejo astuto, como si adivinase lo que iba a encargarle.

Le entregó Ricardo el papel, señalando a continuación el lugar donde había dejado su caballo.

—Corre al pueblo y da esta carta al señor Robledo el ingeniero, o al comisario... Al primero que encuentres.

Quiso añadir nuevas explicaciones, pero el duende cobrizo ya no podía escucharlas. Se había lanzado cuesta abajo, y poco después saltaba sobre el caballo, desapareciendo al galope.

Volvió otra vez Ricardo a subir la ladera arenosa para observar lo que pasaba en el rancho. Ahora vio a dos hombres: el mismo de antes, que continuaba sentado en el suelo con su carabina sobre las rodillas, y frente a él, de pie y sin otras armas que las del cinto, un gaucho al que reconoció inmediatamente, pues era Manos Duras. Hablaban los dos, pero no pudo oír sus palabras por ser grande la distancia que le separaba de ellos. Esto hacía inútil su observación por el momento. Tampoco pudo pensar en atacarlos, ni aún valiéndose de la sorpresa. Solo eran dos los enemigos que tenía a la vista, pero indudablemente los otros dos estaban en el interior de las ruinas, tal vez durmiendo.

«¿Dónde guardarán a Celinda?», pensó el joven.

Arrastrándose siempre entre los matorrales, empezó a seguir el contorno de la loma de arena, para poder ver las ruinas por el lado opuesto. Los dos bandoleros continuaron hablando, sin sospechar que sobre el borde de la pendiente que tenían junto a ellos se deslizaba un hombre espiándolos.

El acompañante de Manos Duras, que era el llamado Piola, le habló con tono de reconvención.

—Bien sabes vos que no me gustan negocios en que hay hembras de por medio. Casi nunca terminan bien, y además arman un bochinche de los demonios. Mejor era habernos ido a tomar «hacienda» en el Limay, para luego venderla en la Cordillera. Mejor también habernos llevado las vacas del viejo Rojas y convertirlas en plata, en vez de entretenernos como unos muchachos en robarle su vaquillona.

Manos Duras contestó con un gesto de hombre superior que no considera necesario explicar la conveniencia de sus actos. Piola continuó:

—Tal vez tengas vos tus razones para eso. Nosotros te ayudamos como hermanos, pero si te han dado plata por llevarte a esa señorita, debías partírtela con nosotros.

El gaucho tomó una actitud altiva.

—Nada de plata. Te expliqué que esto es venganza; la peor para ese viejito que me insultó... Ya sabés también nuestro trato. Me la guardáis, y luego, cuando estemos en la Cordillera, será para vosotros.

Piola sonrió con una alegría repugnante al oír mencionar este convenio.

—Bueno; te la guardaremos —dijo—. Tú serás el primero... si es que vuelves a juntarte con nosotros no más lejos que mañana. Si tardas no la encontrarás entera... Pero ¿por qué no emprendes viaje ahora con nosotros? ¿Qué tienes que hacer en la Presa esta noche, que nos abandonas?

—Un cobro —contestó Manos Darás, con petulancia—. Quiero dejar mis cuentas bien arregladas antes de irme.

Como el otro no podía explicarse el optimismo de su compañero, empezó a hacer cálculos. Tal vez a aquellas horas ya se sabía en el pueblo lo ocurrido en la estancia de Rojas. Y si aún lo ignoraban, lo sabrían antes de que transcurriese mucho tiempo, o sea tan pronto como volviese don Carlos a su casa después del inútil viaje a la Presa. ¿No temía Manos Duras que el comisario y las demás gentes del pueblo le atribuyesen el rapto de la muchacha?

—Puede que sea así —contestó el gaucho—, ¡pero me han supuesto tantas cosas, sin llegar a probarme ninguna!... Si me ven en el pueblo, acabarán por creer que no he tenido parte en este negocio. Ninguno de la estancia me ha visto. Además, me iré primeramente a mi rancho, por si alguien se allega por allá, y solo a la tardecita entraré en la Presa, como otras veces... Creo que a medianoche habré terminado mi negocio y podré salir para alcanzaros.

Guiñó un ojo Piola, señalando al mismo tiempo con su diestra el rancho inmediato.

—¿Qué dice ella?

—Cree que nos la hemos llevado para pedirle dinero al viejo. No adivina lo que le aguarda... Es una muchacha «guapa», y no parece tener mucho miedo ahora que se le ha pasado el primer susto. ¡Pucha, lo que me dio que hacer cuando la traía en mi flete!... La tengo ahí dentro con las manos atadas, pues de no estar así se defiende y habrá que pegarla como a un hombre.

Manos Duras quedó pensativo, añadiendo luego con una sonrisa cínica:

—No he querido quedarme ahí dentro, porque vos comprenderás, hermano, que es muy expuesto estar a solas con una buena moza así... Te diré que hay otra que me gusta más, y espero verla muy pronto. Pero ésta también es de aprecio, y si uno está solo con ella, sopla el diablo, se empiezan a hacer cosas por entretenerse no más, pierde uno la razón, y no sabe cuándo y cómo terminará. Ahora estamos en tierra enemiga, y no hay que olvidarse de ello ni perder el tiempo... La fiesta me la reservo para mañana. Hoy tengo otras cosas que hacer para que mi juego resulte completo... En cuanto vuelvan los compañeros nos decimos adiós. Vosotros seguís viaje con la vaquillona, yo me vuelvo a mi rancho, y hasta mañana si Dios quiere.

Ricardo se arrastró inútilmente entre los matorrales, no viendo mas que a los dos hombres enfrascados en su conversación y el rancho ruinoso, que por el lado opuesto tenía cerrada su única entrada con unos maderos mal unidos. Empezó a dudar si los raptores de Celinda la habrían ocultado allí, o estaría la joven en un escondite más difícil de descubrir, bajo la guarda de los otros dos cordilleranos.

Al fin, cansado de una observación sin éxito, se deslizó por la colina de arena, viniendo a sentarse en el lugar donde Cachafaz había montado su caballo. Así permaneció mucho tiempo, deseando que transcurriesen las horas con prodigiosa rapidez y terminase el suplicio de una espera impotente, viendo aparecer a lo lejos el auxilio que había pedido a sus amigos.

Sus ojos, que examinaban el horizonte, sin ver en él nada extraordinario, se animaron de pronto al distinguir un pequeño jinete que iba agrandándose en el avance de su galope continuo. Minutos después pudo reconocerlo con facilidad, por haberle visto aquella misma mañana. Era don Carlos Rojas.

Aunque venía hacia él, consideró prudente salir a su encuentro y echó a correr con toda la velocidad que le permitía el suelo arenisco surcado por las raíces de los matorrales, que el viento había dejado descubiertas, y en las que se enredaban sus pies, haciéndole dar violentos tropezones.

Viéndole surgir a un lado del camino, don Carlos encabritó su caballo, sacando al mismo tiempo el revólver del cinto. Después, al reconocerlo, echó pie a tierra.

No llegaba a explicarse Watson esta aparición del estanciero, pues él había dirigido su aviso a los amigos de la Presa. Además, le veía llegar solo.

—¿Dónde están los otros? —preguntó—.¿Ha visto usted a Robledo?

La respuesta de don Carlos fue evasiva.

El ingeniero y el comisario tal vez vendrían detrás de él o tal vez tardasen horas.

—Yo no he querido aguardarlos. Son algo... cachazudos; a saber cuándo llegarán. Me faltó paciencia y aquí estoy.

Luego fue explicando cómo en mitad de su camino, cuando iba directamente hacia el rancho de Manos Duras, sin pasar por su estancia, vio venir hacia él un jinete que galopaba a rienda suelta. Sacó el revólver para detenerle, pero no hizo uso del arma al fijarse en su aspecto.

—Era como una mona sobre un caballo, y reconocí en esta mona a Cachafaz. Me contó que usted estaba aquí, me enseñó su papel, y yo le dije que avisase a los que vienen detrás para que no pierdan tiempo pasando por mi estancia y que él les sirva de baquiano, trayéndolos directamente... ¿Qué es lo que ocurre?

Marcharon los dos entre matorrales, siguiendo las huellas que había dejado Watson al salirle al encuentro. Rojas llevaba su caballo de las riendas, y lo dejó en el mismo sitio donde Ricardo había dejado antes el suyo. Luego subieron de rodillas y apoyándose en las manos la pendiente arenosa desde cuyo filo podían observar el rancho de la India Muerta.

Al asomarse entre el ramaje, vieron a Piola sentado en el suelo, lo mismo que antes, pero solo, pues Manos Duras había desaparecido.

Este hombre fumaba, mirando en torno inquietamente, como si sus sentidos, aguzados por la vida aventurera en el desierto, le avisasen la cercanía oculta del enemigo.

De vez en cuando estiraba el cuello, mirando a lo lejos con el deseo de ver la llegada de alguien.

—Ataquémosle —dijo en voz baja don Carlos.

Nada le importaba que el cordillerano tuviese su carabina pronta sobre las rodillas. Él y Watson contaban con sus revólveres.

—No hay que olvidar al otro que está oculto —contestó el ingeniero.

—¿Y qué? Serán dos, y nosotros también somos dos... Voy a voltear a ese bandido.

Tiró de su revólver con la idea de hacer fuego desde allí, sin tener en cuenta la distancia; pero Watson le contuvo con su diestra, murmurando al mismo tiempo junto a uno de sus oídos:

—Hay dos hombres más, que no sé dónde están. Esperemos a que lleguen nuestros compañeros.

Permanecieron en un estado de dolorosa indecisión, fluctuando entre la espera prudente o la loca aventura de atacar a unos enemigos cuyo número exacto ignoraban.

No tardó Watson en saber dónde se habían ocultado los otros dos camaradas del gaucho. Sonaron lejanos los furiosos ladridos de varios perros. Piola dio un grito y Manos Duras salió del rancho, asomándose a la esquina de adobes y quedando visible por unos momentos para los que espiaban tendidos entre los matorrales.

Eran los cordilleranos que llegaban. Después del rapto se habían dirigido al rancho de Manos Duras para traer la tropilla de caballos que debía acompañarles en su viaje a los Andes, así como los víveres y demás objetos necesarios en tan larga expedición. Los perros del rancho se habían incorporado a la tropilla.

Algún tiempo después fueron entrando en la arenosa explanada los dos jinetes, armados con carabinas, y seis caballos en libertad que formaban un grupo compacto, sosteniendo sobre sus lomos sacos y fardos sujetados con cuerdas. Los tres perros de Manos Duras, después de saltar junto a las ruinas saludando con alegres ladridos a su amo invisible, se mostraron inquietos y empezaron a husmear en torno a ellos. Luego prorrumpieron en aullidos feroces. Babeando de rabia y con los colmillos amenazantes intentaban subir la arenosa cuesta, retrocediendo a continuación para avisar a los gauchos la presencia del enemigo oculto.

Los dos jinetes, que aún no habían desmontado, después de silbarles inútilmente participaron de su inquietud, mirando con ojos hostiles los matorrales de la altura próxima.

—Nos han descubierto —murmuró el estanciero—. Mejor: así acabaremos de una vez.

El norteamericano, reconociendo la imposibilidad de hacer otra cosa, le siguió ladera abajo hasta donde estaba el caballo. Montó en él don Carlos después de examinar si su revólver salía fácilmente de la funda. Watson marchó a pie, apoyándose en una pierna de Rojas, y de este modo avanzaron los dos francamente hacia el rancho.

Cuando llegaron a él, siguiendo a los tres perros, que retrocedían sin dejar de mostrarles sus colmillos y ladrando furiosos, vieron a los dos cordilleranos todavía a caballo, y a Piola, con su carabina apoyada en el pecho, pronto a hacer fuego. Don Carlos se dirigió a él como si fuese el jefe.

—¿Dónde está mi hija? —preguntó impetuosamente.

Le escuchó el gaucho andino con rostro impasible, como si no le comprendiese.

—Nada de palabras inútiles —continuó el estanciero—. Si lo que queréis es plata, hablemos, y puede que nos entendamos.

Piola permaneció silencioso. Mientras tanto, obedeciendo tal vez a una seña de él, los dos hombres montados se alejaron, examinando el horizonte. Solo volvió uno de ellos, y al echar pie a tierra dijo algunas palabras en voz baja. No se veía a nadie en los alrededores.

Los perros seguían ladrando, yendo inquietos de un lado a otro, pero esta alarma no debía ser mas que una continuación de la anterior. Aquellos dos hombres indudablemente habían llegado solos.

Rojas hizo nuevos ofrecimientos, al mismo tiempo que se esforzaba por contener su indignación, dando a su voz una exagerada melosidad.

—No sé de qué me habla, señor —contestó al fin Piola—. Se equivoca usted. Nunca he visto a esa señorita.

—¿Acaso ustedes no son amigos de Manos Duras?

Mientras hablaban los dos, Ricardo, alejándose un poco de ellos, intentó dar vuelta al rancho para llegar a su puerta; pero el otro cordillerano, adivinando su intención, se colocó ante él, levantando la carabina como si fuese a apuntarle. Al fin, Piola, sin contestar a Rojas nada concreto, le volvió la espalda, dirigiéndose hacia la esquina de la ruinosa construcción y desapareció detrás de ella.

Fue a seguirlo el estanciero, y tropezó con el mismo hombre que había contenido a Watson. Ahora apuntaba francamente su rifle contra los dos, para que no pasasen adelante, y tuvieron que mantenerse inmóviles, dudando entre obedecer a la amenaza o arrojarse sobre aquel bandido.

De un puntapié apartó Piola las maderas mal unidas que cerraban la entrada del rancho. La presencia del cordillerano hizo que Manos Duras abandonase su lucha con Celinda. Ésta, con las manos atadas, se defendía de la agresividad carnal de su raptor. Le había arañado, le había mordido, repeliéndole al mismo tiempo con sus pies. El gaucho tenía en el rostro y en las manos varios rasguños que goteaban sangre, pero tal era su excitación que no parecía darse cuenta de ellos.

Al ver a su camarada se esforzó por serenarse, hablando con una alegría feroz.

—Lo que yo te dije, hermano; empieza uno por juego y acaba interesándose. No se puede estar en paz al lado de una buena moza.

Pero calló al notar que Piola le miraba como reconviniéndole.

—Vos ahí de farra, como un muchacho, mientras afuera pasa lo que pasa.

Le invitó a salir con un gesto, y más allá de la puerta continuó, bajando la voz:

—Ahí tenés al viejito de la estancia con un gringo de los que trabajan en las obras del río. ¿Qué hacemos?...

Manos Duras, a pesar de su cinismo, quedó sorprendido al saber que don Carlos estaba al otro lado de la esquina de adobes. ¿Cómo se había presentado tan pronto?... ¿Quién había podido revelarle la presencia de su hija en este rancho lejano? Pero su ferocidad y el recuerdo de la ofensa inferida por Rojas le inspiraron una solución.

—Lo mejor será matarlo.

—¿Y al gringo también? —preguntó Piola con ironía—. Vos encontrás fácilmente el remedio a todo.

Se mostraba inquieto el cordillerano, como si su instinto le hiciese presentir la proximidad del peligro. Ya no creía que aquellos dos hombres hubiesen llegado solos. Otros indudablemente iban a venir, para darles ayuda. Lo que Manos Duras debía hacer —si es que verdaderamente necesitaba seguir este mal negocio del robo de la señorita— era montar en su «flete» sin pérdida de tiempo y llevarse la buena moza a cierto lugar en las orillas del río Limay, donde se habían dado cita para el día siguiente. Debía desistir de su vuelta al pueblo aquella noche. Era oportuno cambiar ahora el orden de la marcha. Mientras él se alejaba llevándose a la muchacha, ellos se quedarían allí con la tropilla. Piola se encargaba de convencer al viejo de la falsedad de sus sospechas. Y si llegaban otros hombres del cercano pueblo, se convencerían también —viéndolos sin ninguna mujer y sin Manos Duras— de que eran unos viajeros pacíficos que habían hecho alto en aquel lugar.

El gaucho le escuchó con impaciencia. Le había tomado gusto a esta aventura y no admitía modificaciones en ella. Deseaba conservar a Celinda, y al mismo tiempo no quería renunciar a su vuelta al pueblo, así que cerrase la noche, para hacer aquel cobro del que hablaba misteriosamente.

—También podés vos hacer otra cosa —continuó Piola—. El padre ofrece plata si le devolvemos la muchacha, y...

Pero no pudo continuar. Cerca de ellos, al otro lado de la esquina de adobes, sonó un tiro, acompañado de un grito. El amigo de Manos Duras lanzó una blasfemia.

—Ya empieza el baile —dijo armando su rifle y corriendo hacia el sitio donde había sonado la detonación.

Rojas acababa de disparar su revólver contra el hombre que le impedía el paso. Este se había fijado especialmente en Watson, pues por ser más joven, le infundía mayor cuidado, volviendo hacia él su carabina, y don Carlos aprovechó el olvido en que le dejaba para sacar cautelosamente su revólver, apuntando al pecho del cordillerano y haciendo fuego.

Al caer este enemigo, Watson se inclinó inmediatamente sobre él para apoderarse de su arma.

Cuando Piola dio vuelta a la esquina, Rojas montaba ya en su caballo. Por un sentimiento atávico de centauro de estancia, se consideraba más fuerte y más seguro de este modo que a pie. Watson, forcejeando con el herido acababa de arrancarle su rifle e iba a incorporarse; pero vio que el bandolero andino le apuntaba por tenerlo más cerca, y su instinto le hizo encogerse, al mismo tiempo que sonaba la detonación. Gracias a este movimiento, el proyectil no le atravesó el pecho, cortándole únicamente el hombro izquierdo, con una herida superficial. El dolor le hizo soltar el rifle, permaneciendo acurrucado con una mano en el hombro.

Su agresor dio unos pasos hacia él para que el segundo disparo resultase más certero, en el mismo instante que Manos Duras avanzaba su cabeza fuera de la esquina del rancho, atraído por la pelea.

Vio a don Carlos, que, montado ya en el caballo, apuntaba con su revólver a Piola. Él sacó igualmente el suyo del cinto para disparar contra el estanciero, pero no pudo hacerlo. Tuvo que levantar el arma al ver interponerse entre los dos al otro jinete andino que había quedado en observación.

—¡Gente!... ¡Mucha gente! —gritaba este hombre.

Los perros se presentaron detrás de él, con violentos saltos de retroceso y de avance, ladrando a un enemigo invisible.

A partir de este momento, los sucesos parecieron atropellarse unos a otros, superponiéndose con una velocidad irreal.

Manos Duras fue el más ágil para la acción. Corrió hacia su caballo, que seguía rumiando la hierba sin asustarse de los tiros, como si estas detonaciones fuesen ordinarias en su existencia. Luego desapareció detrás del rancho.

Piola pareció olvidarse de Watson, para pensar en su propia seguridad. También era hombre de a caballo, y se consideraba más seguro y fuerte sobre la silla que a pie. Montó en su cabalgadura, siempre con la carabina en la diestra, y uniéndose a su camarada fueron a situarse los dos junto a la tropilla de caballos, dispuestos a defender hasta la muerte las cargas de sacos y fardos que representaban la fortuna de la comunidad.

Rojas pareció olvidarlos, acercándose a Watson para preguntarle con ingenua emoción:

—¿Qué le pasa, gringuito?... ¿Le han matado?

El joven tenía en un hombro de su blusa una mancha negra, que iba agrandándose; pero se incorporó, contestando con pálida sonrisa:

—Poca cosa: un rasguño nada más.

Don Carlos ya no pudo ocuparse de él. Necesitaba ver lo que había al otro lado del rancho, e hizo avanzar su caballo, dando vuelta a la esquina.

No encontró a nadie. Su rústica puerta, completamente abierta, mostraba la soledad de su interior. Pero al apartar sus ojos de las ruinas vio a un jinete que se alejaba al galope, llevando sobre el delantero de su silla una especie de envoltorio largo, sostenido por uno de sus brazos, y que se agitaba violentamente lo mismo que una persona.

El instinto avisó al estanciero más que sus sentidos.

—¡Ah, gaucho ladrón!...

Lo que le había parecido en el primer momento un envoltorio de ropas contenía una vida, y se negaba a dejarse llevar.

Tuvo la certidumbre de que su oído le engañaba, con el trastorno de la emoción, al hacerle oír una voz de mujer; pero al mismo tiempo creyó que Celinda le había reconocido, llamándolo con desesperado lamento:

—¡Papá!... ¡papá!...

XVII

Al levantarse Elena, bien entrada la mañana, vio con sorpresa que la mestiza no acudía a sus repetidas voces.

Finalmente se presentó una de aquellas muchachas apodadas «chinitas» que trabajaban en el servicio de la casa bajo las órdenes de Sebastiana. Según declaró esta joven, la respetable mestiza no había vuelto después de su salida a primera hora.

—Dicen que ha habido un bochinche en la estancia de don Carlos Rojas. El comisario y muchos hombres se fueron para allá.

A Sebastiana, según continuó diciendo la chinita, la habían visto algunos en las afueras del pueblo, a caballo y acompañada por el doméstico del señor Robledo.

—Habrá ido a ver si le ocurrió algo a su antigua patroncita. Cada uno cuenta una cosa... Pero lo cierto es que en la estancia han matado a alguien.

No pudo continuar hablando la criada, en vista de la poca curiosidad que mostraba su señora. Se había limitado a una exclamación de sorpresa al escuchar las primeras palabras. Luego quedó en silencio, como si no le interesase el relato.

Permaneció toda la mañana en su salón, después de haber tomado el desayuno. Pensaba con impaciencia en las largas horas que debían transcurrir antes de que llegase la noche. Estaba resuelta a llamar a Robledo; pero éste, según las noticias de su criadita, se había ido con el comisario a la estancia de Rojas y no regresaría hasta el atardecer.

Le era imposible seguir viviendo más tiempo en aquel pueblo. Que se quedase su marido, trabajando en los canales. Ella pensaba pedir a Robledo que le proporcionase los medios de regresar a París, o cuando menos el dinero necesario para volver a Buenos Aires. Una vez en la gran ciudad sabría defenderse. En su primera juventud se había visto en situaciones iguales o peores, y conocía por experiencia cómo una mujer enérgica puede salir de los pasos difíciles con más soltura que un hombre.

Deseaba que anocheciese pronto, pensando en su futura conversación con el español. Al mismo tiempo le daba miedo el rápido deslizamiento de las horas, pues alguien podía venir a su ventana para exigirle el cumplimiento de una promesa hecha la noche antes.

Necesitaba un esfuerzo mental para convencerse de que no había soñado su entrevista con Manos Duras.

«¡Qué absurdo! —pensó—. Pero ¿he podido hacer realmente eso?»

Muchas veces en su existencia había sentido la misma extrañeza por los propios actos, como si hubiesen en su interior dos personalidades antagónicas, una de las cuales inspiraba horror a la otra.

«¡Y ese hombre tal vez venga esta misma noche!», seguía pensando.

Para tranquilizarse se dijo que bien podía ser que el gaucho hubiese olvidado sus promesas. Pero inmediatamente recordó las vagas noticias que le había dado su criadita de algo terrible ocurrido en la estancia de Rojas.

Como estaba predispuesta a creer que todos los sucesos debían plegarse a sus conveniencias, sintió finalmente la confianza del optimismo.

«No vendrá —se dijo—. ¡Qué disparate! ¿Cómo puede ese hombre haber creído una promesa tan absurda?...»

Después de las noticias que habían circulado por el pueblo, no se atrevería a volver. Además, aquel bárbaro resultaba temible a campo raso; pero con tener ella bien cerradas las ventanas y puertas de la casa, se libraría de su presencia.

Ya no pensó en el gaucho, mas no por esto desapareció de su memoria el recuerdo de la noche anterior. Algo había sucedido al romper el día, cuando empezaban a marcarse luminosamente las rendijas de su ventana; y esto lo había percibido confusamente, como todo lo que pasa cuando los ojos se resisten a abrirse y el pensamiento vacila entre el sueño y la vigilia.

Completamente despierta y considerando ahora lo ocurrido a varias horas de distancia, empezó a convencerse de que alguien había estado junto a su ventana al amanecer. Recordó un ruido sofocado de pasos en la galería exterior y el leve crujido de la madera de la pared bajo el peso de un cuerpo apoyado en ella. Hasta podría jurar que había escuchado algo semejante a suspiros de dolor, a un jadeo de desesperación. Y su instinto le avisaba que aquel ser misterioso que había vivido unos momentos cerca de ella, al otro lado del muro de tablas, no era otro que su esposo.

Dos veces fue ahora a la ventana, abriéndola para ver su exterior y su interior, con la esperanza de encontrar un papel o cualquier otro indicio del invisible visitante, llegado con el alba y desaparecido al salir el Sol.

«Es Federico —volvió a decirse—; no puede ser otro... Robledo debe saber donde está. ¡Cómo deseo que vuelva al pueblo para hablarle!...»

Poco después de mediodía, cuando ella fumaba su vigésimo cigarrillo, llamaron a la puerta. Transcurrió algún tiempo y volvieron a repetirse los golpes. Elena adivinó que, por estar ausente Sebastiana, las dos chinitas habían abandonado la casa después de servir la comida, vagando por el pueblo en busca de noticias.

Fue a abrir ella misma y se sorprendió reconociendo al visitante. Era Moreno. Su presencia nada tenía de extraordinaria, y sin embargo no pudo contener Elena un gesto de asombro; tan olvidado le tenía. En las últimas horas otros hombres habían ocupado por completo su memoria.

Ruborizándose de su olvido le invitó a entrar con exagerada amabilidad. Su buena suerte le enviaba a este tonto para que la entretuviese con su conversación durante una tarde larguísima, que sin esta visita hubiese resultado de monótona soledad.

Al entrar en el salón, Moreno acarició los muebles con una mirada dulce y protectora, como si le perteneciesen. Luego ocupó el sillón que le ofrecía ella, haciendo alarde de un aplomo que nunca había mostrado en sus visitas anteriores.

—Me voy a Buenos Aires en el tren de esta tarde, señora marquesa —dijo con la gravedad de un hombre que conoce sus propios méritos—. Debo ver al gobierno para darle cuenta de lo ocurrido aquí, y hablar con el ministro de Obras públicas sobre la continuación de los trabajos.

Elena acogió tales palabras con movimientos de cabeza afirmativos, al mismo tiempo que sus pupilas parecían sonreír maliciosamente. Este buen padre de familia exageraba un poco su importancia.

—Pero antes de marcharme he creído conveniente venir a verla para que tratemos de un asunto relacionado con mis futuros negocios.

Siguió hablando, y a las pocas palabras se apagó la chispa alegre e irónica que danzaba en las pupilas de la Torrebianca. Sus ojos solo expresaron un ávido interés, que fue creciendo por momentos.

Moreno relató cómo Pirovani le había confiado toda su fortuna, nombrándole tutor de la hija única que tenía en Italia.

—El pobre —continuó—, por lo que he visto al examinar rápidamente sus papeles, era más rico que yo creía. Este encargo supremo de mi pobre amigo va a darme mucho que hacer, y tal vez me obligue a dimitir mi empleo. ¡Quién sabe si podré regresar aquí!... Temo que transcurra mucho tiempo antes de que volvamos a vernos.

Y la posibilidad de tan larga ausencia entristeció al oficinista, a pesar del aire satisfecho y seguro de sí mismo que mostraba desde el día anterior.

—Como el infeliz Pirovani —siguió diciendo— me confió el manejo de su fortuna, y esta casa pertenece a su heredera, yo, en uso de mis facultades, le digo, señora marquesa, que puede usted seguir aquí todo el tiempo que juzgue oportuno, como si fuese de su propiedad, y sin pagar por ella un solo centavo. ¡Qué no haré yo por usted!...

Ella le miraba fijamente con ojos interrogantes. Le era difícil poder ocultar la sorpresa que le había causado esta revelación. ¡Moreno depositario de la herencia del contratista, abrumado por la enormidad de la fortuna que caía sobre él y volviendo a una ciudad populosa para rehacer su existencia!...

A través de su asombro empezaron a emerger nuevas ideas, semejantes a islotes todavía informes y en pleno hervor de formación. Se desdoblaba su interior, surgiendo junto a la mujer de gustos frívolos ansiosa de comodidades y grandezas, otra que era la de las temibles energías, la de las extremas resoluciones en las horas difíciles, la que no vacilaba ante la crueldad. Y esta mujer, al despertarse, aconsejaba imperiosamente a su compañera: «No dejes que se marche. El destino te lo envía».

Contemplándola Moreno con ojos más atrevidos que en los tiempos que no se creía rico y poderoso, vio de pronto cómo el rostro de la «señora marquesa» parecía velarse, lo mismo que si se deslizase sobre él la sombra de una nube invisible. Luego contrajo su boca con expresión dolorosa y se llevó las manos al rostro, para ocultar sus lágrimas.

Se levantó de su sillón el oficinista para consolarla. Comprendía el dolor de ella viendo el traje de luto que llevaba por la muerte de la madre de su esposo. Además, ¡el triste fin de Pirovani, la fuga de Canterac, tantos sucesos en tan poco tiempo!...

—Es muy triste, señora marquesa, lo que le ocurre, pero no por eso debe usted llorar.

Y se atrevió a tomarle las manos, oprimiéndoselas dulcemente antes de apartarlas de sus ojos, húmedos de llanto.

—No lloro por lo que usted cree —suspiró ella—, lloro por mí misma, por mi desgracia, que no tiene remedio. Estoy sola en el mundo. Mi marido no ha vuelto a casa hace dos días... y tal vez no volverá. ¡Quién sabe qué calumnias le han contado!... Me quedaban mis amigos, mis buenos amigos; el uno ha muerto y el otro anda fugitivo. Solo podía contar con usted... ¡y usted se marcha para siempre!

El oficinista, conmovido por tales palabras, empezó a balbucear:

—Cuente siempre con mi admiración, señora marquesa... Yo me voy, y en realidad no me voy... Me tendrá usted en Buenos Aires...

Evitó seguir hablando, por miedo a las incoherencias en que le hacía incurrir su emoción. Elena había secado sus lágrimas y le miraba ahora con interés.

—Jamás he conseguido hacerme comprender —dijo—. Los hombres son así: acuden todos al mismo tiempo cuando les gusta una señora y la aturden con sus asiduidades, quitándose el sitio unos a otros de tal modo, que la pobre se desorienta y acaba por no saber hacia dónde va su predilección. Ahora que usted se marcha y le pierdo tal vez para siempre, me doy cuenta de que los dos pobres amigos que nos abandonaron se colocaban en primer término con tal violencia, que consiguieron ocultarme el hombre más interesante para mí.

Se sintió Moreno de tal modo trastornado por esta revelación, que tomó entre sus manos la diestra de Elena.

—¡Oh, marquesa! ¿qué dice usted?

Ella, después de dejarse acariciar la mano, oprimió con sus dedos una de las de él, añadiendo con un tono de sinceridad, como si revelase sus pensamientos más íntimos:

—Siempre me interesó usted por su modestia: una modestia disimuladora de grandes condiciones, que usted mismo no sospecha. A mí me gustan los hombres buenos y sin orgullo. Muchas veces, cuando estaba sola, entretenía en pensar lo que podría haber hecho un hombre como usted, viviendo en Europa y trabajando bajo la dirección de una mujer que le inspirase nobles ambiciones.

Permaneció Moreno silencioso, mirándola con cierto asombro, como si la admirase más después de sus últimas palabras. Aquella mujer pensaba las mismas cosas que a él se le habían ocurrido numerosas veces, pero sin atreverse a creer en ellas.

Elena añadió, desalentada:

—Pero ya es tarde: ¿para qué hablar de eso? Usted tiene una familia. Yo soy una mujer sin ilusiones ni esperanzas, que se ve sola y pobre, e ignora cómo terminará su existencia.

El oficinista seguía pensativo, con las cejas fruncidas, como si estuviese contemplando interiormente un espectáculo molesto para él. Veía una casita cerca de Buenos Aires, y en sus habitaciones, pobres y limpias, una mujer y varios niños. Pero esta visión no tardó en esfumarse, recobrando Moreno el mismo aire de seguridad autoritaria y vanidosa con que se había presentado al hacer su visita.

—Yo también —dijo— pienso ahora más que antes. Anoche no pude dormir, y por eso me he levantado tarde, sin tiempo para ir a ver qué es lo que ha pasado en la estancia de Rojas... Y anoche precisamente se me ocurrió que tal vez será conveniente que yo vaya a Europa para velar por la hija de Pirovani y administrar sus bienes mejor que si me quedo en Buenos Aires. ¡Quién sabe si llegaré a aumentar muchísimo esa fortuna, dedicándome a los negocios! Yo no creo poseer las condiciones que usted me supone, señora marquesa; pero en fin, soy hombre de números, hombre de orden, y tal vez podré hacer buenos negocios, lo mismo que los hacen otros... ¿Cómo no?

Hubo un largo silencio, y el oficinista, que se mostraba inquieto por lo que iba a decir, balbuceó al fin tímidamente:

—Usted podría venir conmigo a Europa... para aconsejarme. Yo, por más inteligente que usted me crea, solo puedo ser allá un ignorante.

Elena hizo un movimiento de sorpresa y luego repelió altivamente la proposición.

—No acepto. ¡Qué locura!... ¡Qué fardo iba usted a echarse a cuestas, amigo Moreno!... Olvida usted además que yo soy una mujer casada, una señora, y la gente, al vernos juntos, haría las suposiciones más calumniosas.

A pesar de tales protestas tomó las dos manos de Moreno entre las suyas y aproximó su cara a la de él, envolviéndole en el nimbo perfumado de su carne tentadora, al mismo tiempo que decía con entusiasmo:

—¡Qué gran corazón el suyo!... ¿Cómo probarle mi gratitud por su ofrecimiento?

Adoptó el oficinista una expresión suplicante para seguir hablando. ¿Qué podía importarles a los dos lo que murmurase la gente?... Además, en Europa no los conocía nadie. Vivirían en París, la ciudad maravillosa tantas veces admirada por él en las novelas y que nunca habría visto de no ocurrir la muerte de Pirovani. Él era quien debía dar gracias a la marquesa si se dignaba acompañarle y dirigirle.

—¿Y la familia de usted? —preguntó la Torrebianca con una expresión austera, desmentida al mismo tiempo por sus miradas.

El hombre respondió con el cinismo optimista de un rico, convencido del poder del dinero, que espera arreglar mediante su intervención todos los conflictos.

—Mi familia quedará en Buenos Aires, mejor instalada que nunca. Con plata abundante todo se soluciona y nadie vive descontento... Yo tendré mucha plata, porque, como es natural, debo recompensarme a mí mismo por mis trabajos de tutor. Pienso también ganar mucho en los negocios.

Ella insistió en su resistencia, aunque cada vez con más flojedad, y Moreno creyó oportuno conmoverla describiendo las delicias de un París que no había visto nunca y la otra tenía ya olvidadas de puro conocidas.

—Es una locura —dijo Elena, interrumpiéndole—. Me falta valor para arrostrar un escándalo tan enorme. ¿Qué dirían si nos viesen huir juntos?

Después, con una expresión púdica y tímida, añadió:

—Yo no soy como usted me cree. Los hombres aceptan con asombrosa facilidad todo lo que les cuentan acerca de las mujeres, y ¡a saber qué es lo que le habrán dicho a usted de mí!... Reconozco que he sido poco dichosa en mi matrimonio. Mi marido es bueno, aunque nunca ha sabido comprenderme. ¡Pero de eso a huir con otro hombre, dando un escándalo!...

Apeló el oficinista a todas las frases almacenadas en su memoria, como residuo de sus lecturas. ¿Qué importaba el matrimonio, ni tampoco lo que pudiera decir la gente?... Ella tenía derecho a conocer el verdadero amor, tomándolo allí donde lo encontrase. Tenía igualmente derecho a «vivir su vida» al lado de un hombre que supiese embellecérsela con arreglo a sus altos merecimientos.

Así fue soltando trozos de sus lecturas novelescas, y aunque la marquesa parecía tan enterada como él de tales argumentos, acabó por conmoverse y ablandarse bajo su elocuencia amorosa.

Era que la Torrebianca consideraba en su interior que ya había prolongado bastante el simulacro de su resistencia y creía llegado el momento de ceder, para que Moreno hablase de cosas más inmediatas y urgentes. Como si no supiera lo que hacía, puso sus manos sobre los hombros de él y le habló de muy cerca, con voz tenue, al mismo tiempo que miraba a lo alto, como sumida en sus recuerdos.

—¡Oh, París! Usted lo conoce por los libros, pero no sabe verdaderamente lo que es aquella vida. Nos espera allá una existencia muy dulce.

Consideró el oficinista tales palabras como una aceptación, creyéndose autorizado después de ellas para abrazarla...

—¿Sí que acepta usted?... ¡Oh! ¡Gracias! ¡gracias!

Pero Elena le repelió para que no pasase más adelante en sus caricias, y con una gravedad de mujer que sabe plantear los negocios, continuó hablando:

—Si llegase a decir «acepto», sería con la condición de que nos marchásemos hoy mismo. De no ser así, podría arrepentirme... Además, ¿por qué seguir más tiempo en este rincón odioso? Todos son enemigos míos. Hasta mi marido me abandona... No sé qué es de él.

Moreno contestó con movimientos de afirmación. Debían aprovechar el tren de aquella misma tarde. Si esperaban al próximo, era posible que en el transcurso de dos días ocurriesen nuevos incidentes. El pobre empleado creía de buena fe que la marquesa era capaz de arrepentirse de su resolución, y consideraba necesario aprovechar este momento favorable.

Elena fue haciendo preguntas, cada una de las cuales vino a ser como un artículo del contrato verbal que establecía con él, antes de seguirlo. Explicó Moreno todo lo que Pirovani le había confiado al darle sus papeles y las instrucciones que añadió de palabra. Su fortuna era sólida. Antes del duelo le había entregado igualmente todo el dinero que tenía en su alojamiento. El oficinista podía costear el viaje y la instalación de ella por mucho tiempo en un lujoso hotel de Buenos Aires.

—Una vez en la capital —continuó— cobraré todos los depósitos que hay allá a nombre de Pirovani y haré lo necesario para que el gobierno pague igualmente lo que le debe por sus trabajos... Conozco a muchas personas importantes que me ayudarán... Va usted a ver que, aunque algunos me tienen por zonzo, sé darme bien la vuelta en esto de la plata... Y apenas deje arreglados los negocios, nos embarcaremos para Europa.

Otra vez, enardecido por su propias palabras y seguro de la aceptación de Elena, se atrevió a poner las manos sobre su cuerpo, pero se vio repelido.

—No —dijo ella severamente, a la vez que entornaba los ojos con malicia—. Le advierto que mientras no hayamos llegado a París solo seré para usted una compañera de viaje. Los hombres se muestran ingratos si logran su deseo desde el primer momento; abusan de la bondad de la mujer y olvidan luego sus compromisos.

Sonrió con una expresión prometedora, y dijo en voz queda, entornando sus párpados:

—Pero así que lleguemos a París...

Sintióse conmovido Moreno por el gesto con que acompañaba Elena tales palabras.

«¡Oh, París!...» Esta exclamación mental del oficinista resucitó en su imaginación todos los episodios de la vida alegre que llevan los extranjeros en la gran ciudad, según él había leído en las novelas.

Vio un elegante restorán nocturno, como se imaginaba que eran los restoranes de Montmartre y como los había admirado directamente muchas veces en las historias cinematográficas. Creyó escuchar la música sacudida y saltarina de un *jazz-band*. Siguió con sus ojos la rotación de las parejas que bailaban en un gran rectángulo rodeado de brillantes mesitas.

Después entraba la marquesa vestida con llamativo lujo y apoyada en el brazo de él mismo, que iba de frac, con una perla enorme en la pechera. El encargado del establecimiento le saludaba familiar y respetuoso, como a un parroquiano conocidísimo; las mujeres admiraban de lejos las joyas de Elena; un *groom* diminuto como un gnomo se llevaba la rica capa de pieles de la señora, que esparcía un perfume de jardín de ensueño. Él examinaba la lista de vinos, pidiendo un champaña tan caro, que su nombre provocaba una reverencia admirativa del encargado de la bodega.

Se desvaneció la visión, encontrándose Moreno otra vez en la antigua casa de Pirovani, ante aquella mujer que tanto había deseado con el fervor que inspira lo que parece imposible de conseguir, y que le miraba en estos momentos con ojos devoradores.

—¡Oh, París! —dijo—. ¡Cómo deseo verme allá con usted... Elena! Porque usted me permite que la llame ahora simplemente Elena... ¿no?

XVIII

Para Watson empezaron a sucederse los hechos con la rapidez vertiginosa y la falta de lógica de los episodios de una pesadilla que se desarrollan más allá del tiempo y del espacio.

Oyó tiros; luego pasaron ante sus ojos varios jinetes a todo galope, mientras otros, deteniéndose, hacían fuego contra los dos andinos. En vano Piola gritaba levantando sus brazos:

—¡Hermanos, no nos baleen, que somos gentes de paz y nos entregamos!...

Los que llegaban no querían oír y seguían disparando sus rifles a pesar de las órdenes de Robledo.

Cayó herido el camarada de Piola, y éste juzgó oportuno echarse al suelo, buscando refugio detrás de su caballo.

Cuando todo el grupo de hombres de la Presa acabó de entrar en la explanada del rancho, Watson no prestó atención a las exclamaciones del español, asombrado de encontrarle allí. Tampoco se fijó en los saludos del comisario. Los dos le olvidaron también para ir en busca de Piola, colocándole sus revólveres en el pecho mientras le preguntaban dónde estaba Celinda. Algunos individuos de la expedición desmontaron para examinar al hombre recién herido y también al otro cordillerano derribado por don Carlos.

Lo que atrajo la atención del joven fue la presencia de su propio caballo, sobre el cual se erguía con aire de importancia el pequeño Cachafaz, señalando con un dedo acusador a los tres vencidos.

—Estos gauchos malos son los que se llevaron a mi patroncita. Yo los vide...

Pero le fue imposible continuar, pues se sintió agarrado por el talle y descendido violentamente de su dignidad ecuestre, quedando con los pies en el suelo.

Ricardo había hecho esto valiéndose de su brazo sano y sofocando el dolor que le causaban en el hombro herido tales movimientos. Su caballo pareció reconocerlo al quedar él sobre la silla, y apenas le hubo picado con sus espuelas, salió a todo galope en la misma dirección seguida por Rojas.

Llevaba varios minutos el estanciero de perseguir a Manos Duras y no perdía la esperanza de alcanzarlo. Era difícil poder galopar de un modo continuo en aquellas pendientes arenosas. Además, el caballo del gaucho llevaba a dos personas, y éste tenía necesidad de conservar sujeta a Celinda, al mismo tiempo que excitaba la marcha de su cabalgadura. Rojas podía dedicarse con mayor ligereza a la persecución, teniendo además libres sus dos brazos.

Durante esta fuga el bandido volvió repetidas veces su cabeza y el brazo derecho armado con un revólver. Dos balas pasaron silbando cerca de don Carlos. Éste contestó a los disparos con otros, pero después se contuvo. No le quedaban mas que tres cápsulas. En la mañana, al salir de su estancia para ir simplemente a la Presa, se había ceñido el cinturón del revólver, sin poner cartuchos de repuesto en los agujeros de la canana. Solo podía contar ahora con estos tres tiros y con el cuchillo que llevaba al cinto para las necesidades del campo. Además tenía miedo de herir a su hija.

Como el gaucho iba mejor provisto de armas, siguió disparando tiros durante su fuga, con gran prodigalidad.

Sintió el estanciero una nueva indignación al darse cuenta de lo que intentaba Manos Duras contra él.

—¡Grandísimo bandido! ¡Ahora tira a matarme mi flete!

Y el centauro criollo, diciéndose esto, mostró tanta cólera como al ver en peligro a su hija.

A los pocos momentos, Rojas, que parecía soldarse a los caballos que montaba, hasta formar un solo cuerpo con ellos, adivinó bajo sus piernas un estremecimiento de muerte. Sacó ágilmente sus pies de los estribos y se echó al suelo, al mismo tiempo que rodaba la pobre bestia, arrojando por el pecho un caño de sangre igual al chorro purpúreo de un tonel de vino que se desfonda.

Se vio el estanciero a pie, mientras el otro continuaba huyendo con su hija sobre el arzón. Toda su voluntad la concentró en la mano que sostenía el revólver, apuntando éste contra el enemigo fugitivo. Necesitaba matar su caballo.

Rojas, que no temía la lucha con las fieras ni con los hombres y pocas veces había conocido el miedo, tembló de emoción... ¡Dar muerte a un caballo! Era un excelente tirador, y sin embargo, hizo un disparo y después otro, sin que la cabalgadura del gaucho cesase en su galope. Iba ya a disparar su última cápsula, cuando el «flete» de Manos Duras titubeó, marchando con más lentitud, hasta que por fin dio una voltereta mortal, levantando una nube de arena con su agónico pataleo.

Corrió Rojas, pero antes de llegar al sitio de la caída, vio cómo el gaucho se incorporaba, sacando un segundo revólver del cinto, sin dejar de oprimir con el otro brazo a Celinda. Así esperó, con aire amenazante, que se aproximase su perseguidor.

Pudo don Carlos avanzar todavía algunos pasos, pero Manos Duras disparó contra él, pasando el proyectil tan cerca de su rostro, que por un momento se creyó herido. Entonces Rojas se dejó caer para presentar menos blanco, y fue arrastrándose, con el revólver en la diestra. El gaucho no podía adivinar que solo le quedaba un tiro, y creyendo que su intención era aproximarse cautelosamente para que resultasen más seguros sus disparos, siguió haciendo fuego. Además se servía de Celinda como de un escudo, colocándola ante su pecho. Pero los retorcimientos de la joven al pretender librarse de este brazo robusto que la mantenía prisionera hicieron desviar muchas veces su revólver.

—¡Si dispara un tiro más, viejo, mato a su hija!

Esta amenaza, unida a la consideración de su impotencia, hizo que don Carlos se deslizase lentamente sobre la arena, sin atreverse a hacer fuego.

Manos Duras pareció inquietarse de pronto por un nuevo peligro que presentía cerca de él, y miró ávidamente a un lado y a otro. Pero el miedo al enemigo más inmediato, que era el estanciero, hizo que no pensase mas que en éste, continuando sus disparos.

El otro enemigo invisible era Watson, que al escuchar los tiros había echado pie a tierra para aproximarse al lugar de la lucha, marchando encorvado entre las ásperas plantas que surgían del suelo arenoso.

Por un momento tuvo la intención de atacar a Manos Duras con su revólver, pero temió herir a Celinda, que continuaba forcejeando para librarse de su opresor. Luego fue hasta su cabalgadura, desatando de la silla el lazo regalado por la hija de Rojas. Llevándolo en su diestra dio un rodeo a través de los matorrales, hasta venir a colocarse detrás del gaucho.

Esta corta marcha le produjo intensos dolores. Varias veces las ramas espinosas se engancharon en su hombro herido. Además, la duda le hizo temblar interiormente. ¿Sabría valerse de esta arma primitiva?...

Recordaba las risas de Flor de Río Negro comentando su torpeza; pero al evocar igualmente los alegres paseos con ella y verla ahora en tan angustioso peligro, sintió renacer su dura voluntad. Las enseñanzas recibidas en su juventud, el espíritu metódico y práctico de su raza, le reanimaron. «Lo que una persona hace, otra puede hacerlo también.» Y recomendándose a las potencias misteriosas e imponderables que rigen nuestra existencia y a veces nos protegen con inexplicable predilección, envió el lazo por el aire, casi sin mirar, confiándose a la suerte y a su instinto. Luego tiró de él, metiéndose matorrales adentro, con un esfuerzo alegre y extraordinario al adivinar por la resistencia de la cuerda que el lazo había hecho presa. Fue tan bárbaro su gozo, que tiró con ambas manos, lanzando rugidos de dolor por el desgarramiento que sentía en su hombro herido.

El lazo había aprisionado, efectivamente, el grupo que formaban Manos Duras y Celinda, arrollándose en torno a sus cuerpos. Luego los dos cayeron de espaldas bajo el rudo tirón.

Cesó el gaucho de retener a Celinda para valerse de las dos manos, y estando todavía en el suelo extrajo su cuchillo del cinto, partiendo la cuerda que le sujetaba. Watson, que había adivinado esta intención, corrió hacia Manos Duras, dándole varios golpes en la cabeza y en el rostro con la culata de su revólver. Pero Rojas llegó también en unos cuantos saltos junto al grupo derribado.

—¡Déjamelo, gringo! —ordenó con voz entrecortada—. A éste nadie debe matarlo mas que yo... ¡Me corresponde!

Hizo retroceder con un empellón a Watson, y éste solo se preocupó de Celinda, levantándola del suelo y llevándosela al otro lado de los matorrales más próximos. La joven, aturdida aún por su caída, se pasó las manos por los ojos, sin reconocer al norteamericano. Tenía varias desolladuras en los brazos y en el rostro que manaban sangre. Mientras tanto, don Carlos casi ayudaba a incorporarse a Manos Duras.

—¡Levántate, hijo de... para que no digas que te mato sin defensa! Saca tu facón y pelea.

El cuchillo lo tenía ya en la mano el gaucho, pero Rojas no lo había visto, turbado por el goce feroz de encontrar finalmente a ese hombre al alcance de su diestra.

Apenas el bandido estuvo de pie, le tiró a traición una cuchillada al vientre, pero aturdido aún por los golpes que le había dado Watson, su ataque fue lento, lo que permitió al estanciero pararla con un revés de su mano izquierda. Él, por su parte, le asestó un golpe en el pecho, luego otro, y menudeó sus cuchilladas con tal celeridad, que hizo derrumbarse a Manos Duras arrojando sangre por numerosos desgarrones de su cuerpo.

—¡Ya está muerto el puma!

Esto lo gritó don Carlos agitando sobre su cabeza el arma enrojecida, mientras el bandolero daba vueltas junto a sus pies, apoyándose en un costado y en otro, entre ronquidos de agonizante.

Watson había ido llevándose a Celinda más lejos, para que no presenciase esta lucha, pero al mismo tiempo procuraba no perder de vista al estanciero, por si le era necesario su auxilio.

Al juntarse los dos hombres, condujeron a la joven hasta el lugar donde el ingeniero había dejado su caballo. No querían que Celinda viese al agonizante. Ella, conmovida por tantas emociones, los miraba con unas pupilas dilatadas e inciertas, como si no los reconociese. Al fin acabó por llorar, abrazándose a su padre. Luego, olvidando los prejuicios de los días normales, abrazó también a Watson y empezó a besarlo.

El mocetón, aturdido por estas caricias y asustado por las heridas superficiales que notaba en el rostro de la joven, preguntó con ansiedad:

—¿Le he hecho daño, miss Rojas?... ¿No es cierto que he tirado el lazo menos mal que otras veces?...

Los dos le ayudaron a montar, y marcharon junto a su caballo con dirección al rancho de la India Muerta.

Robledo y el comisario salieron a su encuentro, mostrando gran alegría al reconocer a Celinda. Frente a las ruinas estaban los otros hombres de la expedición. Después de curar a su modo a los dos cordilleranos heridos, los vigilaban, así como a Piola, hablando de conducirlos al día siguiente a la cárcel de la capital del territorio.

Viéndose entre amigos que celebraban con gozosas demostraciones su liberación, Celinda volvió a recobrar su carácter ligero y animoso. Procuró ocultar su rostro para que Watson no viese más tiempo las desolladuras que lo desfiguraban; pero cuando de tarde en tarde volvía sus ojos a él, éstos tenían una expresión acariciante.

—¿Le he hecho daño, miss Rojas? —dijo otra vez el joven con voz suplicante, como si su emoción no le permitiera en aquellos momentos preguntar otra cosa—. ¿Verdad que no he tirado el lazo muy mal?...

Ella, después de mirar a un lado y a otro para convencerse de que su padre estaba lejos, dijo en voz baja, imitando el acento del norteamericano:

—¡Gringo chapetón! ¡grandísimo torpe!... Si que me has hecho daño, y el lazo lo tiras rematadamente mal... Pero de todos modos me enganchaste con él, y como yo juré que solo así conseguirías tenerme otra vez... aquí me tienes.

Y avanzó los labios cual si pretendiese acariciarle desde lejos con su sonrosado redondel, siendo este gesto una promesa de lo que haría seguramente luego, cuando se viesen solos.

Entró la expedición en la Presa al anochecer, después de haber descansado en la estancia de Rojas, donde esperaba Sebastiana. Ésta, al ver libre a su patroncita, prorrumpió en exclamaciones de gozo, que se convirtieron poco después en frases de indignación por las lesiones que Celinda tenía en su cara. El nombre de la marquesa se le escapó a la mestiza en el curso de una furibunda palabrería, a pesar de las recomendaciones de prudencia hechas en voz baja por Robledo. Al fin acabó relatando a Rojas todo lo que sabía de la entrevista de la «señorona» con Manos Duras y lo que sospechaba ella que habían convenido los dos.

Sebastiana quiso quedarse en la estancia, al lado de Celinda, sin creer necesario para ello el permiso del patrón.

El mismo don Carlos había rogado a Watson que se quedase también hasta el día siguiente, en que volvería él.

—Tengo que hacer una cosita urgente en la Presa. Deseo decir unas palabritas a cierta persona.

La voz meliflua del criollo, así como su acento dulzón, eran para meter espanto a cualquiera. Robledo intentó disuadirle de este viaje, adivinando sus intenciones. Con él se mostró Rojas más explícito.

—Déjeme, don Manuel; necesito ver a esa imala... tal! que ha querido perjudicar a mi niña. Me contentaré con levantarle las polleras y darle cincuenta golpes con este rebenque, así... así.

Y movía el látigo corto con su terrible tira de cuero.

Hubo de aceptar al fin el español que le acompañase hasta el pueblo, convencido de lo inútil que era oponerse a sus propósitos. Aún perduraba en Rojas la furia homicida de su combate a muerte con el gaucho, y Robledo esperaba abonanzarle cuando hubiesen transcurrido unas horas.

Al entrar en la calle central vieron los expedicionarios aglomerados a casi todos los habitantes de la Presa. Los jinetes delanteros iban dando noticias al paso, y éstas se transmitían, de grupo a grupo, rápidamente. Todos celebraron la muerte de Manos Duras, como si con ella se viese libre el pueblo de una gran calamidad. Los más débiles lamentaban que el comisario hubiese guardado en un rancho cerca de la población a los tres prisioneros para enviarlos al día siguiente a la cárcel del territorio. La muchedumbre, con esa ferocidad colectiva que surge en las primeras horas de una emancipación largamente esperada, quería destrozarlos, para vengarse de los miedos que la había hecho sufrir el gancho ya difunto.

La última noticia que hizo circular la locuacidad de los jinetes delanteros sirvió para que esta indignación común encontrase dónde satisfacerse. Las revelaciones de Sebastiana fueron conocidas en un momento por todos. Era aquella «señorona» la que de acuerdo con Manos Duras había organizado una venganza terrible; una venganza semejante a otras que ellos habían oído contar a los lectores de novelas o visto por sus ojos en las historias cinematográficas. La *gringa* rubia quería matar a la pobre niña de la estancia, hija del país, tal vez por envidia, tal vez por otro motivo.

Robledo, que pasaba a caballo entre los grupos, adivinó por algunas palabras sueltas la cólera que empezaba a conmoverlos. Precisamente en aquellos momentos la expedición iba desfilando ante la antigua casa de Pirovani. Las mujeres eran las que se mostraban más furiosas y lanzaron los primeros gritos agresivos mirando las ventanas del edificio.

—¡Muera la Cara Pintada! ¡Muera la gran...!

Y soltaba redonda la mayor de las injurias femeniles. Presintiendo lo que iba a ocurrir, torció Robledo su marcha, avanzando hacia la casa y colocando su caballo ante los últimos peldaños de la escalinata de madera. Pero no consiguió verse obedecido ni aún por los hombres más adictos a él, que le habían acompañado en la expedición.

Desoyendo sus consejos y sus órdenes, mujeres y chiquillos empezaron a pasar por debajo de la panza de su caballo o a deslizarse por sus flancos... Y detrás de estos primeros asaltantes, los hombres fueron invadiendo la entrada de la casa, excusándose con un gesto y un leve saludo al pasar ante el ingeniero.

El asalto fue rapidísimo, abatiéndose los obstáculos con esa facilidad que parece centuplicar la fuerza de los ataques populares en días de revolución triunfadora. La puerta cayó rota, y toda la ola humana se revolvió un momento en su quicio, penetrando después a borbotones en el interior de la casa. Saltaron rotos los vidrios de las ventanas, y poco después empezaron a salir por ellas, como proyectiles, los muebles, las ropas y toda clase de objetos. En vano algunos, más prudentes y serenos, protestaban del absurdo destrozo.

—¡Pero si eso no es de ella!... ¡Si todo pertenecía a don Enrique el italiano!

La multitud se mostraba sorda; quería que fuese todo propiedad de la «señorona», para de esta manera satisfacer su cólera sin escrúpulos. Y continuaba dando gritos, en los que se repetía la palabra infamante.

De pronto, Robledo, que braceaba sobre su caballo dando órdenes inútiles, consiguió hacerse oír. Los asaltantes parecían cansados. Además, la decepción de no encontrar a la hembra odiada había disminuido su actividad destructora. Pero la verdadera causa del relativo silencio que permitió a Robledo restablecer su influencia fue la llegada de un viejo trabajador español, retirado de las obras del canal para dedicarse a llevar a las viviendas agua del río en un carro del que tiraba un mísero caballejo.

Este hombre logró que le escuchasen con más rapidez que el ingeniero. Los asaltantes bajaron poco a poco de la casa para oírle de más cerca.

—¿Qué hacen ahí? —gritaba—. ¡Se ha ido!... Yo la he visto en un coche con el señor Moreno, el del gobierno. Van a la estación a tomar el tren de Buenos Aires.

Inmediatamente se ofrecieron varios jinetes de buena voluntad para alcanzarla en su fuga. Llevaba mucha delantera, pero tal vez a mata caballo podrían detenerla en Fuerte Sarmiento.

Otros ponían en duda el éxito de tal persecución. Solo quedaba una hora escasa para la llegada del tren, y como éste partía de la próxima estación del Neuquen, nunca llegaba con retraso.

Las mujeres, por ser las más furiosas, aconsejaban a los jinetes que intentasen de todos modos la aventura, para traer a la «señorona» arrastrándola del pelo. Otros varones, sesudos y de luminosas ideas, proponían, con el mismo piadoso deseo, colocarse simplemente al lado de la vía, cuando pasase el tren cerca de la Presa, y hacer una descarga cerrada sobre el coche que llevase a la grandísima... tal. Y mostraban asombro cuando Robledo intentaba hacerles comprender que en el mismo coche podían ir otros viajeros y además resultaba imposible adivinar su vagón entre los muchos que componen un tren.

Cuando todas estas gentes, roncas de gritar y convencidas de que les era imposible dar alcance a la «señorona», quedaron en silencio, el ingeniero consiguió hacerse oír.

—Dejadla que se vaya. Es Gualiche que nos abandona, después de haberlo perturbado todo... Lo que hay que desear es que ese demonio no vuelva nunca. ¡Ojalá se hubiese marchado antes!...

Al fin, cerrada ya la noche, las gentes se fueron apaciguando. Era la hora de la cena, y los más exaltados prefirieron seguir sus conversaciones en la mesa familiar o en el almacén del Gallego.

Rojas se mostraba sombrío, como si hubiese olvidado todos los sucesos de aquel día para no ver mas que la fuga de Elena.

—Crea usted que lo siento, don Manuel. Mi gusto hubiese sido remangarle las polleras, para con este rebenque...

Y haciendo con una mano el mismo ademán que si levantase las faldas de Elena, iba explicando todo lo que su venganza se hubiese complacido en realizar.

A partir de este día, la existencia resultó angustiosa o monótona en aquel pueblo, donde no quedaba otro personaje importante que Robledo. Los obreros empezaron a desbandarse al ver suspendida la continuación de las obras. Pasaban el tiempo los grupos inactivos hablando de la posibilidad de que se reanudasen los trabajos en la semana próxima por disposición del gobierno; pero la orden no llegaba. Allá en Buenos Aires estudiaban el asunto con toda calma, y los peones, perdida la paciencia, echábanse al hombro el saco de ropa para huir a pie o en ferrocarril de un lugar donde ya no entraba dinero y cada vez era más general la pobreza.

El almacén había descendido a boliche y tenía un aspecto fúnebre. Solo algunos parroquianos viejos, de solvencia probada, venían a beber de pie ante el mostrador. Don Antonio el Gallego había cortado violentamente el crédito a la mayor parte de los concurrentes, y para apoyar su voluntad de no dar nada al fiado, tenía un revólver en cada cajón del mostrador y el hermoso rifle americano debajo de su asiento. Su público, cuando estaba falto de dinero, merecía todas estas precauciones.

—Usted debe ir a Buenos Aires, don Manuel —decía a Robledo con firme optimismo—. Usted es el único a quien harán caso allá.

El ingeniero se mostraba triste y desalentado, como todo lo que le rodeaba. Lo único que conseguía hacerle sonreír con una expresión melancólica era el nuevo aspecto de Watson su socio. Éste parecía alegre, como si nada le importase la suerte de sus canales. Ahora solo le interesaba la ganadería, pasando los días enteros en la estancia de Rojas.

¡Qué podía importarle la paralización momentánea de las obras!... Era joven y tenía muchos años por delante. Lo que deseaba estudiar era la vida de una estancia, pero teniendo por maestro a Flor de Río Negro, que le acompañaba a caballo a través de los campos desde la salida del Sol hasta el ocaso.

Un fúnebre descubrimiento aumentó el mal humor del español, poco después de la fuga de Elena.

González le hizo ver un sombrero que uno de sus parroquianos había encontrado junto al río, lejos del campamento. El ingeniero lo reconoció inmediatamente. Era el que llevaba Torrebianca.

Estaba convencido, desde mucho antes, que su compañero no figuraba ya entre los vivos. Con frecuencia, durante la noche, cuando las dificultades financieras de sus obras le hacían permanecer insomne, reconstituía por deducciones lo que el marido de Elena había hecho al abandonar su casa, poco antes del amanecer. Indudablemente su cuerpo estaba en el fondo del río.

Otro día, el dueño del boliche vino a contarle el descubrimiento hecho por unos españoles que, al verse faltos de trabajo, se dedicaban a la pesca. Dos leguas más abajo del pueblo habían pasado a una isla fangosa rodeada de cañaverales, con la esperanza de apoderarse de algunas truchas procedentes del lejano lago de Nahuel Huapi. Entre las cañas de la orilla habían visto dos objetos largos y negros que se balanceaban mecidos por la corriente: las piernas de Torrebianca.

Robledo no había tenido valor para ver el cadáver. Después de un mes de permanencia en el río, era una masa gelatinosa que parecía vibrar por el rebullicio de la fauna surgida de sus carnes. Fue su compatriota González quien, abandonando el mostrador del almacén, se encargó de todo lo necesario para dar sepultura a estos restos.

—Usted lo que debe hacer es irse a Buenos Aires —repetía el almacenero—. Don Ricardo y yo le sustituiremos aquí. En la capital trabajará usted por nosotros más que si se queda en la Presa.

Al fin Robledo reconoció la pertinencia de estos consejos, marchándose a Buenos Aires. Varios meses anduvo por los ministerios, solicitando que se reanudasen las obras y luchando con las rutinas técnicas y administrativas.

También tuvo que esforzarse por mantener su crédito en los Bancos. Los mismos que protegían antes su empresa dudaban ahora francamente del éxito, resistiéndose a proporcionarle más dinero para su continuación. Un ambiente de escepticismo y descrédito iba esparciéndose en torno a todo lo que era de la Presa.

Llegó el invierno sin que Robledo hubiese podido salir de Buenos Aires. Algunas veces, con repentino optimismo, esperaba conseguir al día siguiente la realización de sus deseos. Pero al otro día le contestaban: «Vuelva usted mañana»; y este «mañana» iba convirtiéndose en una palabra fatídica, símbolo de algo vago que nunca llegaría a ser realidad.

Los periódicos le anunciaron una noche la inquietud de las poblaciones ribereñas del río Negro. Los afluentes empezaban a aumentar su caudal con una prodigalidad inquietante. Llegaba la crecida que él venía anunciando desde meses antes en los ministerios para conseguir que se continuasen las obras si aún era tiempo.

Recibió luego un telegrama de los mismos que le habían aconsejado la marcha a Buenos Aires. Le pedían que volviese, como si su presencia, siendo milagrosa, pudiera sujetar las fuerzas naturales.

Entró en la Presa con un frío glacial. Volvió a enfundarse en un gabán de chófer con los pelos afuera que había usado siempre en los días rudos del invierno.

La población estaba casi desierta. Las casas de madera, que eran las más fuertes, tenían cerradas puertas y ventanas. Las construcciones de adobes estaban con los techos rotos y el huracán había arrancado igualmente las maderas de sus orificios de ventilación. No se veía a nadie en las calles. Solo quedaban los hombres que ya eran habitantes del país antes de que empezasen las obras. Parecía que durante los cuatro meses de su ausencia hubiesen transcurrido diez años.

Sufrió el tormento de largas y angustiosas inquietudes al permanecer días enteros en la orilla del río, viendo con una indignación impotente cómo aumentaba el peligro. Las aguas eran cada vez más altas y tumultuosas, arrastrando en su corriente troncos de árboles que venían tal vez de las vertientes de los Andes, o haciendo rodar invisibles, por el fondo de su lecho, rocas enormes.

No le preocupaba el peligro de una inundación. Era la suerte de las obras incompletas, y no la seguridad de las personas, lo que le hacía vivir en perpetua angustia. Examinaba todas las mañanas, con la atención de un médico que ausculta a un enfermo, aquel dique que debía obstruir el río de orilla a orilla y estaba sin terminar, primeramente por la distracción amorosa de sus constructores y después por su rivalidad mortal.

El brazo más largo del dique había quedado incompleto a unos cuantos metros del otro brazo que venía a su encuentro desde la orilla opuesta. Las aguas, cada vez más altas, cubrían estos dos muros, marcando su oculta existencia con remolinos y espumarajos.

Como todos los que viven en incesante peligro, Robledo empezó a sentirse supersticioso, recomendándose en su interior a varias divinidades confusas y omnipotentes que podían realizar un milagro.

«Si conseguimos pasar el invierno —pensaba— sin que esto se rompa, ¡qué felicidad!»

Pero una mañana, cual si fuese una construcción de arena igual a la que levantan los niños y demuelen a su capricho, las aguas se llevaron ante sus ojos un extremo del dique sin concluir; luego lo partieron como algo tierno y dúctil, y finalmente las dos murallas subfluviales, en las que se habían empleado cientos de hombres y miles de toneladas de materia dura y en apariencia inconmovible, rodaron corriente abajo, dejando fragmentos encallados en las orillas y las islas. Entonces Robledo lloró.

—Cuatro años de trabajo, ¡y el agua lo disuelve todo, como si fuese azúcar!... Cuatro años de labor perdida... ¡y habrá que empezar otra vez!

Su compatriota el dueño del boliche se consideraba tan arruinado como él. En su establecimiento, el cajón del mostrador estaba vacío. Además podía decir adiós a la esperanza de convertir sus arenosos campos en ricas «chacras» de riego. Estaba pobre; más pobre que cuando llegó a establecerse en esta tierra maldita.

Pero su fe en Robledo y la necesidad de consolarle hicieron que se mostrase optimista.

—Todo se arreglará, don Manuel —repitió varias voces, pero sin convicción.

Don Manuel, viendo cómo las aguas insistían en su obra destructora, pasó de la tristeza a la cólera. Sus ojos ya no miraban al río. Tenían la vaga expresión del que ha puesto su pensamiento muy lejos y ve lo que no pueden ver los demás.

Recordó a Canterac y a Pirovani, tan intensamente como si los hubiese encontrado el día anterior. Vio después un rostro de mujer sonriendo con expresión maligna. A través del tiempo y la distancia hacía sentir aún la influencia de su paso por este rincón de la tierra. Ella era en realidad la que destruía las obras.

El español cerró los puños. Se acordó del estanciero Rojas y lo que éste se proponía hacer con su rebenque para castigar las maldades de aquella hembra. Él hubiese hecho algo peor en el presente momento.

«Gualicho rubio —pensó—, demonio perturbador de los hombres y de las cosas... ¡en qué mala hora te traje aquí!»

XIX

—Han transcurrido doce años desde la última vez que estuve en París... ¡Ay! Reconozco que mi aspecto ha cambiado mucho.

Y Robledo, al decir esto, volvió a verse tal como se contemplaba todas las mañanas en el espejo, con ojos de conmiseración, mientras procedía a su limpieza matinal.

Era todavía vigoroso y gozaba de excelente salud; pero la vejez había empezado a marcar en él sus devastaciones. La cúspide de su cráneo estaba completamente despoblada. En cambio había suprimido su bigote, rasurándolo por el motivo de tener con más abundancia las canas que los pelos oscuros. Esta transformación le había dado, según él, cierto aspecto de clérigo o de actor, pero al mismo tiempo esparcía por su rostro cierta frescura juvenil.

Ocupaba un sillón en el *hall* de un hotel elegante de París, cerca del Arco de Triunfo.

Frente a él estaba un matrimonio joven: Watson y Celinda. El paso de los años no había hecho mas que afirmar los rasgos fisonómicos de Ricardo, dando mayor estabilidad a su hermosura de atleta tranquilo. La antigua Flor de Río Negro tenía ahora una belleza estival de trato sazonado y dulce. Conservaba su esbeltez gimnástica de efebo, pero la maternidad había amplificado majestuosamente sus formas.

Ya no llevaba su cabellera cortada como una melena de pajecillo, ni se permitía en público los saltos y las travesuras infantiles de aquella amazona patagónica admirada por los inmigrantes. Debía mostrar la seriedad de una mamá. En torno a la mesita del *hall* se movía un niño de nueve años, voluntarioso y algo desobediente, que buscaba la protección de Robledo —por otro nombre «tío Manuel»— cuando le reñían sus padres. En un piso del «Palace» dos *nurses* inglesas vigilaban los juegos de otros tres hijos de menos edad.

Formaban todos en conjunto la conocida familia de la América del Sur que viene a pasar varios meses en Europa, como una tribu rica y alegre, trasladando la casa entera de un lado a otro del Océano, sin olvidar a los criados. Ahora la familia estaba en sus comienzos, por ser los padres todavía jóvenes, y se limitaba a ocupar cuatro camarotes en los buques y cinco cuartos con salón común en los hoteles. Diez años más de vida y de prosperidad en los negocios, y la caravana familiar, al hacer otro viaje a Europa, arrendaría todo un costado del paquebote y un piso entero en los «Palaces».

—¡Las cosas que han ocurrido desde la última vez que estuve aquí!...

Se ensombreció el rostro de Robledo al recordar éste sus luchas durante dos años para conseguir que se reanudasen las obras en el río Negro.

Había conocido las angustias que proporcionan las deudas crecientes y las reclamaciones de acreedores que no pueden satisfacerse.

Casi todos los habitantes de la Presa escaparon al destruir el río las obras. Los raros viajeros que visitaban el país venían a admirar esta población en ruinas, semejante a las ciudades históricas y muertas del mundo antiguo, en una tierra falta de recuerdos.

A fin el gobierno había reanudado los trabajos. El río era vencido poco a poco, aceptando el obstáculo del dique y los canales de Robledo y Watson se empapaban con las primeras aguas, dejando correr por su lecho fangoso el riego vivificante.

Después de esto solo habían necesitado los dos socios que transcurriese el tiempo. El milagro del agua realizaba un sinnúmero de milagros secundarios. Acudían a la muerta población hombres de todos los países, deseosos de roturar un suelo que podía después ser suyo. Una costra de verde tierno y luminoso iba cubriendo los campos antes polvorientos. Los matorrales secos y punzantes cedían el sitio a los árboles jóvenes. Nutridos por la savia de una tierra dormida durante miles de años, y refrescados incesantemente por el agua que corría a sus pies, realizaban en el corto plazo de varias semanas prodigiosos estiramientos.

Las casuchas de adobes, derruidas en el período de soledad y miseria, eran reemplazadas por edificios de ladrillo extensos y bajos, con un patio interior, imitando la arquitectura española de la época colonial. El antiguo boliche del Gallego se convertía en vasto almacén con numerosa dependencia, donde era vendido cuanto puede ser agradable y útil a los que se enriquecen cultivando la tierra, haciéndose además en él todos los negocios, incluso el de banca.

El dueño había ganado millones, por otra parte, al convertir sus arenales en campos de regadío. Al fin, acababa de realizar su ensueño de volverse a

España, dejando al frente del almacén a un dependiente español interesado en sus negocios.

—Ayer me escribió don Antonio —dijo Robledo con una ironía bondadosa—. Quiere que vayamos a Madrid. Desea que admiremos su casa, sus automóviles, y sobre todo sus amistades. Me cuenta con orgullo que los periódicos hablan de sus comidas. También me dice que le han dado una condecoración y un día de estos lo presentarán al rey. He ahí un hombre dichoso.

El recuerdo del lejano país ensombreció el rostro de Celinda.

—Piensa en su padre —dijo Watson a su consocio—. Es imposible hablar de la Presa sin que se ponga triste... ¿Qué culpa tenemos nosotros si el viejo no ha querido venir?

Robledo asintió a estas palabras, pretendiendo animar a Celinda. Don Carlos no había querido moverse de su estancia, a pesar de lo mucho que le rogaron todos ellos para que les acompañase. No le interesaba ver en su vejez aquella Europa donde tantas locuras había realizado siendo joven. Deseaba conservar intactas las antiguas ilusiones. Además, temía que le faltase el tiempo para saborear los grandes cambios realizados en su propiedad.

—Me quedan pocos años —decía—, y no puedo malgastarlos vagando por Europa, cuando tantas cosas debo hacer aquí. Celinda me dará muchos nietos, y no quiero que sean unos pobretones.

Los canales de Robledo habían llegado a las tierras de su propiedad, convirtiendo los ralos y secos pastos de la estancia en lozanas praderas de alfalfa, siempre húmedas y verdes. Su «hacienda» engordaba, multiplicándose prodigiosamente. Antes, tenía que correr a caballo para encontrar de tarde en tarde un animal cornudo y huesoso que iba al descubrimiento y la conquista de algún hierbajo aislado, a través de una soledad casi yerma. Ahora, los novillos gordos y lustrosos, con las patas dobladas bajo su carnal pesadumbre, rumiaban la suculenta alfalfa, mordida en torno a ellos, sin necesidad de moverse.

Además, don Carlos era considerado como el primer hombre del país, y representaba para él una desvalorización marcharse a aquellas tierras de *gringos*, donde ignoraban su historia y nadie le haría caso. Hasta espaciaba mucho sus viajes a Buenos Aires, pensando que los amigos de su juventud habían muerto y solo podía encontrar a sus hijos o sus nietos, que apenas recordaban su nombre. En cambio, todos le hacían acatamiento en la Presa, como primer propietario del país. También era juez municipal, y los inmigrantes cultivadores de las «chacras» reconocían su autoridad y sapiencia, consultándole en todos sus asuntos y aceptando sus fallos.

—¿Qué puedo hacer yo en París? ¡Un papelón!... Déjenme con mi gente y cada buey que rumie su pasto.

Sentía mucho separarse de sus nietos, pero esta separación no podía ser larga. Cuando Celinda y su marido el *gringo* volviesen, el niño mayor llegaría a tiempo para que su abuelo le enseñase a montar a caballo como debe hacerlo un criollo fino.

Precisamente este nieto hacía mucho rato que estaba junto a Robledo, montando en sus rodillas y dejándose caer en la alfombra.

—¡Carlitos; preciosura —suplicó la madre—, deja en paz a tío Manuel!

Y añadió, para contestar a todo lo que había dicho Robledo acerca de su padre:

—Es verdad, no quiso venir; pero eso no impide que me entristezca cuando pienso que podía estar aquí, viendo lo que nosotros vemos.

Se aproximó al grupo una señorita elegantemente vestida: la institutriz francesa encargada de la educación de Carlitos. Venía a llevárselo para dar un paseo por el Bosque de Bolonia. La madre tuvo que acariciarle con vehemente ternura, y aún así, no pudo sofocar sus protestas de niño mimado.

—¡Yo quiero quedarme con tío Manuel!...

Pero tío Manuel necesitaba salir solo, y se lo explicó así al pequeño tirano, con palabras de excusa.

—Si obedeces a mamá y vas con mademoiselle al Bosque, esta noche cuando te acuestes te contaré un cuento muy largo... ¡muy largo!

Carlitos aceptó la promesa, dejándose llevar por la institutriz sin nuevas rebeldías.

—¡Ya se fue el déspota! —dijo Robledo, fingiendo una gran satisfacción al verse libre de él.

Celinda sonrió agradecida. El español había concentrado en Carlitos toda la necesidad de amar que sienten los célibes en los linderos de la vejez. Era muy rico y su fortuna iría ampliándose todavía más con el transcurso de los años, según fueran sometidas al cultivo las tierras recientemente irrigadas. Si alguna vez le hablaban de sus millones, miraba al hijo de Celinda, apodándolo «mi príncipe heredero».

Pensaba legar una parte de su fortuna a ciertos sobrinos que tenía en España y a los que apenas había visto; pero lo más considerable de su riqueza sería para Carlitos. Amaba también a los otros hijos de Watson; pero el primogénito había nacido en la época de amarguras e indecisiones, cuando todavía estaba en peligro su obra, y esto hacía que le considerase con la predilección que merece un compañero de los malos tiempos.

—¿Qué va a hacer usted esta tarde? —preguntó Robledo a Celinda—. Seguramente lo mismo de las otras tardes: visita general a los grandes modistos de la *rue de la Paix* y calles adyacentes.

Ella aprobó con un movimiento de cabeza este programa, mientras Watson reía.

—¿Cuándo se cansará usted de comprar vestidos? —continuó el español—. ¿No tiene miedo de que su equipaje no quepa en el trasatlántico, cuando regresemos a Buenos Aires?...

Se excusó Celinda, pensando otra vez en el lejano país.

—Debo hacer mis compras previsoramente. Piense que allá en nuestra colonia no hay nada de lo que se encuentra aquí con tanta facilidad. Somos unos millonarios del desierto que vivimos todavía en la primera semana de la creación de un mundo. Como quien dice unos millonarios... salvajes.

Los tres rieron de este título y luego quedaron pensativos. Sus ojos dejaron de ver el *hall* donde se encontraban y la elegante concurrencia de las mesas inmediatas. Contemplaron con una visión interior el antiguo campamento de la Presa, que ahora se llamaba «Colonia Celinda», y los campos regados, fértiles y alegres, propiedad de los dos ingenieros, con árboles todavía no muy altos, pues los más antiguos solo contaban nueve años de existencia. Vieron también la gran plaza de la colonia con sus edificios nuevos, y en ella a don Carlos Rojas, que parecía haberse empequeñecido con la edad, ofreciendo su rostro un perfil cada vez más aquilino y enjuto. Tenía el gesto autoritario y bondadoso de los antiguos patriarcas, al escuchar a hombres y mujeres.

Después, mientras Celinda pensaba en su padre, los dos consocios iban repasando mentalmente su actual prosperidad. Centenares de agricultores procedentes de todos los países de Europa habían adquirido parcelas de la tierra regada, para formar sus huertas llamadas «chacras». El enorme precio que el agua había dado al suelo era pagado a plazos por los colonos, en el curso de diez años. Cada trimestre ingresaban en su oficina cantidades enormes que iban a quedar luego inmóviles en los Bancos.

Los canales avanzaban sus tentáculos por la antigua cuenca del río Negro, convirtiendo todos los años tierras areniscas en campos fecundos; y esto atraía incesantemente a nuevos emigrantes, doblando o triplicando los ingresos de la sociedad. Y así continuarían, años y más años, hasta amontonar una suma considerable de millones.

Robledo pensaba con melancolía en el destino de su riqueza enorme. Llegaba a él cuando era viejo y no podía sentir la tentación de los placeres que engañan y entretienen a los demás mortales. Los hijos de Watson y de Celinda serían archimillonarios, no conociendo nunca la esclavitud del trabajo ni las angustias de la escasez de dinero, y al ser hombres vendrían a derrochar en París una parte de su herencia principesca, llamando la atención por sus despilfarros y sus brillantes cualidades de seres ociosos e inútiles. Atraído por la fuerza del contraste, Robledo, hombre de trabajo que había sufrido en su existencia grandes estrecheces y amarguras, aceptaba con un fatalismo risueño este final de sus esfuerzos, encontrándolo lógico y de acuerdo con las ironías de la vida.

Pensaba, además, en otro contraste que había acompañado a su enriquecimiento. Mientras él se hacía millonario, la mitad del mundo, al otro lado de los mares, sufría los horrores de una gran guerra. Al principio este cataclismo había hecho peligrar su propia empresa. Los colonos extranjeros abandonaban los campos de la Argentina para ir a ser soldados en sus respectivas naciones. Pero luego se cortaba este retorno al viejo mundo, y el reflujo humano traía nuevos cultivadores a sus tierras.

Muchos que había dejado en Europa doce años antes enormemente ricos, estaban ahora pobres o habían desaparecido. En cambio, él, que solo era entonces un aspirante a la fortuna, un colonizador de incierto porvenir, se sentía como abrumado por la exageración de su prosperidad. Se veía igual a las reses nuevas de don Carlos Rojas, que, ahítas por la exuberancia de su nutrición, permanecían con las patas dobladas sobre la alfalfa, mirando, inapetentes, toda la riqueza alimenticia que las rodeaba.

Watson y Celinda eran jóvenes, tenían ilusiones y deseos, sabían en qué emplear su dinero. Ella conocía la voluptuosidad del lujo; su marido podía sentir el mayor placer de los enamorados, mezcla de satisfacción y de orgullo, al regalar a Celinda todo lo que desease; ¡pero él!... Ni siquiera le gustaban las molicies inocentes que hacen más grata la vejez. Le había visitado la riqueza demasiado tarde, cuando no le quedaba tiempo para aprender a ser rico.

Como había pasado la mayor parte de la existencia simplificando su vida y prescindiendo de comodidades, ya no necesitaba estas comodidades. Celinda, la antigua amazona, y su esposo, tenían a la puerta del hotel, desde las primeras horas de la mañana, un lujoso automóvil. No podían vivir sin este vehículo; parecía que lo hubiesen poseído desde que nacieron. ¡Ah, la juventud, con su maravillosa facilidad de adaptación para todo lo que representa placer o riqueza!...

El español, solo en casos de urgencia se acordaba de tomar un automóvil de alquiler. Prefería marchar a pie o emplear los mismos medios de locomoción de la gente poco adinerada.

—No es miseria ni avaricia —decía Celinda a su esposo cuando le hablaba de Robledo, al que había estudiado con su fina observación de mujer—; es simplemente olvido y falta de necesidades.

Los dos ingenieros salieron de su abstracción al oír de nuevo la voz de la joven.

—Y usted, don Manuel, ¿qué piensa hacer esta tarde?... ¿Por qué no me acompaña en mis visitas a los modistos, y así podrá hablar con motivo de la frivolidad de las mujeres?...

Robledo no aceptó la proposición.

—Debo ver a un antiguo condiscípulo que desea mi ayuda para un negocio. El pobre no ha hecho fortuna.

Era un ingeniero que durante la guerra había dirigido una fábrica dedicada a la producción de municiones. Ahora la fábrica estaba cerrada, y su dueño, después de haber reunido en cuatro años una fortuna enorme, no sabía qué hacer de ella. El ingeniero buscaba, sin éxito, un capitalista, para dedicarla por su cuenta a la producción de maquinaria agrícola.

—Vive más allá de Montmartre —continuó Robledo—; está cargado de familia, y voy a ver si prestándole unas docenas de miles de pesos, que aquí resultan cerca de un millón de francos, puede abrirse paso. Quiere mostrarme en su casa los planos de una máquina que ha inventado para arar la tierra.

Abandonaron los tres sus asientos y salieron del *hall*. Fuera del hotel, el matrimonio montó en un automóvil elegante. El español prefirió marchar a pie hasta la plaza de la Estrella, donde tomaría simplemente el Metro.

Era una tarde primaveral, de aire suave y cielo dorado. Robledo marchaba con una vivacidad juvenil. La imagen de su infeliz camarada Torrebianca pasó de pronto por su memoria. Esto no era extraordinario. Desde su regreso a Europa, le asaltaba con frecuencia el recuerdo de Federico y de su mujer, por la razón de haber vivido con ellos durante su última permanencia en París y haber emprendido juntos de aquí el viaje a América. Además, este ingeniero pobre que iba a visitar evocaba en su memoria al otro compañero de estudios.

En los doce años últimos, pasados junto al río Negro, la imagen de los Torrebianca se había mantenido fresca en su memoria. Una vida de monótono trabajo, poco abundante en novedades, conserva vivas las impresiones, pues éstas no reciben la superposición de otras que las borren.

Muchas veces, en sus largas horas de reflexiva soledad, se preguntaba cuál habría sido el final de Elena.

Su mala influencia persistió demasiado en aquel rincón del mundo para que la olvidasen fácilmente. Hasta los habitantes más antiguos de la Presa que permanecieron fieles al terruño, negándose a abandonar el pueblo arruinado, habían transmitido a los nuevos vecinos de Colonia Celinda la tradición de una mujer venida del otro lado del mar, hermosa y de poder fatídico, originadora de ruinas y muertes.

Los que no alcanzaron a conocerla se la imaginaban como una especie de bruja, apodándola «Cara Pintada» y atribuyéndole toda clase de maldades prodigiosas. Hasta afirmaban que surgía a veces en los lugares más solitarios del río, como un fantasma hermoso y fatal, peinándose los rubios cabellos o pintándose el rostro; y esta aparición era terrible para los que la veían, pues significaba un anuncio de próxima muerte.

Robledo, en sus visitas a Buenos Aires, intentó averiguar algo de aquel Moreno que había huido con Elena; pero nunca obtuvo noticias precisas. Los dos habían caído en Europa como en un mar que se cerrase sobre sus cabezas, ocultándolos para siempre.

«Debe haber muerto —acababa diciéndose el español—. Indudablemente ha muerto. Una mujer de su especie no podía vivir mucho.»

Y durante unos meses dejaba de pensar en ella, hasta que algunas alusiones de los primitivos habitantes de la colonia despertaban otra vez sus recuerdos.

Al descender los peldaños de la estación vecina al Arco de Triunfo, olvidó completamente a su infeliz compañero y su temible esposa. Se sintió envuelto y empujado por la corriente humana que descendía a las profundidades del Metro, y el tren subterráneo le llevó al otro lado de París.

Pasó más de dos horas en la casa de su amigo el inventor —modesta habitación situada en una calle afluente a los bulevares exteriores—, y al caer la tarde se vio marchando a pie por el bulevar Rochechuart, hacia la plaza Pigalle.

En sus excursiones por Montmartre acompañando a sudamericanos ansiosos de gozar las falsas y pueriles delicias de los restoranes nocturnos, nunca había ido más allá de dicha plaza. Además, esta parte de París, vista de noche, ofrece un espectáculo engañoso que contrasta con la mediocridad de su fisonomía diurna.

El bulevar que él seguía estaba frecuentado por un público de aspecto ordinario y vulgar. El Montmartre de que hablaban con delicia los forasteros, y cuyo nombre era repetido con admiración por cierta juventud del otro lado del Atlántico, empezaba a partir de la plaza Pigalle. Este bulevar Rochechuart era como los territorios mixtos inmediatos a una frontera, que carecen de fisonomía propia. Debían de vagar en él los expelidos del Montmartre próximo por la necesidad de un alojamiento más barato, o las principiantas que aún no han logrado ropas ni maneras convenientes para deslizarse en los grandes restoranes nocturnos.

Según se iba extinguiendo la tarde parecía aumentar el número de hembras engañosamente vestidas, que necesitan la luz incierta del crepúsculo para salir a la caza del hombre y del pan.

Robledo se cruzaba con ellas, fingiéndose ciego ante sus violentas ojeadas y sordo a las palabras susurrantes en honor de su apostura de buen mozo.

«¡Pobres mujeres! Verse obligadas a decirme tan enorme mentira para poder comer...»

De pronto, una de estas mujeres llamó su atención. Era semejante a las otras, y, lo mismo que ellas, le miraba atrevidamente, con ojos provocadores. ¡Pero estos ojos!... ¿Dónde había visto él estos ojos?

Iba vestida con una elegancia miserable. Sus ropas, desteñidas y viejas, habían sido lujosas muchos años antes; pero vistas a cierta distancia, aún podían engañar a los distraídos. Además conservaba cierta esbeltez, que, unida a su estatura, hacía olvidar por un momento los estragos de la miseria y de los años.

Al ver que Robledo se detenía un instante para examinarla mejor, sonrió con alegre sinceridad. Era un buen encuentro; el mejor de la tarde. Este señor tenía el aspecto de un extranjero rico que vaga desorientado por un barrio excéntrico al que no volverá nunca. Había que aprovechar la ocasión.

Mientras tanto, Robledo continuaba inmóvil, mirándola con el ceño fruncido por una rebusca mental.

«¿Quién es esta mujer?... ¿Dónde diablos la he visto?»

Ella también se había detenido, volviendo la cabeza para sonreír e invitándole con el gesto a que la siguiera.

Se reflejaron en el rostro del ingeniero las alternativas de la sorpresa y la duda.

«Pero ¿será?... ¡Yo que la creía muerta hace años!... No, no puede ser. Como he pensado en ella esta tarde, me equivoco... Sería una casualidad demasiado extraordinaria.»

Siguió examinándola de lejos, creyendo reconocer el pasado en algunos rasgos de aquella fisonomía ajada, y quedando indeciso ante otros que le resultaban extraños. ¡Pero los ojos!... ¡aquellos ojos!...

La mujer volvió a sonreír y a mover levemente la cabeza, repitiendo sus mudas invitaciones. Impulsado por la curiosidad, hizo Robledo involuntariamente un leve gesto de aceptación y ella reanudó su marcha. Pero solo dio algunos pasos, deteniéndose ante la cancela de un *bar* de aspecto sórdido, con tupidos visillos en los cristales. Guiñó un ojo, y abriendo la mampara desapareció en el interior del sucio establecimiento.

Quedó indeciso el español. Le repugnaba ir a reunirse con aquella mujer y al mismo tiempo se sentía arrastrado por su curiosidad. Presintió que si se alejaba sin hablarla quedaría para siempre en una incertidumbre torturante, lamentando el resto de su existencia no haberse enterado de si Elena vivía aún o estaba muerta.

El miedo a la duda futura le impulsó a la acción, haciéndole abrir con cierta violencia la puerta del *bar*.

Vio seis mesas, un diván de hule abullonado a lo largo de las paredes, espejos borrosos, y un mostrador que tenía detrás una anaquelería con botellas. El mostrador lo ocupaba una mujer algo vieja y de gordura elefantíaca, con los ojos pintados de negro y la cara moteada de granos y costras.

Recordando sus años juveniles pasados en París, reconoció Robledo el pequeño establecimiento frecuentado por mujeres que no disponen de otra industria para vivir que el encontrón carnal, pero desean conservar cierta apariencia independiente, y a las cuales sirve la dueña de consejera e intermediaria.

Un camarero de aire afeminado servía a las parroquianas. En este momento eran dos. Una jovencita de rostro exangüe que se transparentaba, como si fuese a dejar ver las oquedades y las aristas de su cráneo. Tosía convulsivamente, y entre tos y tos se llevaba a la boca un cigarrillo. En otra mesa vio a una mujer avejentada y de aspecto abyecto, que tal vez en su juventud había sido hermosa. Conservaba la misma esbeltez arrogante de la otra seguida por Robledo, pero sus ropas y su rostro revelaban una miseria mayor. Bebía a lentos sorbos el contenido de una gran copa y se retrepaba a continuación en el diván, cerrando los ojos como si estuviese ebria.

Al entrar el ingeniero se dio cuenta de que la mujer había ido a sentarse en el fondo del establecimiento, lejos del mostrador y de las otras parroquianas. Su presencia produjo cierta emoción. La patrona le acogió con una sonrisa repugnante por su excesiva obsequiosidad. La muchachita tísica tuvo para él una mirada que creía de amor, y a Robledo le pareció de mendiga que implora una limosna. La borracha, al sonreírle, mostró que le faltaban varios dientes. Luego guiñó un ojo con cínica invitación, pero al ver que el hombre miraba a otra parte, levantó los hombros y volvió a adormecerse.

Ocupó el recién llegado una mesa frente a la mujer que le había precedido, y pudo contemplarla más detenidamente que en la calle. Casi sonrió de lástima al darse cuenta del enorme engaño que representaba el tocado de aquella vagabunda.

Vista a cierta distancia, era una mujer pobremente vestida, pero con cierta pretenciosidad que podía engañar a los hombres humildes o a los imaginativos, dispuestos a creer en la elegancia de toda hembra que se fije en ellos. Contemplada de cerca, resultaba grotesca. Su sombrero de majestuosa halda tenía los bordes roídos y las plumas rotas. Vio sus pies por debajo de la mesa, y como la falda se le había subido al sentarse, pudo contar los agujeros y los remiendos de sus medias. Uno de sus zapatos mostraba la suela perforada por el uso, con un pequeño redondel en el sitio correspondiente a los dedos. El rostro cargado de colorete y de pasta blanca no conseguía ocultar las arrugas de la edad y otras huellas de una vida trabajosa. ¡Pero aquellos ojos!...

Robledo se sentía por momentos más convencido de que era Elena. Los dos se miraron fijamente. Después ella preguntó por señas si podía acercarse, pasando al fin a su mesa.

—He creído mejor entrar aquí, para que hablemos. Muchas veces, a los hombres no les gusta que los vean con una mujer en la calle. La mayoría son casados. Usted tal vez lo es, como los otros.

Su voz era ronca; no recordaba la que él había oído doce años antes; pero a pesar de esto, su convicción iba creciendo. «Es ella —pensó—. Ya no es posible la duda.» La mujer siguió hablando.

—Tal vez me equivoco. Usted debe ser soltero. No veo su anillo de matrimonio.

Y miraba sonriendo las manos masculinas puestas sobre la mesa. Pero otra cosa pareció preocuparla más que el estado civil del señor que la había seguido. Volvió los ojos con cierta ansiedad hacia el mostrador, donde estaba el camarero esperando su llamamiento.

—¿Puedo tomar una copa? —preguntó—. Advierto a usted que el *whisky* de aquí es magnífico. Imposible encontrarlo mejor en todo París.

Al ver que él asentía con un movimiento de cabeza, se aproximó el camarero, y sin necesidad de preguntar qué deseaba la parroquiana, trajo por su propia iniciativa una botella de *whisky* y dos copas. Después de llenar éstas se alejó, no sin dirigir a Robledo una mirada y una sonrisa iguales a las de la dueña del establecimiento.

Bebió la mujer con avidez su copa, y al ver que el otro dejaba intacta la suya, pasó por sus ojos una expresión implorante.

—Antes de la guerra, el *whisky* valía muy poco; ¡pero ahora!... Solo los reyes y los millonarios pueden beberlo. ¿Me permite usted?

Hizo Robledo un gesto indicador de que la cedía su parte, y ella se aprovechó con apresuramiento de tal permiso.

El licor parecía repeler cierta torpeza mental que se reflejaba en la lentitud de sus palabras, dando nueva luz a sus ojos y mayor soltura a su lengua. Dejó de hablar en francés para preguntar en español:

—¿De dónde es usted? He conocido por su acento que es americano... americano del Sur. ¿De Buenos Aires tal vez?...

Movió la cabeza Robledo negativamente, y sin perder su gravedad soltó una mentira.

—Soy de México.

—Conozco poco ese país. Me detuve en Veracruz unos días nada más, de vapor a vapor. La Argentina la conozco bien: viví allá hace años... ¿Dónde no he estado yo?... No hay lengua que no hable. Esto hace que los señores me aprecien y muchas amigas me tengan envidia.

Robledo la miraba fijamente. Era Elena; ya no podía dudar. Y sin embargo, no quedaba nada en su persona de la mujer conocida en otros tiempos. Los últimos doce años habían pasado sobre ella más que una existencia entera reposada y ordinaria, transfigurándola en sentido decadente.

Si él había podido reconocerla, era porque, al vivir tanto tiempo en el mismo lugar solitario y monótono, sus impresiones antiguas se mantenían vivas, con la incesante renovación del recuerdo, sin que otras las sofocasen bajo su paso. En cambio, ella había vivido tan aprisa y visto tantos hombres, que le era imposible acordarse del español. Le sería necesario para ello una enérgica concentración de su memoria. Además, el ingeniero también se había desfigurado con los años.

Sin embargo, ella, por instinto profesional, presintió que no era la primera vez que estaba junto a este hombre. Sus sentidos de mujer de presa y de hembra perseguida, obligada a defenderse y viviendo en perpetua inquietud, parecieron avisarla.

—Yo creo —dijo— que nos hemos visto otra vez, pero no puedo acordarme dónde, por más que pienso. ¡He corrido tantos países!... ¡he conocido tantos hombres!...

XX

Robledo la miró con severidad, al mismo tiempo que preguntaba brusca-
mente:

—¿Cómo se llama usted?

Ella pensaba en otra cosa, con los ojos fijos en el *whisky*, y contestó, dis-
traída:

—Me llamo Blanca, y algunos me apodan «la Marquesa». ¿Me permite
usted que tome otra copa?... Después, en mi casa, no tendremos una botella
como ésta. Porque supongo que iremos a mi casa... Está muy cerca... A no
ser que usted prefiera el hotel.

Interpretando la mirada impasible del hombre como una aprobación, se
apresuró a servirse una tercera copa, paladeando su contenido, mientras la
sostenía con mano temblona. La interrumpió Robledo, diciendo lentamente:

—Usted se llama Elena, y si la apodan «la Marquesa», es porque alguien
la conoció cuando estaba casada con un marqués italiano.

Fue tal la sorpresa de la mujer, que apartó sus labios del licor, mirando a
Robledo con ojos desmesuradamente abiertos.

—Desde que le oí hablar —dijo— tuve el presentimiento de que usted me
conocía.

Maquinalmente dejó la copa sobre la mesa. Luego se arrepintió, apresurándose a beberla de golpe.

—Pero ¿quién es usted?... ¿Quién eres?... ¿quién eres?

La primera interrogación la hizo aproximándose a Robledo, pero éste se
echó atrás, huyendo de su contacto. Las otras dos las acompañó llevándose
las manos a las sienes, como si hiciese un esfuerzo doloroso para concentrar
su memoria. Al fin, dijo otra vez con desaliento:

—¡Han pasado tantos hombres por mi vida!...

Sus ojos reflejaron de pronto la inquietud, luego el miedo, y ahora fue ella
la que se echó atrás con una expresión de animal asustado, como si temiese
al hombre que tenía enfrente.

—Al fin le reconozco —murmuró—. Sí, es usted; muy cambiado, pero es
usted. Nunca lo hubiera conocido, de no evocar esas cosas pasadas.

Parecía haber recobrado su enérgica voluntad, y pudo mirar largo rato a
su acompañante, sin sentir miedo. Luego añadió con voz fosca:

—¡Mejor habría sido no vernos nunca!

Quedaron los dos en largo silencio. Elena parecía haber olvidado la existencia de aquella botella que continuaba acariciando maquinalmente con sus dedos. La curiosidad del español pugnó contra este mutismo.

—¿Qué fue de Moreno?...

Ella le escuchó con una expresión de duda y extrañeza, como si no le entendiese. Se adivinaban en sus ojos los esfuerzos de un trabajo mental profundamente removedor. «¿Moreno? ¿Quién podía ser este Moreno? ¡Ella había conocido tantos hombres!»

Como si apelase al auxilio de un medicamento se sirvió una nueva copa, bebiéndola ávidamente, y su rostro pareció iluminarse al sonreír.

—Ya sé de quién me habla... Moreno; un pobre hombre, un iluso. No sé nada de él.

Insistió Robledo en sus preguntas, pero le fue imposible a Elena encontrar en su memoria una imagen clara y fija de aquel desaparecido.

—Creo que murió. Se fue a su tierra, y allá debió morir ¿Dice usted que no volvió nunca?... Pues entonces moriría aquí. Tal vez se mató. No sé... Si tuviese que recordar las historias de todos los hombres que he conocido, hace años que estaría loca. ¡No cabrían en mi cabeza!...

Robledo, con una curiosidad severa, continuó sus preguntas.

—¿Y la hija de Pirovani?...

Volvió a llevarse ella las manos a las sienes, hundiendo los dedos en el pelo rubio, escandalosamente rubio, de sus falsos bucles. Al mismo tiempo, una mueca violenta que reflejaba su enorme esfuerzo mental hizo bailotear un poco las dos filas de sus dientes, igualmente escandalosos por su blancura.

—¿Pirovani?... ¡Ah, sí! Aquel italiano que vivía en Río Negro y al que robó Moreno... No sé; creo que nunca volvimos a hablar de su hija. Moreno gastaba y gastaba mientras tuvo que gastar, y yo le iba enseñando los placeres de la vida. ¡Pobre tonto!...

Quedó encogida en su asiento y con la cabeza baja después de hablar así. Parecía haberse empequeñecido. Al levantar los ojos encontraba la mirada severa del español y volvía a bajarlos, fijándolos en la botella.

Durante el nuevo silencio Robledo se habló mentalmente. «¡Y pensar que por este andrajo se mataron los hombres, lloraron tantas mujeres y sufrí yo angustias inmensas!...»

Como si Elena adivinase sus pensamientos, dijo con humildad:

—Usted no sabe qué terribles han sido mis últimos años... Vino la guerra y se empeñaron en perseguirme, no permitiendo que viviese en París. Sospechaban de mí, me creían espía y alemana, dándome cada uno diferente nacionalidad. Anduve por Italia; anduve por muchos países. Hasta estuve en su patria: ¿no es usted español?... No extrañe la pregunta; ¡me es imposible recordar tantas cosas!... Y al volver a París no he encontrado a nadie, absolutamente a nadie de los de mi época. El mundo de antes de la guerra era otro mundo. Todos los que yo conocí han muerto o están lejos. A veces creo que he caído en otro planeta. ¡Qué soledad!...

Parecía abrumada por este mundo nuevo, que no podía comprender.

—Y el primero que me sale al paso capaz de recordarme la vida anterior, es usted... ¡Mejor hubiese sido no vernos!

Luego continuó, como si hablase para ella misma:

—Este encuentro servirá para que yo piense en cosas que nunca hubiese recordado... ¿Por qué volvió usted de tan lejos?... ¿por qué se le ha ocurrido pasear por esta parte de Montmartre que nunca frecuentan los extranjeros ricos?... ¡Ay! ¡la maldita casualidad!

De pronto se incorporó, con un reflejo azulado en las pupilas.

—Déjeme beber. ¡Cómo le agradecería que me regalase toda la botella! La necesito después de este maldito encuentro que va a resucitar tantas cosas... Yo amo la vida por encima de todo. No me dan miedo las desgracias ni las miserias, a cambio de seguir viviendo... Pero temo a los recuerdos, y el *whisky* los mata o los viste de tal modo que resultan agradables. Déjeme beber; no me diga que no.

Como Robledo permaneciese silencioso, Elena volvió a apoderarse de la botella para llenar su copa, apurándola con lento regodeo. Mientras bebía señaló con los ojos a la muchachuela, que continuaba fumando y tosiendo.

—Es cómo todas las de ahora: morfina, cocaína, etcétera... Yo soy de mi época, estilo antiguo; las tales drogas me ponen enferma. Solo creo en lo clásico.

Y acarició el contorno de la botella con mano amorosa. Su rostro parecía iluminado por una extraña lucidez, que iba en aumento según ella bebía. Al verse dueña de todo el *whisky* deseaba quedar sola para paladearlo sin prisa, y dijo a Robledo:

—Váyase y no se acuerde de mí. Si quiere darme algo, se lo agradeceré; si no me da nada, me contento con la botella: un regalo de príncipe... Váyase, Robledo; este sitio no es para usted.

Pero él permaneció inmóvil, deseando excitar su memoria para saber algo más de su misterioso pasado.

—¿Y Canterac?... ¿Encontró usted alguna vez al capitán Canterac?...

Este nombre tardó a resucitar en la memoria de ella más aún que los nombres anteriores. Robledo, para ayudarla, recordó el parque artificial improvisado en su honor a orillas del río Negro.

—Fue *chic* aquella fiesta, ¿no es cierto?... Otros hombres han hecho por mí cosas más caras; pero aquello resultó original... ¡Pobre capitán! Lo he visto después muchas veces; creo que ahora es general. ¿Cómo dice usted que se llamaba?...

Y siguió evocando sus recuerdos; pero el español se dio cuenta de que confundía a Canterac con otro militar amigo suyo, haciendo una sola persona de los dos hombres, conocidos en períodos distintos de su vida.

Robledo sabía con certeza que Canterac había muerto. Vagaba por las repúblicas del Pacífico, cambiando de ocupación, unas veces en las salitreras de Chile, otras en las minas de Bolivia y del Perú, cuando estalló la guerra, y volvió a Francia para incorporarse al ejército. Había muerto en Verdún con un heroísmo oscuro, como tantos otros, y esta mujer no guardaba una imagen precisa de él, después de haber perturbado tan deplorablemente su existencia. Ni siquiera pareció recordar su nombre al repetirlo Robledo.

Las preguntas de éste iban excavando, sin embargo, su memoria, y al fin acabó ella por repeler su adormecimiento mental, sufriendo el salto en masa de los recuerdos despertados. De pronto fue Elena la que preguntó:

—¿Cómo se llamaba aquel muchacho americano compañero suyo?... Creo que fue el único hombre que me interesó un poco entre los muchos que me buscaban... Tal vez le amé, por lo mismo que nunca me deseó verdaderamente. Algunas veces, muy de tarde en tarde, me he acordado de él... ¿Se casó?

Hizo Robledo un signo afirmativo y ella siguió hablando.

—No diga más. Mirándole a usted creo que los años pasados vuelven a pasar, pero en sentido inverso, y todo lo recuerdo poco a poco... Ese joven se llamaba Ricardo, y tal vez se habrá casado con aquella muchachita de la Pampa a la que le daban un nombre de flor.

Estos recuerdos, los únicos que resurgían en su memoria vivos y bien determinados, le inspiraron la amarga tristeza que infunde el bien ajeno.

Se miró a sí misma con una conmiseración despectiva, como si se contemplase por primera vez. Ella que se había creído durante muchos años el centro de lo existente, se veía en lo más bajo, y aún adivinaba nuevos abismos por los que seguiría rodando, pues para la desgracia nunca hay término.

Los demás podían evocar su pasado con una melancolía dulce. Era un placer igual a una música suave y antigua, a un perfume de ramo marchito. Los recuerdos de ella mordían como lobos rabiosos y la perseguirían hasta la muerte. Por eso necesitaba vivir en una inconsciencia animal, asesinando todos los días su pensamiento con el alcohol.

Quiso exteriorizar su desesperación y murmuró, señalando a la otra mujer medio ebria que dormitaba en el diván:

—Así seré yo dentro de poco.

Se oscureció su rostro, como si pasase sobre él la sombra de sus últimas horas, y bajando las pupilas añadió:

—Y luego morir.

Robledo permaneció silencioso. Había sacado disimuladamente su cartera de un bolsillo interior y contaba papeles debajo de la mesa. Ella siguió murmurando, sin darse cuenta de que repetía sus más ocultos pensamientos:

—Tal vez alguien escriba entonces en los periódicos unas líneas hablando de la llamada «Marquesa», y media docena de personas en todo el mundo me recuerden. Tal vez ni esto, y quedaré para siempre en el fondo del río. Pero ¿tendré valor?...

Buscó Robledo una mano de ella por debajo de la mesa, entregándole un rollo de pequeños papeles.

—No debía tomarlo —dijo la mujer—. Yo solo puedo admitir dinero de los que no me conocen.

Pero guardó en su pecho los billetes de Banco. Sus ojos, repentinamente alegres, parecieron desmentir el tono de resignada dignidad con que formulaba sus excusas por haber aceptado el donativo.

La mirada de Robledo era ahora de conmiseración.

¡Pobre «bella Elena»! Había pasado por la vida como pasan sobre los mares australes los grandes albatros, orgullosos de su blancura y de la fuerza de sus alas, abatiéndose con una voracidad implacable sobre las presas que descubren a través de las olas, creyendo que todo cuanto existe ha sido creado únicamente para que ellos lo devoren. Era un águila atlántica majestuosa y fiera, con el perfume salino de la inmensidad y la carne coriácea de la fuerza. Pero los años habían pasado, disolviendo la orgullosa ilusión de la juventud que se considera inmortal, y ahora el ave arrogante del infinito azul se veía obligada a buscar su comida en los excrementos oceánicos amontonados en la costa. Cuando el frío y la tiniebla la impelían hacia la luz, sus alas moribundas chocaban con los vidrios guardadores del fuego. Iba en busca de la ventana que refleja el rescoldo hospitalario del hogar, y tropezaba con la lente del faro, dura e insensible como un muro, acostumbrada a repeler la cólera de las tempestades. Y en uno de estos choques caería con las alas rotas para siempre, y el mar de la vida tragaría su cuerpo con la misma indiferencia que había sorbido antes a las numerosas víctimas de ella.

Contempló Robledo después a sus amigos y se vio a sí mismo en una forma igualmente animal. Eran bueyes magníficamente alimentados, tranquilos y buenos, como las reses que pastaban, hinchadas por la abundancia, en los campos regados de su colonia. Tenían las firmes virtudes del que ve su existencia asegurada, a cubierto de todo riesgo, y no necesita hacer daño a los demás para vivir... Y así continuarían plácidamente, sin violentas alegrías, pero también sin dolores, hasta que llegase su hora última...

¿Quién había vivido mejor su existencia?... ¿Era aquella mujer de biografía fabulosa, incapaz de recordar exactamente su origen y sus aventuras como si un cerebro humano no pudiera contener una historia tan extensa como un mundo?... ¿Eran ellos honrados rumiantes de la felicidad, que ya habían hecho sobre la tierra cuanto debían hacer?...

No pudo seguir pensando. El camarero del *bar* había salido a la calle, llamado por un hombre, y volvió con aire inquieto, diciendo a la dueña, algunas palabras en voz baja.

—¡Volad, palomas mías! —gritó la mujerona desde el mostrador, dirigiéndose a las dos parroquianas más próximas.

Y explicó que la policía estaba haciendo una *razzia* de mujeres en el barrio, y tal vez visitase su establecimiento. Un amigo fiel acababa de traer el aviso.

La muchachita tísica arrojó el cigarro, escapando con un temblor cerval, que aún hacía más angustiosa su tos. La beoda abrió los ojos, miró en torno y volvió a cerrarlos, murmurando:

—¡Que vengan! En la comisaría se duerme lo mismo que aquí.

Elena se apresuró a huir. Tenía miedo; pero procuró marchar hacia la puerta con cierta majestad, pensando que un hombre estaba a sus espaldas. No quería que la confundiesen con las otras.

Al verse solo el español, entregó un billete al camarero por toda la botella y salió sin querer recibir el cambio. Luego, en el bulevar, miró inútilmente a un lado y a otro. Elena había desaparecido...

No la vería más. Cuando ella muriese, él no recibiría la noticia de su muerte. Iba a pasar el resto de su existencia sin saber con certeza si la otra vivía aún. Después de este encuentro adivinaba su final. Era de las que salen de la vida de un modo trágico, pero sin estrépito, sin que suene su nombre, habiendo sobrevivido muchos años a su historia muerta.

—Y esta es la Elena —se dijo— que, igual a la del viejo poeta, originó la guerra entre los hombres en un rincón de la tierra...

La duda formulaba preguntas en su interior. ¿Había sido esta mujer verdaderamente mala, con plena conciencia de su perversidad?... ¿Era una ansiosa de los placeres de la vida, que avanzaba inconsciente, sin reparar en lo que iba aplastando bajo sus pies?...

Mientras buscaba un carruaje, se dijo como conclusión:

—Mejor hubiese sido para ella morir hace doce años... ¿Para qué sigue viviendo?

Sonrió tristemente al pensar en la relatividad de los valores humanos y la distinta importancia de las personas, según el ambiente en que se mueven.

—¡Pensar que este andrajo fue igual a la heroína de Homero en aquella tierra a medio civilizar, donde no abundan las mujeres!... ¿Qué dirían ahora los que tantas locuras hicieron por ella, si la viesen como yo la he visto?...

Cuando llegó al hotel, Watson y su esposa acababan de volver de su paseo.

Dos criados seguían a Celinda cargados con enormes paquetes: las adquisiciones de aquella tarde.

Miró Watson su reloj con impaciencia.

—Son cerca de las siete, y hemos de vestirnos y comer antes de ir a la Opera... Cuando las mujeres se ponen a comprar trajes y sombreros, no acaban nunca.

Celinda remedó la fingida indignación de su esposo con graciosos ademanes, y acabó por besarle, entrándose luego en la habitación inmediata para cambiar de vestido.

Watson preguntó a Robledo si les acompañaba a la Opera.

—No; voy haciéndome viejo, y me molesta ponerme de frac y guantes blancos para escuchar música. Prefiero quedarme en el hotel. Veré cómo acuestan a Carlitos... Le he prometido un cuento.

Sintió en su interior la molestia de la duda. ¿Debía relatar a Celinda y su marido el encuentro de aquella tarde?... ¿Sería más prudente comunicárselo solamente a Watson?

Rara vez en sus conversaciones habían recordado a la esposa de Torrebianca. Celinda, tan alegre y desenfadada, fruncía el ceño con expresión agresiva cuando nombraban en su presencia a la marquesa.

Podía representar para ella un deleite cruel el conocimiento de la abyección de la otra. Luego, Robledo se arrepintió de tal suposición. A Celinda, en plena felicidad, le repugnaba seguramente la venganza, y solo le proporcionarían sus noticias la molestia de un mal recuerdo.

«¿Para qué resucitar el pasado?... ¡Que la vida continúe!»

Y solo se ocupó en pensar la maravillosa historia que iba a contarle a su príncipe heredero.

Fin

Libros a la carta

A la carta es un servicio especializado para
empresas,
librerías,
bibliotecas,
editoriales
y centros de enseñanza;
y permite confeccionar libros que, por su formato y concepción, sirven a los propósitos más específicos de estas instituciones.

Las empresas nos encargan ediciones personalizadas para marketing editorial o para regalos institucionales. Y los interesados solicitan, a título personal, ediciones antiguas, o no disponibles en el mercado; y las acompañan con notas y comentarios críticos.

Las ediciones tienen como apoyo un libro de estilo con todo tipo de referencias sobre los criterios de tratamiento tipográfico aplicados a nuestros libros que puede ser consultado en Linkgua-ediciones.com.

Linkgua edita por encargo diferentes versiones de una misma obra con distintos tratamientos ortotipográficos (actualizaciones de carácter divulgativo de un clásico, o versiones estrictamente fieles a la edición original de referencia).

Este servicio de ediciones a la carta le permitirá, si usted se dedica a la enseñanza, tener una forma de hacer pública su interpretación de un texto y, sobre una versión digitalizada «base», usted podrá introducir interpretaciones del texto fuente. Es un tópico que los profesores denuncien en clase los desmanes de una edición, o vayan comentando errores de interpretación de un texto y esta es una solución útil a esa necesidad del mundo académico.

Asimismo publicamos de manera sistemática, en un mismo catálogo, tesis doctorales y actas de congresos académicos, que son distribuidas a través de nuestra Web.

El servicio de «libros a la carta» funciona de dos formas.

1. Tenemos un fondo de libros digitalizados que usted puede personalizar en tiradas de al menos cinco ejemplares. Estas personalizaciones pueden ser de todo tipo: añadir notas de clase para uso de un grupo de estudiantes,

introducir logos corporativos para uso con fines de marketing empresarial, etc. etc.

2. Buscamos libros descatalogados de otras editoriales y los reeditamos en tiradas cortas a petición de un cliente.